捧读

触及身心的阅读

曾许人间第一流

古代诗人骚客的激荡人生

彭敏 著

天津出版传媒集团
百花文艺出版社

图书在版编目（CIP）数据

曾许人间第一流：古代诗人骚客的激荡人生 / 彭敏著 . -- 天津 : 百花文艺出版社 , 2022.7（2023.3 重印）

ISBN 978-7-5306-8337-8

Ⅰ . ①曾… Ⅱ . ①彭… Ⅲ . ①古典诗歌－诗歌欣赏－中国 Ⅳ . ① I207.2

中国版本图书馆 CIP 数据核字（2022）第 112120 号

曾许人间第一流：古代诗人骚客的激荡人生

CENGXU RENJIAN DIYILIU: GUDAI SHIREN SAOKE DE JIDANG RENSHENG

彭敏　著

出 版 人：薛印胜

选题策划：唐冠群　胡晓童　**责任编辑：**安子宁

特约编辑：安斯娜

装帧设计：仙　境

出版发行：百花文艺出版社

地址：天津市和平区西康路 35 号　**邮编：**300051

电话传真：+86-22-23332651（发行部）

+86-22-23332656（总编室）

+86-22-23332478（邮购部）

网址：http://www.baihuawenyi.com

印刷：河北鹏润印刷有限公司

开本：880×1230 毫米 1/32

字数：269 千字

印张：12

版次：2022 年 7 月第 1 版

印次：2023 年 3 月第 2 次印刷

定价：49.80 元

如有印装质量问题，请与河北鹏润印刷有限公司 联系调换

地址：河北省沧州市肃宁县经济开发区宏业路北侧

电话：0317-7587722　　邮编：062350

清·郑燮·兰花竹石图

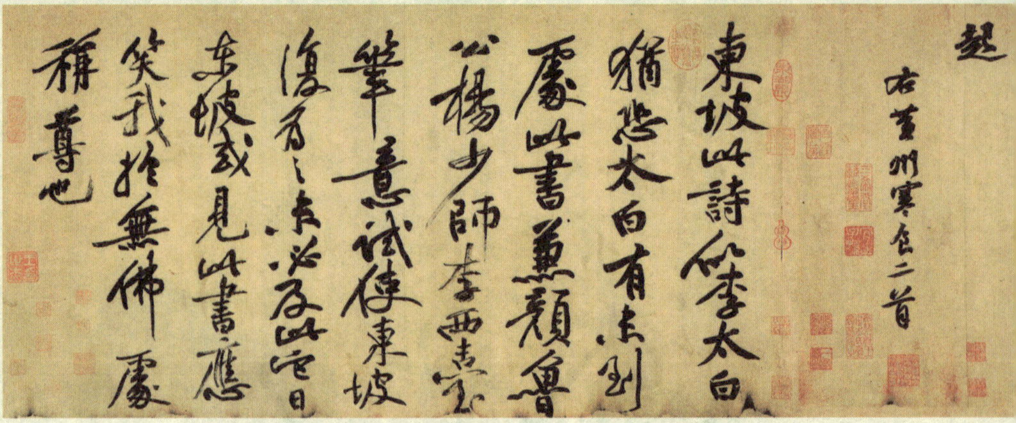
題
右黃州寒食二首
東坡此詩似李太白
猶恐太白有未到
處此書兼顏魯
公楊少師李西臺
筆意試使東坡
復有之未必及此它日
東坡或見此書應
笑我於無佛處
稱尊也

明 · 朱瞻基 · 唐苑嬉春图

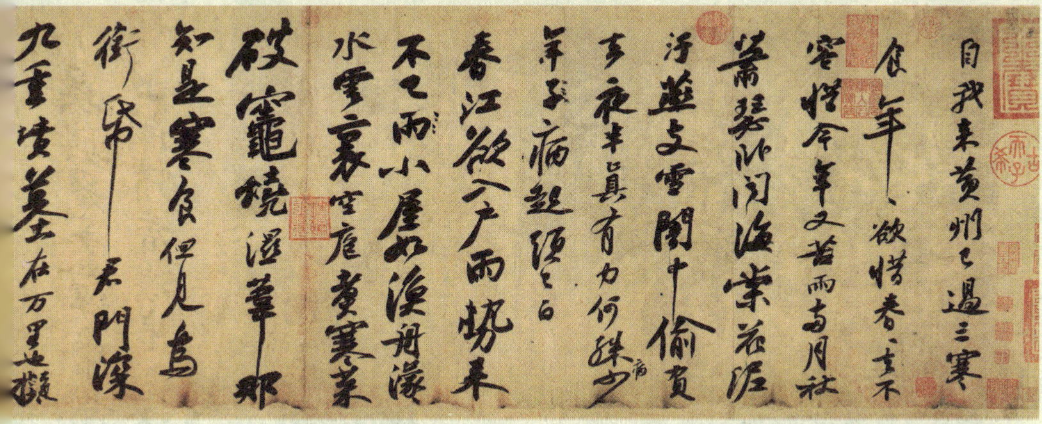

北宋·苏轼·寒食帖

清・张熊・花卉

清·余穉·花鸟图

清 · 余穉 · 花鸟图

清·余穉·花鸟图

清·毛周·岁朝图轴

清・毛周・岁朝图轴

清 · 邹一桂 · 花卉八开

自序

二十世纪八十年代，我出生在湖南衡阳的一个小山村。那里草木蔓发，山川迢递，大多数人一辈子也没离开过衡阳。

在那个封闭的小天地里，我用种种方式想象着外面的世界，筹划着自己的未来。

一个偶然的机会，我看到了香港电视剧《日月神剑》，里面一个表白的情节让年少的我大受震撼。

天下美女多如云，我心独爱你一人。
天长地久永无尽，爱你之情似海深。

这是我人生中遇到的第一首情诗，虽只匆匆听过一遍，却在脑子里萦绕不去。别误会，我可没说这诗有多好，但征服一个小学四年级男生，已经足够。

说起来很对不住孟浩然、李白、王之涣，在课本上学了那么多的《春晓》《静夜思》《登鹳雀楼》之后，我没有爱上诗词，却因为这样一首打油情诗入了诗词的坑。

我开始发了疯一样读诗词，背诗词。在枣树上读，在牛背上读，在田野那边的铁轨上读，在母亲打鸡骂狗的吆喝声中读。

悲催的是，上大学后我才发现，小时候被我翻烂了的《唐诗三百首》《宋词三百首》《千家诗》，竟都是盗版。我花了好长时间，才把那些错乱的文字、草率的注音以及离谱的释义纠正过来。

青春总是充满喧哗与骚动，却常常归于寂寞荒凉，幸好还有诗词，给了我最好的陪伴。

在人大，我把自己暗恋的女孩的名字和两句凄怆的唐诗（今生已过也，结取后生缘），用小刀刻在一棵树的树皮上。（没想到二十年过去，那字迹还在，只是和我一样变老、变松弛了一些。）

在北大，我参加了一个诗词社团，跟着一些奇奇怪怪的师兄师姐，在未名湖畔博雅塔下，写诗词、玩飞花令。（没想到他们当中的好几位，后来成了《中国诗词大会》的命题老师，我总疑心那几道把我坑惨了的题目，就是出自他们的手笔。）

万卷古今消永日，一窗昏晓送流年。诗词，常常能够让我在无聊时有聊，在暴躁时平静下来，在心情郁闷之时，获得一些久违的美好和光亮。

落花人独立，微雨燕双飞。夜月一帘幽梦，春风十里柔情。青鸟不传云外信，丁香空结雨中愁。舞低杨柳楼心月，歌尽桃花扇底风……

诗词当中有一种细腻而又极致的美感，在琐屑庸碌的日常生活中突然与它们邂逅相遇，你会明白什么叫心旷神怡。

诗词之美又是丰富复杂的，在清词丽句的背后，往往还携带着一个个渊深海阔的“小宇宙”，你只要撩开那层薄薄的纱幔，投去轻轻的一瞥，总有几点光芒会让你目眩神驰。

一般而言，文学经典难免崖岸自高，乃至卷帙浩繁，需要你正襟危坐，黄卷青灯地苦读。一部《红楼梦》或《追忆似水年华》，保守估计够你读俩月，读完脑子可能还是迷糊的。可诗词却并不如此，它小巧玲珑，平易近人，碎片时间“勾搭”一下，就会收获满满。通勤路上、临睡前自不必说，拿我自己举例，最近和朋友打台球，朋友击球时，我就在沙发上翻来覆去读辛弃疾的词。

语文教育的死板、程式化，让很多人心目中的诗人形象，伟大、光荣、正确，却不可爱。其实，诗词不必是高高在上的日月星辰，也可以是伴你左右的温暖灯光。大诗人不用杵在神坛上，自带干冰、浑身冒仙气，他完全可以像你身边的某个同学、朋友，有血、有肉、有趣、有料，可亲、可感、“可笑”、可爱。当我们放下45度角仰望的姿势，用平视的角度来进入古代诗人的世界，你会发现，和你在语文课上学到的，很不一样。

在写这本书的过程中，我一头扎进几十位诗人长长短短的人生，仿佛漫步在彩丽竞繁的美术馆，又似乎穿梭于众树歌唱的大森林。一个个鲜活的灵魂伸出繁盛的枝条，用跌宕起伏的故事，也用字字珠玑的诗句，向我倾吐着心迹，诉说着衷肠。

我有时欢欣鼓舞，有时感慨唏嘘，有时扼腕长叹，有时忧伤涕零。

我仿佛跟着他们活了好几十辈子，深深体味着人生的美丽与哀愁。

须知少日拏（ná）云志，曾许人间第一流。

无论是李白、杜甫、李商隐，还是李贺、陆游、柳宗元，太多的诗人年少时都曾自许甚高，要做世间第一流人物。只可惜命运云谲波诡，常常事与愿违。在理想破灭之后，终究只能做个吟风弄月的诗人。他们作品中的感染力，很多就来自这种才华无处兑现的失落与苦楚。

而令人惊叹的是，在命运的重压之下，诗人们却屡屡发出高亢的声音。

无论是李白的“长风破浪会有时，直挂云帆济沧海”，还是刘禹锡的“晴空一鹤排云上，便引诗情到碧霄”，无论是高适的“莫愁前路无知己，天下谁人不识君”，还是苏轼的“竹杖芒鞋轻胜马，谁怕，一蓑烟雨任平生”。在写出这些充满力量感与豁达心胸的诗句时，诗人的处境其实都大大的不妙。

在潮水中不改挺拔之姿，在黑暗中保有向阳之心，在困境里彰显韧性之骨。

难怪千载之下，还能让我们如此追慕，如此着迷。

这本书就像一辆观光车，会用几天时间带你在诗词的世界里四处转转。你会邂逅很多值得抄在小本本上的漂亮诗句，也将看到一些我们耳熟能详的名篇，原来是在那么特殊的情境下创作出来的。你还能领略到，一个在课本里被高度标签化的诗人，竟度过了那么七荤八素、难以评价的一生。

整个过程将是轻松愉快的，不需要你咬牙坚持，因为那一路的风景本身就会令你流连忘返，欲罢不能。

而且，作为良心导游，我向你保证，本次观光没有强制购物环节。

如果在观光结束后，你爱上了某些景点，有事没事自己跑去深度游，那我就要不胜欣慰之至了。

彭敏，2022年5月5日，北京朝阳区。

目录

孔融

一只屁股上开着花的萤火虫

一

“孔融让梨”，是中国人家喻户晓的故事。

孔融四岁就知道把大点的梨让给哥哥，晚年却被曹操以不孝的罪名诛杀。

这听起来反差很大，但下面这段石破天惊的话，恐怕的确是孔融自己说的：

> 父之于子，当有何亲？论其本意，实为情欲发耳。子之于母，亦复奚为？譬如寄物缻（fǒu）中，出则离矣。

意思是：老爸跟儿子能有多少恩情呢？不就是情欲的“副产品”吗？儿子跟老妈能有什么感情呢？不就像一样东西在一个罐子里放了十个月，倒出来就两不相欠了呀。

即便是在今天，你把这段话隐去孔融的名字发到朋友圈，看看大家骂不骂得死你。更别说是在礼教森严的古代，在以孝治天下的汉朝了。

这么看来，孔融死得不冤，曹操杀得有理。

但，这就是全部的真相了吗？

二

孔融是建安七子之首，孔子的二十世孙。他打小冰雪聪明，是整条街“最靓的仔”。

四岁，让梨。

十岁，就在京城洛阳小火了一把。

当时的顶流名士李膺，一言为天下重，孔融跑去他家拜码头，却被“保安”挡在了门外。

孔融说：“还不快放我进去，我和李老师家是世交，关系好着呢。”

李膺正在和一帮名流置酒高会，他让孔融进来，皱着眉头问：“你确定？”

孔融头头是道：“李老师家祖上是老子（李耳），我家祖上是孔子，孔子曾经问礼于老子，你说我俩算不算世交？”

若是成年人在社交场合来这么一出，没的说，太油腻了。可一个十岁的孩子能说出这样的话，不得了，满座叹服。

太中大夫陈炜来得晚，大家眉飞色舞，向他转述刚才发生的事。没想到，陈炜找了个十分刁钻的角度开杠：“小时候聪明有啥用？长大了可未必。”

然后就是故事的高潮了——孔融点了点头：“不能更赞同！所以陈老师小时候应该是聪明绝顶的吧？”

陈炜大窘，李膺大笑：“你个臭小子，将来必成大器！”

六年后，因一次轰动一时的政治事件，孔融再次名声大噪，在热搜榜上持续霸榜。

汉末宦官专权，清流名士张俭（就是谭嗣同笔下那个“望门投止思张俭”的张俭）因得罪宦官侯览遭到朝廷通缉，不得不四处逃亡。张俭素有美名，很多人冒险收留，结果朝廷追查过来，至少十几人因窝藏罪家破人亡，而张俭这个逃跑小能手每次都安然无恙。

终于，走投无路的张俭敲开了孔家大门，来找孔融的哥哥孔褒。恰巧孔褒不在，十六岁的孔融于是自作主张把张俭留下了。

这个决定给孔家带来了灭顶之灾。

不久，朝廷再次闻风而至，张俭再次惊险脱逃，孔融、孔褒两兄弟锒铛入狱。

窝藏是死罪，孔融却根本没在怕：“人是我收留的，杀我。”

孔褒说：“不对，张俭是来找我的，你瞎起什么哄。”

审案的郡县官员正头大，两兄弟的妈妈来了：“我是一家之主（当时孔融、孔褒的父亲已经去世了），放开那两个孩子，冲我来！”

郡县官员感觉自己选择困难症都犯了，只好写了个报告把皮球踢给朝廷，最后皇帝亲自下诏书：点兵点将，就选孔褒吧。

这件事当时闹得满城风雨，孔褒被杀了，孔融却因祸得福，从此名满天下。（孔褒：弟弟，要不我把小时候你让给我的大梨还给你吧……这梨有点要命啊！）

顺便说一句，张俭也没死，后来时局转变，他被朝廷赦免，不仅做了大官，还一直活到了八十四岁（孔褒：恭……喜？）。

三

有“孔子后人”“少年成名”两大光环护体，对孔融无疑是极好的政治资本，但也助长了他恃才傲物、放荡不羁的名士派头。

孔融的第一份工作，是给三公之一的司徒杨赐做僚属。恰逢何皇后的哥哥、河南尹何进升任大将军，杨赐就派孔融去何府道贺。

大概道贺的人太多，何府的“保安”没能及时通报，这可惹毛了孔融，他把自己的名帖一把夺回，拂袖而去。

消息传到了何进那里，他感觉自己被藐视了，竟派出刺客要追杀孔融。睚眦杀人，大人物就是这么任性。

幸亏有人劝何进：“此人名气太大，杀了必遭舆论撕咬，还不如……蹭他点儿流量。”

何进恍然大悟，赶紧撤回了刺客（幸好没超过两分钟）。就这样，孔融被何进升了官，何进则博到了一个大度、爱才的美名。两个人都很开心。

但孔融的开心很快打了折扣，他和自己的新上司闹起了矛盾，辞官回家休养了一阵。

你看，一个刚刚走上工作岗位的年轻人，就敢闹出这么多事，这给了我们很大的警示：用人单位在给名人发offer时，不可不慎重。

孔融再次出山时，何进已矣（被宦官杀了），城头变幻的大王旗上已经换了两个大字——董卓。

董卓比何进还爱才，他觉得一个叫刘协（就是后来的汉献帝）的九岁小朋友很不错，就想提拔刘协做皇帝。当时的皇帝刘辩（刘协的哥哥，史称汉少帝）也欣然同意了（不欣然同意的话就只能恨恨地同意），孔融却站了出来，言辞激烈地表示反对。

乱臣贼子擅行废立，做忠臣的自然是不能答应。

董卓拔出了他四十米长的大刀，但很快就跟何进一样痛苦地意识到：这个捣蛋鬼不能随便杀。

汉武帝朝，曾有博士狄山在重大国策上反对武帝，武帝把他派到前线守要塞，不到一个月就被匈奴人斩首。董卓灵机一动："孔融是个好同志，现在北海地区黄巾军肆虐，爱卿就到那里尽忠报国吧！"

就这样，孔融再一次因为和大佬唱对台戏，获得升职加薪（专业动作，请勿模仿），成了北海相。

主政一方的孔融，工作究竟干得怎么样呢？

首先，他兴文教、崇儒学、荐贤才，文化事业确实搞得风生水起。但与此同时，黄巾军初次来犯，他就战败退守朱虚县，黄巾军二次进逼，他再遭惨败，幸得刘备相救，方才苟延残喘。

建安元年（公元196年），孔融守青州。袁绍之子袁谭兵临城下，孔融倒是演了一出"好戏"，他读书如故，谈笑自若，潇洒得像个神仙，然后青州就被袁谭攻破，孔融只身逃脱，妻小都做了俘虏。

一言以蔽之，在军事上，孔融就是个渣渣。

在盗贼蜂起豪强竞逐的乱世，他注定无法乘势而起称雄一方，只能在别人手下打打辅助。

四

鲁迅先生说："孔融专喜和曹操捣乱。"这话的确不错，但也分阶段。

孔融兵败青州之时，汉献帝恰好被曹操接到许都，正在广纳贤才。孔融虽是败军之将，究竟名声在外，于是献帝征他为将作大匠，不久又升任少府，位列九卿。

汉朝皇室终于摆脱了颠沛流离、朝不虑夕的局面，朝野上下似乎也呈现出一片欣欣向荣的架势。跟董卓相比，挟天子以令诸侯的曹操待人还算温柔，所以包括孔融在内，很多大臣好像又看到了复兴汉室的希望。

孔融和曹操曾是旧交，但他对曹操的感情颇为复杂。早在孔融做北海相时，有个叫左丞祖的家伙给孔融出主意："天下群雄并起，军阀混战，曹操和袁绍雄霸一方，你应该和他们多走动走动，将来也好有个依靠哇！"

孔融眼里闪过一道寒光："此二人心术不正，将来必为汉贼，让我和他们做朋友，你几个意思？"

就把左丞祖给咔嚓了。

等到孔融兵败青州，寄身许都，当时曹操根基未稳，不得不先立一个汉室忠良的人设，孔融对曹操的看法因此大为改观。两人的关系进入一段蜜月期（左丞祖：恭……喜？）。

孔融不遗余力地写诗，给曹操比小心心：

> 从洛到许巍巍，曹公忧国无私。
>
> 减去厨膳甘肥，群僚率从祁祁。

大意是曹公把皇上从洛阳接到许都，这太伟大了！有没有！曹公真是一个高尚的人，一个大公无私的人呢！他忧心国事，吃饭也不好好吃，我们这些大臣当然要紧密围绕在他老人家周围，求带飞呀！

曹操只是出差几天而已，孔融竟然魂牵梦绕：

瞻望关东可哀，梦想曹公归来。

世间情侣兰因絮果分道扬镳，写过的情书、说过的情话、拍过的照片视频，最后都成了辛辣的讽刺。今天再看孔融这些诗，无疑也是同样刺眼。

除了写诗歌功颂德，孔融还在许都十分积极地参政议政，三番五次向曹操荐贤举能。总的来说，孔融挑人的眼光是不错的，可惜其中有一位名叫郗（xī，旧读 chī）虑的仁兄，孔融还是看走了眼。孔融盛赞郗虑这好那好，最终，郗虑却亲手把孔融送上了断头台。这个我们后面再聊。

在曹操根基未稳时，他藏锋敛锐，和大家一起表演公忠体国，勠力同心。但随着他渐渐坐大，尤其消灭了袁绍势力之后，独揽朝政、篡汉自雄的野心，便不再精心遮掩了。

一代枭雄，终于逐渐露出了狰狞的面目。

曹操炉火纯青的“变脸”艺术，让孔融从春秋大梦中陡然惊醒。他悲哀地意识到，曾经的满腔赤诚终究是错付了。

在那漂亮的油彩、精致的妆容底下，自始至终都只有一颗蠢蠢欲动的狼子野心。

五

经常上网的人会发现，如今网上到处都弥漫着一股挥之不去的戾气。一点小事就骂娘，一言不合就开杠。

想想倒也能够理解，没有人天生爱怼，是生活把很多人变成了“杠精”。

认清了曹操真面目之后的孔融，就变得很像一个这样的“杠精”。只不过他对别人都没兴趣，一心一意盯准曹操开杠。

有一次，曹操想杀太尉杨彪（杨修的父亲），理由是袁术当时僭号称帝，而杨彪是袁术的亲家，他和袁术同穿一条裤子，一有机会肯定也要图谋不轨的！这样的人，该杀。至于曹操和杨彪从前有过不愉快，当然属于次要原因。

杨彪被抓之后，孔融去见曹操，他说：“杨公四世清德，海内所瞻，称帝的是袁术，你欺负杨公，算什么男人？”

曹操赶紧辩解：“这事儿不赖我，这是皇上的意思。”

孔融翻了个白眼：“曹公，你这样说就没意思了。你觉得周成王如果要杀召（shào）公，辅政的周公他能不知情？你要这样滥杀无辜的话，别说天下人要跟你离心离德，我老孔堂堂一条山东大汉（孔融是曲阜人），明天就拂袖而去，不来上这个破班了！”

曹操被孔融的气势震慑住，只好下令，释放杨彪。

也许有人要说了，这哪儿叫杠精，这是仗义执言啊！确实如此，当你的开杠对象浑身都是漏洞，很多时候你就是在仗义执言。

当然，万事都不绝对，我们再看看下面这个例子。

有一年，曹操发布了一条特殊的命令——禁酒令，这下子算是踩到了孔融的痛脚。

孔融有一个著名的人生信条：“坐上客恒满，樽中酒不空”，哼，禁酒，为什么不直接要我的命！

孔融赶紧给曹操写信：“天上一闪一闪有酒星，地上还有个酒泉郡（后来被李白改写成：天若不爱酒，酒星不在天。地若不爱酒，地应无酒泉），从尧到孔子到汉高祖汉景帝，这些人都喝酒，酒的好处大着呢，怎么到您这儿就不让喝了呢？”

曹操板起脸孔回怼："夏商二代纵酒亡国，你怎么不提？"

孔融冷冷一笑："现在是在说亡国的事是吧？那行，从前徐偃王行仁义而亡国，您怎么不禁仁义？燕王哙搞禅让差点亡国，您怎么不禁止谦让？夏商二代之所以丢了天下，还有个原因就是妺（mò）喜和妲己这俩女人，那您怎么不干脆把婚姻也给禁了？大家都做单身狗，岂不美哉？"（最后这句用心极其险恶的话是我加的。）

平心而论，当时天下连年兴兵，饥荒不断，禁酒，对一部分群众的娱乐生活确实会带来一些影响，但节约出来的粮食无疑保障了更多群众有米下锅，以及军中的粮草供应，总的来说肯定利大于弊，所以除了曹操，刘备和吕布也都颁布过类似的禁酒令。

在反对禁酒这件事上，孔融那一套奇诡雄辩的说辞显然纯属抬杠。这个阶段的孔融，几乎已经是在为了反对曹操而反对曹操了。

还有一件更著名的事。

官渡之战前夕，曹操摩拳擦掌，曹军厉兵秣马，憋足了劲要把袁绍一撸到底。孔融却跳出来大放厥词："袁绍地广兵强，手下谋士众多，猛将如云，这仗不能打啊！要悲剧的呀！"

大战在即，最怕就是有人扰乱军心。这笔账曹操悄悄给孔融记在了小本本上。

没多久，曹操以少胜多击败袁绍，攻入了邺城。然后曹操就发现，袁绍这家伙审美还真不错，家里诸多女眷，都挺貌美如花的。

曹操做了一个大方的决定："诸位将士出生入死辛苦啦，这些漂亮的小姐姐们，大家就自便吧！"

作为曹操的爱子，曹丕身先士卒捡了个天大的便宜，他把袁绍的儿媳妇、著名美女甄氏，纳入了自己的后宫。

曹操得胜回朝，以为孔融这下该消停了吧，结果他手机叮铃一响，是孔融发来的微信："武王伐纣，以妲己赐周公。"

这没头没脑的一句话让曹操瞬间有点儿懵：我记得《史记》上说，武王伐纣，妲己明明是被杀了，脑袋还挂在旗杆上示众的呀。难不成我读的是假《史记》？你这说法有什么依据吗？

孔融回答："以今度之，想当然耳。"

曹操这才明白过来，孔融是在讥讽他把甄氏赏给曹丕的事呢。

登顶人生的喜悦，让曹操暂时没工夫修理孔融，可孔融却越发的来了劲。他像个职业黑粉，天天守在曹操微博底下，一有更新就冷嘲热讽，猛刷恶评。曹操删评论，把他拉黑，都没什么用，他能瞬间换个马甲继续开炮。

老实讲，孔融冲曹操丢的这些小技能，直接伤害都并不高（毕竟他只是个辅助）。但你要考虑，孔融作为文化界一面旗帜，其引领示范的作用不可小觑。只要这面旗帜还在迎风嘚瑟，曹操的反对派们心里便会很踏实："你看，这老贼没啥可怕的，继续盘他！"

老道的政治家深谙舆论与流量的威能，对待名士通常都以拉拢为主。不到万不得已，屠刀尽量不举。

曾经，曹操也想和孔融搞好关系。孔融向他推荐人，他时常笑纳。孔融不让他杀杨彪，反对他恢复肉刑，他也听劝。当孔融和郗虑闹矛盾，曹操还在中间说好话，做金牌调解人。

可惜这一切徒劳无功。因为，在曹操和孔融之间，有一个根本矛盾始终无法调和：曹操终究是要篡汉的，孔融却死心塌地地拥汉，政治立场与核心利益不同，没可能在一张桌上吃饭。

曹操非常清楚，一个孔融这样的敌人对于他的风云大业，会是多大的阻碍。

他现在需要的，只是一个合适的出手时机。

对不起了，挡我的人，都得死。

六

在基本扫平了北方之后，一代枭雄把他的遮天巨手伸向了南方。

建安十三年（公元208年）七月，曹操率军讨伐刘表。

八月，曹操远程任命留守许都的郗虑为御史大夫。

五天后，在郗虑的主持下，孔融被定罪处死，享年五十六岁。同时被杀的还有他的妻子儿女。这俩孩子，一个九岁，一个七岁。

从表面看，孔融之死，曹操的手是不沾血的。这是曹操的高明之处。

但明眼人又岂会不知，何进和董卓都不好意思杀的人，小小郗虑，敢趁曹操出差，自作主张办这么大的事？

郗虑和孔融素来不对付，这在当时人所共知。

曾几何时，两人也是把臂相交的好友，孔融还向曹操盛赞过郗虑。之所以闹到水火不容，完全是因为孔融的一句话。

这句话听起来很普通，但孔融说这话的场合却很要命。

有一次，汉献帝同时召见郗虑和孔融。

在皇帝面前说话原本就需要特别小心，一言举人，一言毁人，这样的事历史上太多了。

可当献帝问孔融：“你这位好朋友郗虑，都有哪些优点呀？”

孔融竟然说：“他倒是知晓许多道理，可惜是个死脑筋，不懂得权宜变通（原文是：可与适道，未可与权也。这句话有不同的翻译，不一一赘述）。”

郗虑当场就炸毛了，立即回怼：“孔融兄，你当年做北海相做成那样，你敢说你懂得权变（融昔宰北海，政散民流，其权安在也）？”

梁子就这么结下了。虽然后来有曹操从中斡旋，两人大概也会做做表面功夫，但彼此心里的那根刺，终究不可能再拔出来了。

建安十三年，负责监察百官的御史大夫郗虑，派人罗列出孔融的五大罪状，数罪并罚，诛灭其全族。

我们不妨来看看，孔融到底犯了哪些罪：

> 少府孔融，昔在北海，见王室不静，而招合徒众，欲规不轨，云“我大圣之后，而见灭于宋，有天下者，何必卯金刀”。及与孙权使语，谤讪朝廷。又融为九列，不遵朝仪，秃巾微行，唐突宫掖。又前与白衣祢（mí）衡跌荡放言，云“父之于子，当有何亲？论其本意，实为情欲发耳。子之于母，亦复奚为？譬如寄物缻（fǒu）中，出则离矣”。既而与衡更相赞扬。衡谓融曰：“仲尼不死。”融答曰：“颜回复生。”大逆不道，宜极重诛。

第一条罪名：孔融做北海相时，曾经招兵买马，图谋不轨，还口出狂言：“天下为什么非得姓刘（卯金刀合起来就是繁体的“刘”字）？”

前面我们说了半天孔融一心想要匡扶汉室，还因此和曹操闹掰，结果杀孔融的罪名里居然说他想造汉朝的反，惊不惊喜？意不意外？

要说郗虑和曹操也是够狠的，你小子不是忠于汉室吗，我偏给你泼一身脏水，让你死得不干不净。

第二条罪名：在外国使者面前说朝廷的坏话。这大概是有点不妥，但直接杀头，是不是有点过？

第三条：身为领导，不遵守朝廷礼仪，（明知自己头发没剩几根）居然不戴头巾！这是要恶心谁？

第四条、第五条都是不当言论。第五条说的是孔融欣赏祢（mí）衡的才华，和他结为忘年交（孔融比祢衡大二十岁）。祢衡夸孔融是孔子不死，孔融说祢衡那你就是颜回复生。

我们今天看到这样的深情互吹，只会觉得有点小恶心，但在当时，这就属于侮辱圣贤了。虽然孔融是圣贤的后代，大概也是不能原谅的吧。

我想着重聊聊第四条罪名——大名鼎鼎的“父母无恩论”。

> 父之于子，当有何亲？论其本意，实为情欲发耳。子之于母，亦复奚为？譬如寄物缻（fǒu）中，出则离矣。

孔融被杀后，舆论沸腾，多有同情。为了平息物议，曹操又补充发布了孔融另一条类似的不当言论：“若遭饥谨，而父不肖，宁赡活余人。”（饥荒年月，如果父亲不是东西，手里有粮，宁可救他人，也不救父亲。）

首先，这两段言论在当时肯定属于离经叛道，这没得洗。但问题在于，孔融为什么要这么说？他真是个没心没肺的不孝子吗？

孔融的父亲是在孔融十三岁那年去世的。《后汉书·孔融传》记载，当时孔融“哀悴过毁，扶而后起，州里归其孝”。

作为乃父情欲的“副产品”，孔融哀伤过度，整个人都憔悴得不行了，没人扶一下他都站不起身。乡亲们都觉得，这孩子是真孝顺啊。

孔融还做过两件很有名的事，我们可以从中窥知他对父母的态度。

孔融做北海相时，看见一个人在给刚刚去世的父亲上坟，哭哭啼啼，好像很伤心。但仔细观察不难发现，此人红光满面，一点都不憔悴（和十三岁的孔融形成鲜明对比），脸上的伤心显然都是装出来的。

孔融很生气，后果很严重，他把这人抓起来，杀掉了（孔融也不是什么省油的灯）。

后来又有一个人，母亲大病初愈，想吃新一季的麦子。这人很穷，家里没有，他就跑出去偷了一些给母亲吃。

这桩盗窃案被孔融知道了。孔融把那个人传唤过去，不但没有治罪，还给他送了不少礼物，跟他说："以后需要新麦就来找我，别再去偷了。"

很明显，四岁就知道让梨，十六岁和哥哥、母亲争着去死的孔融，自始至终都是个大孝子。用不孝的罪名诛杀孔融，简直是冤枉他妈给冤枉开门——冤枉到家了！

也许有人会忍不住吐槽：好好一个孝子，是不是有什么大病，非说那些奇奇怪怪的话，挑战儒家礼教人伦？别人说一套做一套，都是表面孝顺，私底下对父母不闻不问，你倒好，反其道而行之。你就说你到底图啥？

关于这一点，鲁迅先生有段话精彩至极：

> 魏晋时代，崇尚礼教的看来似乎很不错，而实在是毁坏礼教，不信礼教的。表面上毁坏礼教者，实则倒是承认礼教，

太相信礼教。因为魏晋时代所谓崇尚礼教，是用以自利，那崇奉也不过偶然崇奉，如曹操杀孔融，司马懿（实际应为司马昭，鲁迅先生也有记错的时候）杀嵇康，都是因为他们和不孝有关，但实在曹操司马懿（同上）何尝是著名的孝子，不过将这个名义，加罪于反对自己的人罢了。于是老实人以为如此利用，亵渎了礼教，不平之极，无计可施，激而变成不谈礼教，不信礼教，甚至于反对礼教。——但其实不过是态度，至于他们的本心，恐怕倒是相信礼教，当做宝贝，比曹操司马懿（同上）们要迂执得多。（《魏晋风度及文章与药及酒之关系》）

是的，当挚爱之物遭到了虚伪可鄙之人的亵渎，成了他们谋取私利打击异己的工具，很多魏晋名士都选择了站到挚爱之物的对立面，绝不与虚伪可鄙之人同流合污。这是无奈的反抗，也是悲壮的态度。

对你所做的一切，我是如此的不赞同。以至于，如果你赞同了我赞同的，那我便不再赞同。

七

曹操杀孔融，五大罪名概括起来其实就是八个字：不忠不孝，人品堪忧。

然而特别讽刺的是，孔融死后的数年内，曹操曾经三次发布求贤令，不拘一格搜罗人才。

曹操一再强调，如今朝廷正在用人之际，只要有才有能力，思想品德什么的无所谓啦。就是盗嫂（和嫂嫂通奸）受金，不仁不孝，臭名昭著，也可以接受的。

概括起来就是八个字：不论人品，唯才是举。

的确，从曹操一贯的用人习惯来看，他才不在乎什么道德情操。可如果谁不听话、不合作，那他便要拿道德情操来说事儿了。

总而言之，曹公是永远立于不败之地的。

八

> 涓涓江汉流，天窗通冥室。
>
> 谗邪害公正，浮云翳（yì）白日。

在浮云蔽日、谗邪害公、群小纵横的政治环境里，孔融至死都渴望在昏暗的房间里打开一扇天窗。为自己，也为众生。

只可惜，他才刚刚搭起脚手架，向头顶伸出一只残损的手掌，就被周围的黑暗击倒在地。

他笨拙地反抗，大声地疾呼，却终究缺少经天纬地之才，挥戈返日之力。终其一生，他不过是个在纸面上叱咤风云的文弱书生而已。

孔融死后，摄于曹氏威权，陈寿在写《三国志》时，竟不敢为孔融立传。到了南朝刘宋时期，范晔写《后汉书》，孔融才拥有了自己独立的传记。

对于孔融其人，《后汉书》给出了这样的评价："懔（lǐn）懔焉，皓皓焉，其与琨玉秋霜比质可也。"

劲烈如秋霜，坚贞如白玉。在饶舌的霸权和时代的迷雾都散去之后，孔融终于洗净浑身的脏水，露出了原本清朗的面目。

他一生是无用的。才疏意广，能力撑不起雄心。即便拼尽全身气力，也不过被别人笑笑而已。

他一生又是极为快意的。别人畏之如虎的奸雄、枭雄，他整天怼着玩儿。从何进到董卓，从袁绍到曹操，这些煊赫一时的大佬，个个都想要他的命（人缘就是这么好）。

也许有人会说，这人真是作得一手好死呢！

但也一定会有人说，当夜空被收走了所有星辰，我们需要的，正是这样一只屁股上开着花的萤火虫呀。

建安七子

中国文学史上响当当的男子天团

一

建安七子可谓文学史上的男子天团，响当当的存在。我们可能无法想象，这个风华绝代的组合，几乎是以团灭的方式倏然凋零的。

事情发生在汉献帝建安二十二年（公元217年），一场瘟疫席卷了华夏大地。

和以往很多次瘟疫一样，最初沾染的是前线士卒，逐渐才蔓延到了寻常百姓家。

没人搞得清病毒来自何处，关于传染渠道的讨论也是众说纷纭。至于疫情严重到什么程度，虽然平头百姓无法发声，但曹操的爱子曹植，还是如实写出了当时的惨状：

> 家家有僵尸之痛，室室有号泣之哀。或阖门而殪（yì），或覆族而丧。（曹植《说疫气》）

通常来讲，在古代疫情会被控制在饮食、卫生条件较为低下的下层社会。可这一次，情况明显不太对劲儿。豪富之家和权贵之门也没能幸免，能否存活下去，全凭老天保佑。

更让人绝望的是，这场瘟疫前前后后持续了八年。

在这样惨烈纷乱的状况下，诗歌也阻挡不了瘟神那魔鬼的步伐，建安七子在一年内惨遭团灭：陈琳、刘桢、徐幹、应玚死在河北，王粲死在安徽。另外两位成员孔融和阮瑀（竹林七贤阮籍之父）之所以不在其中，是因为他们早在建安十三年和建安十七年就已经离世了。

“建安”是一个文学史上承载了无数荣光的年号。“建安风骨”慷慨多气，是后世文人心中的美学典范。“建安七子”除孔融因反抗曹操被杀，其余六人都为曹氏父子所用，相互间多有酬唱赠答，诗酒风流，冠绝当世。

说起建安七子这个男团，大家都耳熟能详，但若要具体到每一位成员，除了孔融外，我们可能不一定那么熟悉，今天就来着重聊聊在建安二十二年不幸染病离世的这五位。

二

王粲被《文心雕龙》誉为“七子之冠冕”，算是这个组合的队长。此人出身官宦世家，曾祖父、祖父都曾经位列三公，属于国之重臣。不过到王粲父亲这一辈，一蟹不如一蟹，无可挽回地没落了。

尽管如此，这种家族的教育仍然非比寻常，王粲在少年时代就拥有过人的才华，堪称那个时代的“最强大脑”。看一遍文章就倒背如流这种事只能算小菜一碟，最神奇的是有一次他看人下围棋，棋子被不小心弄乱了，王粲竟然凭记忆重新复盘，不差一子。

少年王粲曾去拜访文坛泰斗，才女蔡文姬的父亲蔡邕。蔡邕听说王粲来访，慌忙起身迎接，鞋子都穿反了，这就是成语“倒履相迎”的由来。当时蔡邕已经年近六旬，却对少年王粲礼敬有加。蔡邕死后，家人遵嘱把所有藏书都赠送给了王粲。

少年才子长大成人，常常遭遇成长的烦恼。因为北方战乱，年轻的王粲避乱于南方，去投靠荆州牧刘表。刘表早就听说王粲大名，兴致勃勃准备招他为女婿。

等见到王粲本尊，刘表却瞬间改变了主意。因为相貌丑陋，个子也不高，王粲失去了攀龙附凤的大好机会，最终代替他成为刘表女婿的，是他族兄王凯，一个相貌堂堂的男人。

在荆州的十五年，王粲活成了中国文学史上一个经典意象：落魄不遇的才子。无数后世文人都从他身上看到自己的影子，那是才华无人认领的孤独，也是岁月白白流淌的惊惶。

贾生年少虚垂泪，王粲春来更远游。（李商隐《安定城楼》）

王粲在荆州期间写下的《登楼赋》，开创了中国文学登高抒怀的传统。登高揽胜，游目骋怀，本是人生乐事，所以《老子》中才会说：“众人熙熙，如享太牢，如春登台。”

可只要人的心中有所郁结，良辰美景也便无能为力。

虽信美而非吾土兮，曾何足以少留！（《登楼赋》）

建安十三年（公元 208 年），刘表病死，其子刘琮在大兵压境的情势下归降曹操，而王粲也得到曹操赏识，终于扬眉吐气，开始一展青云抱负。十年间，他官至侍中，是曹操的重要智囊。少年时梦想过的一切，如今就在他怀里翩翩起舞。

代价当然也是有的。润色鸿业之作越来越多，当初的梗概多气荡然无存。世上多了一个志得意满的官人，少了一个自伤情多的文士。

建安二十二年（公元217年），曹操率军讨伐东吴，王粲随军出征，因瘟疫死在军中，享年四十一岁。

曹氏父子对王粲的器重可以说是发自肺腑。王粲死后，曹丕亲临葬礼。因王粲生前特别喜欢驴，曹丕提议，由他带头，大家一起学驴叫。

整个过程十分庄严肃穆，没人敢忍俊不禁，这就是著名的“驴鸣送葬”的故事。

三

乍看上去，“陈琳”像是个女生的名字。

琳者，美玉也。七尺男儿以玉为名，在古代再正常不过。

在建安七子中，陈琳是颇具争议的一个。在罗贯中的《三国演义》里，反复无常的吕布被张飞骂为“三姓家奴”，而陈琳一生的三次跳槽，则为他赢得了“文妓”的“雅号”。

陈琳的第一位“老板”是大将军何进。何进谋诛宦官，反被宦官所杀。“城头变幻大王旗”，京城洛阳辗转成了董卓的地盘。陈琳在董卓帐下效力，可董卓的倒行逆施，实在令人心惊胆战，陈琳遂改投到董卓的对家——袁绍门下。

袁老板的家族公司显然让陈琳相当满意，他一待就是十五年。袁老板的许多重要文案都由陈琳起草，其中就包括中国古代四大檄文之一，袁绍发起官渡之战的冲锋号——《讨曹操檄》（又名《为袁绍檄豫州文》）。

这篇檄文铿锵有力、掷地有声，袁绍方面在宣传上赚足彩头，占尽先声。可谁想到作战部门却太不给力，十万军队没打过曹操的两万（也有不少学者认为双方兵力并没有这么悬殊），战争以袁绍的惨败告终，陈琳也被曹军俘虏。

陈琳的很多同僚都得到了宽大处理，唯独陈琳，因为《讨曹操檄》骂人太狠，曹操的许多手下都想要杀之而后快。尤其令曹操耿耿于怀的是：你骂我就罢了，为何连我祖父、父亲也牵扯进去？而且全都是些“并作妖孽，饕餮放横，伤化虐民”之类的话。

陈琳的回答非常巧妙，他说：“矢在弦上，不得不发——敬业罢了。”

爱才的曹操对这个回答很是满意，不仅没杀陈琳，还把陈琳收为己用。为了不浪费陈琳的骂人才华，曹操让陈琳写了很多反骂袁绍的文案，陈琳写得很开心，曹操看得也很开心，但后世的舆论却不开心了。

北朝颜之推在著名的《颜氏家训》中这样评价陈琳：“陈孔璋（陈琳字孔璋）居袁裁书，则呼操为豺狼；在魏制檄，则目绍为蛇虺。”

用现代汉语说就是：“今天吃甲派的饭，就骂乙派，明天吃乙派的饭，就骂甲派，这叫做想做文人，而不想做人，就是走了陈孔璋之路，也是走上文妓之路。”（林语堂《做文与做人》）

良臣择主而事，在古代其实挺常见，但每次跳槽，老板都是前老板的死对头，入职之后还反骂旧主，确实容易招黑。

经过几次择业，陈琳在曹氏父子那里大展宏图，军国书檄多出其手。

建安二十二年（公元217年），一场大瘟疫席卷全国。陈琳染疫身亡，因其生年无考，享年不知道多少岁。

四

如果说陈琳的为人引起了许多争议和批评，那么接下来这一位就是来集赞的了。

亭亭山上松，瑟瑟谷中风。
风声一何盛，松枝一何劲！
冰霜正惨凄，终岁常端正。
岂不罹凝寒？松柏有本性。

因为入选了中学语文教材，刘桢的这首《赠从弟》成了建安七子作品中，名气最大的一首。松柏傲雪凌霜，正是诗人清正刚直的性格写照。

刘桢本是大汉王朝宗室后裔，但到他这一代，早已沦为白屋寒门。他少有才名，成年后为曹氏父子服务，和曹丕、曹植都交往甚密。

曹操打败袁绍之后，袁绍的儿媳妇甄宓（fú）因美貌绝伦，被曹丕收入府中，宠爱非常。一日，曹丕与刘桢等人置酒高会，一时兴起，把甄宓也叫了出来。

按照礼法，臣子不得平视主君夫人，所以在座臣僚全都俯伏在地，只有刘桢若无其事地平视甄宓，给自己惹下了大祸。

曹丕当时酒酣耳热，不以为意。事后曹操听说了，却勃然大怒，以大不恭的罪名将刘桢削去官职，接受劳动改造，工作内容是：磨石。

后来曹操前来视察，所有人赶紧拜倒在地，这一次，仍然只有刘桢一人安坐如故，继续忙工作。

曹操问刘桢："这石头质地如何呀？"

刘桢答："石出荆山悬崖之巅，外有五色之章，内含卞氏之珍。磨之不加莹，雕之不增文，禀气坚贞，受之自然。顾其理枉屈纡绕，而不得申。"

意思是："这石头好着呢，坚贞着呢，外力怎么打磨都不会变的。只是石头的纹理回环曲折，像是受了什么委屈，没处申诉呢！"

这态度，一如当时平视甄宓，坚贞孤直，不卑不亢。曹操当时就笑了："知道你是这性子。我就杀杀你的威风而已，你还较真了？"

当场就给刘桢官复原职。

刘桢因平视甄宓获罪，这情节在电视剧《军师联盟之大军师司马懿》中也可以看到，真真让人感叹：风声一何盛，松枝一何劲……岂不罹凝寒？松柏有本性。（《赠从弟》）

其实，刘桢的《赠从弟》一共有三首，第三首是这样的：

凤皇集南岳，徘徊孤竹根。
于心有不厌，奋翅凌紫氛。
岂不常勤苦？羞与黄雀群。
何时当来仪？将须圣明君。

"奋翅凌紫氛……羞与黄雀群……"，既是对从弟的嘉勉，又何尝不是夫子自道呢？

五

和王粲、陈琳、刘桢相比，徐幹、应玚的生平资料不多，算是这个组合里的小透明吧。不过徐幹有几句诗倒是写得相当深情，值得收藏。

比如，他有首《室思》，写妻子对远方丈夫的思念，其中有这么几句："自君之出矣，明镜暗不治。思君如流水，何有穷已时。"明白如话，但又韵味悠长。后世许多类似的句子，大概都是从这里得到的启发。

比如，"自君之出矣，不复理残机。思君如满月，夜夜减清辉。"（张九龄《赋得自君之出矣》）

比如，"思君若汶水，浩荡寄南征。"（李白《沙丘城下寄杜甫》）

六

建安七子生逢乱世，饱经忧患，深味人生无常，岁月短促，诗文中常常透露出挥之不去的悲剧色彩。而也正因此，才让他们发扬蹈厉，拼命想要在一片黑暗虚空中抓住点什么，为生命寻找一个支点。

他们对功名的热望，对文学的挚诚，也就不难理解。

建安十三年（公元 208 年），小时候就知道给哥哥让梨的孔融，因抨击时政触怒曹操，被曹操以不孝的罪名诛杀。建安十七年（公元 212 年），阮瑀因病离世。建安二十二年（公元 217 年），瘟疫横行，剩余五子一时俱殒。

此后三年，曹丕篡汉自立，率先称帝，刘备、孙权踵武其后，天下鼎足三分。北伐的北伐，南征的南征，说不尽的龙争虎斗，尔虞我诈，血雨腥风。

如此彩丽竞繁的一场场大戏，在这片苍老的大地上反复上演，而耐不住寂寞的瘟疫，又常常跳出来展露它邪恶的獠牙，在人世间荡起阵阵风潮。

不过，强大如瘟疫，也有它力不能及之处：它可以让生命化为乌有，让白骨长满荒原，它可以让死者满怀怅恨，让生者胆战心惊诚惶诚恐，但，人类心中自有一种永不会被冰冻的温度，一片永不可能干涸的绿洲。

千年过去，无数帝王将相连同他们的成败利钝都已风流云散，一场场瘟疫带给人类的伤害也在不断缩减，而黄卷青灯，却还有人朗声诵读着：虽信美而非吾土兮，曾何足以少留……亭亭山上松，瑟瑟谷中风……思君如流水，何有穷已时……

阮籍

不要跟我谈理想，我的理想就是不上班

一

有个问题不知当问不当问，你一周有几天不想上班？

每个清晨，又是什么神秘力量让你钻出温暖的被窝，踏上拥挤的地铁，容（生）光（无）焕（可）发（恋）地出现在办公室里？

虽然我们都有不得不上班的理由，但好在还拥有自主选择和随时离开的自由。

拿到新 offer[①] 后潇洒 say no 就不用说了，辞职的理由也是各种鬼斧神工。

世界那么大，你可以辞职；吃腻了公司附近的外卖，你可以辞职；因过劳肥导致身材走样、腹肌阵亡，你还是可以辞职。

而古人就没有这么幸运了。一旦你被某家公司、某个领导看

---

① offer：邀约函。

上，你就很难逃出他的魔爪。

因为，领导给你 offer 你不来，你这是看不起领导啊！

今天我们就来聊一个看不起领导、又干不掉领导、不得不在领导面前扮乖巧的男人，同时也是中国第一代男团大头领，中国翻白眼界的先驱和巨擘。

不过在聊他之前，我们先宕开一笔，先从那只下蛋的鸡聊起。

众所周知，魏晋时期有个很火的男团，叫建安七子，建安七子里面有个大才子——不好意思不是孔融，而是阮瑀，你没听过没关系，请记住他和你一样不想工作。

可是他在人才市场的名气实在太大了，引发了各路大佬的哄抢。

首先是曹操的一个堂弟，都护将军曹洪。此人后台很硬，肩膀上一堆军功章，从不跟员工谈情怀，干得好年底就发一辆宝马。

阮瑀不是见钱眼开的人，他平静地拒绝了。

这是他第一次见识到，姓曹的有多凶残——

曹洪派人把阮瑀绑了起来，香肠粗的皮鞭也不加孜然就是一顿猛抽。

一直抽到皮开肉绽，阮瑀还是不松口。

第一关总算这样狼狈通过。

谁知消停了没多久，又一个猎头找上门来：这一次，是曹操亲自出马，要把阮瑀招至麾下。

有了上次的教训，阮瑀二话不说，卷起铺盖就躲进了深山里。意思是：来抓我呀，抓到了做什么都可以，但我赌你抓不到，嘻嘻。

阮瑀没有考虑到，曹操哪会玩什么躲猫猫呀，这种人只能想到一个简单粗暴的解决方案：放火烧山。

想当年，晋文公就是这样一把火烧死了介子推，烧出一个寒食节。

阮瑀不是介子推，他一看曹操这么“火大”，还是乖乖认怂吧。敬酒不吃吃罚酒地跑去曹操府上，踏踏实实地写了首诗表忠心：“士为知己死，女为悦者玩。”（《琴歌》）

意思是：从今天起，我就是你的人了。

都说强扭的瓜不甜，阮瑀在曹操手下却干得风生水起。他和建安七子中的另一位陈琳，并列为曹操麾下文案双巨头。

最夸张的一次，阮瑀随曹操骑马出行，中途曹操着急需要一篇公文。他和阮瑀说了没一会儿，阮瑀就把稿子交了上来，而且文采斐然，当时曹操都震惊了：“你这是随身带了笔墨纸砚，还带了小桌板不成？”

阮瑀羞涩地一笑：“不是你说让我‘马上’写稿的吗？这匹马性格不错，它要是喜欢乱动的话我还真没辙。”

二

阮瑀四十六岁那年，得了一个儿子，取名阮籍。

是的，你没看错，第一集是故事的背景，现在我们的主角，比建安七子还红的男团——竹林七贤中站C位[1]的阮籍，终于出场了。

众所周知，很多主角都自带不死光环和坑爹魔咒。阮籍也不例外。他三岁时，阮瑀果然被病魔战胜，领了盒饭。

留下孤儿寡母，甚是凄凉。

好在阮瑀生前朋友众多，在建安七子幕后金主曹丕的带领下，大家发起了一场……作文大赛（别问我曹丕是怎么想的，我也想知道）。题目是《寡妇赋》，精彩片段摘录如下：

---

① C位：核心位置。

唯生民兮艰危，在孤寡兮常悲。

人皆处兮欢乐，我独怨兮无依。

意思是：人生实苦，尤其我们寡妇。别人日日嗨翻天，我们寡妇真可怜。

曹丕此人，担得起“吊丧鬼才”的称号。

阮瑀去世他带着大家写同题作文，后来建安七子中的另一位王粲去世，他又带着大家在葬礼上学驴叫，原因是王粲生前特别喜欢驴。

在曹丕和建安六子的关怀下，阮籍茁壮地长大了。这孩子学习特别刻苦，为了看书可以几个月不出门。不仅文化课成绩独领风骚，还主动要求报各种兴趣班，又是弹琴，又是击剑，艺术特长和体育特长双管齐下。

然后，他就成了人才市场上比阮瑀还香的香饽饽，各路大佬抢着给他递 offer。

一开始，阮籍还真准备撸起袖子大干一场，为曹氏竭忠尽智，发光发热。

可紧接着问题就来了：当时中国北方的江山社稷，面临着魏晋易代，从姓曹向姓司马过渡的局面。

实际控制人的股权变更过程并不和谐，甚至可以说充满了血腥。

在著名的高平陵政变中，司马懿大开杀戒，酿造出“天下名士减半”的惨烈一幕。

也就是说，升职加薪的背后，潜伏着随时掉脑袋的风险。

现在，阮籍和他爸一样，要认真思考到底工作还是不工作的问题了。

他在一张惨白的宣纸上列出了一个长长的清单——我为什么要工作？

又在另一张惨白的宣纸上列出一个简短的清单——我为什么不工作？

尽管第一张纸被写得密密麻麻，第二张纸只有寥寥几个字，最后阮籍还是默默撕掉了第一张纸。

因为第二张纸上写着：我怕死！

三

由于有家学渊源，在如何拒绝一份工作这件事上，阮籍比他爸多了几分技术含量。

他从不正面硬刚，更不会让自己落到挨鞭子的田地。

每次他发现一个 offer 无法拒绝，就装模作样去上班。然后没多久，就给领导交上去一份病历表："报告老板，我现在的身体，可能已经不适合继续待在这个岗位了。等我回去养好病，再来为您健康工作五十年！咳咳……咳咳咳。"

这一招屡试不爽，就连大将军曹爽也拿他没办法。

当时，曹爽作为站 C 位的辅政大臣，正是权倾朝野的时候。他的竞争对手司马懿，看起来则是垂垂老矣，奄奄一息，被排挤到靠边站。

当世权臣递来橄榄枝，含金量有多高不言自明。可阮籍却仍以身体为由，没干几天就辞职归田。

很多人在背后指指点点，说阮籍不识时务，将来肯定要后悔。然而一年后发生的事，把这些人的脸打到智能手机都识别不出来。这就是前面提到过的高平陵政变。

司马懿趁着曹爽出城祭祀，出兵封锁洛阳城，不仅政变成功，还把曹爽的党羽一网打尽。

这时候人们才想起来，去年有个叫阮籍的家伙，当时他要是跟着曹爽升官发财，这会儿坟头就该有人蹦迪（在古代叫踏歌，李白写过“忽闻岸上踏歌声”）了。

四

然而悲剧的是，高平陵政变过后，阮籍却不得不出山，加入了司马懿的团队。

原因很社会：装病这种入门级的骗术，根本骗不过司马懿。当年，司马懿自己就用过这个骗术试图拒掉曹操的 offer，并且失败了。

更烦人的是，从司马懿到司马师、司马昭，父子三人还都挺器重阮籍的。

这就让阮籍内心很矛盾、很痛苦。

追根溯源来讲，阮籍可以算曹魏阵营的人，他的心和曹魏皇室站在一起。毕竟，他父亲深得曹操和曹丕器重，他自己幼年时又管曹丕叫叔叔，拿过他好多零花钱。现在曹氏式微，司马氏跋扈，他却被迫做了司马氏的员工，心里能不别扭吗？

可司马代曹，就像几十年前曹氏代刘一样大势已定，他一个文弱书生也改变不了什么。他唯一能做的，也就是尽力不去做帮凶了。

司马师曾经派给阮籍一个差事，让他去魏帝曹髦（máo）身边做间谍。知己知彼，改朝换代的戏码才能顺利上演。

本来是多好的立功机会呀！阮籍却左右为难，寝食难安。

他不是个生意人。从没想过通过出卖别人来获得进账。更何况，要他出卖的还是那个有恩于他的家族。

每次司马师给他发微信：“在吗？在干吗？曹髦在吗？曹髦在干吗？”

阮籍都回复得很吃力。短短一句话要修改好半天。

怎么才能摆脱这个尴尬的处境呢？

想来想去想到了：挂职。

阮籍找到司马昭（司马师此时已经病死）：“领导，我能不能去县里锻炼锻炼？没有基层经验，工作起来总觉得缺了点什么呢。”

司马昭一听很高兴：“知识分子愿意下基层，好事！”

就把他派去外地做东平相。

很多诗人做起地方官来都是一把好手，很会造福百姓，比如白居易、王安石、苏轼。可说到阮籍，我们不太好下判断。

因为他做东平相一共就十来天，唯一的政绩是：拆掉了衙门口一块影壁，大大改善了屋里的采光。

然后就骑着小毛驴回洛阳跟司马昭汇报：“报告领导，我破除了横亘在官府衙门和广大群众之间的一道壁垒！”

五

阮籍一生的最高职位，是步兵校尉。和东平相一样，他主动跟司马昭求来的。

这个不痛不痒的闲职，特别适合养老。之所以钟意它，原因很吃货，他听说那个单位存了很多好酒。

只想蹭酒买醉，无意升职加薪，不和你对着干，但也别指望我给你抬轿子，这就是阮籍的政治态度。

这么做当然很危险，司马昭手下有个叫钟会的家伙，就总想着从阮籍身上抓到点儿什么把柄，整死他。阮籍的好朋友嵇康，就是这么被钟会整死的。

阮籍能怎么办？发言玄远，口不臧否人物呗。你说什么都对，你聊啥我都“今天天气……哈哈哈”呗。

生活这么压抑，总要有点儿释放的渠道啊。幸好阮籍是有车一族，得空他就喝点儿小酒，驾车去郊外，漫无目的地瞎转，一旦发现前方无路可走，就停下来嚎啕大哭。（还记得《滕王阁序》里那句吧：阮籍猖狂，岂效穷途之哭。）

为了不憋出内伤，阮籍发明了一种非主流的反抗方式——做个坏男人。

什么名教礼法，什么这个规那个矩，都给我闪一边去。

当时，司马氏强调以孝治天下，阮籍却在得知母亲死讯时，坚持要下完一局围棋（请想象一下得知母亲去世，却有人要打完一局王者荣耀的情景）。在母亲的葬礼上，凡是面带愁容来吊丧的人，他都翻一个大白眼，最后还是嵇康懂他，带着琴和酒来，阮籍这才多云转晴，青眼相看。

他和嫂嫂玩暧昧，整天粘着邻家少妇，还在一个素昧平生的美少女葬礼上纵情大哭（是的，不仅蹭酒，连葬礼也要蹭）。

就算是在司马昭的饭局上，当所有人都西装革履，毕恭毕敬，他却敢吊儿郎当，箕踞啸歌，完全没个正形。

表面看，净是些不着调的事。

其实背后却藏着一个四面受困的灵魂和几许压低嗓音的呐喊——

所谓的名教礼法，所谓的纲常伦理，早就成了司马氏手中一件虚伪至极的工具。谁不合作，就安上相应的罪名往死里整。

至于司马氏自己，那个道貌岸然的利益集团，何曾遵守过半点规矩！既然如此，那我便做一个狂放不羁的男子，让那些虚伪的规矩都见鬼去吧！

魏晋时期怪人、狂人那么多，动不动就“越名教而任自然”，这是一个很重要的原因。

六

除了喜欢蹭酒、蹭葬礼，阮籍还有个爱好，蹭饭局。

而且蹭的还是“国宴”——三天两头就往司马昭府上跑。

你看你看，我没有不乖的，我又来你家打卡啦。

这种求生欲，一方面显出阮籍的矛盾软弱，另一方面，可以说是相当长肉了。

以司马昭的聪明，显然也看出来阮籍这是在做样子。可谁让阮籍粉丝多呢，这么大一个大 V[①]，虽然从没给司马氏官方帐号点过赞，但他还愿意在司马家屋檐下低低头，也算很给面子了。

所以司马昭常常护着阮籍。

有一次，一个大官当着阮籍的面，建议司马昭流放阮籍，罪名是：“母亲刚死就出来大吃大喝，不孝的逆子！”

司马昭却微微一笑：“你没看到阮籍骨瘦如柴的样子吗？人家这是真孝子，真伤心。至于那些表面功夫，就不是给他这样的人准备的！”

恰好司马昭的儿子司马炎到了可以撩妹的年纪，为了避免这孩子撩到一个不三不四的女人，司马昭决定，要让他多接受接受

① 大 V：指在微博平台拥有众多粉丝的用户，此处意为有知名度，有影响力的人。

文学的熏陶，放出风声，要替他向阮籍的闺女求亲。

是不是觉得司马炎这个名字有点儿耳熟？让我们回忆一下中学历史课本讲西晋那一讲。西晋王朝的开国皇帝叫什么来着？没错，就是司马炎。

这事儿搁谁身上不都得乐死啊，可阮籍又岂是我们凡人能够猜中的。

一听说司马昭派人来提亲，阮籍就预先把自己灌醉了。

使者一看，不能让人“酒嫁”啊，辛苦点儿，明天再来吧。

结果，一连去了六十天，阮籍天天都是醉眼朦胧，口齿不清。

司马昭再傻，也明白阮籍什么意思了。

这事儿，就这么被阮籍蒙混过关。

不过机智如他也该想到，在有些事情上，酒，并不是万能的。

七

中国历史上，很多改朝换代没有经过大规模的战争起义，而是通过“和平”禅让，协议转让股权的方式完成的。比如，王莽代汉，杨坚建立隋朝，赵匡胤黄袍加身。

禅让的关键，是不能让领导自己提出来要变更股权，这样会显得领导太不高风亮节。

必须是广大人民群众大声疾呼，众望所归，领导一再推辞，最后实在没办法，只能顺应民意，借壳上市，龙颜大悦地去纳斯达克敲钟。

在这个过程中，搞出来一篇“代表民意”的爆款文案，非常关键。

说到这儿你也明白了，这么重要的任务，没有比阮籍更完美的人选了。

接到命令时，阮籍最开始一脸无辜：“什么？写文案？这不是领导秘书的活吗，我一个步兵校尉……”

在看到对方坚定中带着森冷的眼神后：“好的，亲，我会尽快发货的！”

然后他就又把自己灌醉了。

使者来取货那天，阮籍还一个字没写，在满屋子的酒气里打呼噜。

使者戳了戳阮籍的胳肢窝，把他戳醒。双方一阵沉默的对视后，阮籍提起笔来一气呵成，一篇神作呱呱（gū gū）坠地。

虽然最后司马昭没来得及以皇帝的身份出道就死了，但阮籍这篇《劝进表》，却成了他晚节不保的一个实锤，给后世的喷子[①]们留下了满满的槽点。

你们看看阮籍这人，整天装出一副狂放不羁的样子，还不是跪舔司马氏？他就是司马氏裤裆里一只虱子！同样是竹林七贤，嵇康比他不知高到哪里去了！

刀没架到自己脖子上，人人都可以轻轻松松当键盘侠[②]。

就在阮籍写《劝进表》的前一年，嵇康被杀了。阮籍如果拒写这个文案，后果可想而知。

嵇康的确够刚烈，可阮籍并不想做这样的烈士，他只求穿过风风雨雨，过完寂寞余生。

阮籍妥协了，内心的痛苦煎熬却像一把布满倒刺的钩子，让他的灵魂千疮百孔。他用脚指头想想也知道，当代的道德家与后

---

① 喷子：无逻辑骂人者。

② 键盘侠：指在网络上不顾现实，占据道德制高点，毫无顾忌地指责他人者。

世的键盘侠们，会用怎样的手势戳他的脊梁骨。在无数个夜雨搅扰梦魂的夜晚，他也焦虑九泉之下的好友嵇康，会在梦里给他什么样的脸色。

就这样，写《劝进表》一两个月后，阮籍郁郁而终，享年五十四岁。

八

鲁迅说：“人生得一知己足矣，斯世当以同怀视之。”

阮籍一生虽然矛盾苦闷，但他居然一口气交到了六个知己，做批发真的很有天分。

就像银行卡余额不足和找不到女朋友总是成对出现，掉头发和长肚腩是难兄难弟，阮籍的知己们，也净是些才华很高，但不怎么着调的家伙，专业称呼叫“名士”。

比如嵇康，大概是史上最“有味道”的男人：只有身上长了虱子，他才肯屈尊去洗个头冲个澡。他还是中国赖床界的先驱和巨擘。每天早上，只要还没被尿憋到膀胱炸裂，他绝不会从床上爬起来。

比如刘伶，整天在家裸奔，还号称他们家房子就是他的裤子，凡是进了他家，就相当于钻进了他的裤裆。他还超爱喝酒，出门在外也喝一路，为了防止醉死了暴尸荒野，他的仆人会随身带一把铲子，以便就地掩埋。

比如阮咸（阮籍的侄子），可能是史上最不挑酒友的酒鬼。《世说新语》里有这么一段：“（阮咸和族人）以大瓮盛酒，围坐，相向大酌。时有群猪来饮，直接去上，便共饮之。”他给母亲守孝期间，听说他的异族女朋友要搬家去远方。披麻戴孝就追了上去，然后俩人亲密无间地同骑一头小毛驴招摇过市！

再比如王戎，可以媲美葛朗台的守财奴。他最大的爱好就是数钱数到手抽筋，女儿借他几个小钱，他都甩脸子，侄儿结婚他只送一件破单衣，送完居然还觉得肉痛，又要了回去。

就算是最靠谱的山涛，他纵容老婆追星的程度，也让人大（无）开（话）眼（可）界（说）。山夫人早就听说阮籍、嵇康的大名，非让山涛把这哥俩请到家里，然后从窗洞中偷窥，看了一整个通宵！看完还带点评：“嗯，老公你的才气是赶不上他俩啊……”

我常常很困惑，这几个人组出来的男团为什么叫“竹林七贤”，而不是“竹林七怪”？

像这样的原生家庭培养出来的孩子，不得天天拆房子，天天偷爸妈手机给女主播氪金打赏？

然后我就发现我错了，彻彻底底错了！

阮籍的儿子也曾想出道，加入“七贤”，阮籍的回答毫无商量余地：“咱团里已经有两个姓阮的了，你给我好好学习去！”至于嵇康，更是和所有慈祥的老父亲一样，语（婆）重（婆）心（妈）长（妈）地写了个《诫子书》，内容巨细无遗，完全就是魏晋版《三好学生守则》。

这像是他俩干出来的事吗？

中国人推崇子承父业，克绍箕裘，一个人不让儿子把自己的人生复制粘贴，并且发扬光大，只能说明他对自己的活法其实并不认同。那些“佯狂难免假成真”的言谈举止，那些离经叛道、惊世骇俗的戏码，是不得已而为之的不甘和无奈，也是报废自己大好人生时，最后发出的那一声“他奶奶的”。

如果可以选择，谁不想做个前途无量的有为青年啊！

为什么阮籍、嵇康们是竹林七贤而不是竹林七怪？

因为怪的不是他们，是那个让人无路可走、无话可说的时代。

九

愁苦之词易好，欢愉之词难工。

读古诗词，劈面而来的多是些凄风苦雨，愁云惨雾。

但，即便是李贺，也会有“男儿何不带吴钩，收取关山五十州”的豪迈。即便是杜甫，也会有“白日放歌须纵酒，青春作伴好还乡”的畅快。

只有读阮籍的诗，你的内心不会有什么波澜起伏的，因为他写的全都是些“负能量”……

比如他最经典的这首《咏怀》：

夜中不能寐，起坐弹鸣琴。
薄帷鉴明月，清风吹我襟。
孤鸿号外野，翔鸟鸣北林。
徘徊将何见？忧思独伤心。

一个人的夜，我的心应该放在哪里？只有一点孤鸿，哀鸣不已，凄怆作答。

再比如这首同样经典的《咏怀》：

一日复一夕，一夕复一朝。
颜色改平常，精神自损消。
胸中怀汤火，变化故相招。

万事无穷极，知谋苦不饶。

但恐须臾间，魂气随风飘。

终身履薄冰，谁知我心焦！

读起来，有没有一种鬼气森森的感觉？

好不容易看到这么几句（题目还叫《咏怀》，开心吗？）：

少年学击剑，妙伎过曲城。

英风截云霓，超世发奇声。

挥剑临沙漠，饮马九野坰（jiōng，野外）。

旗帜何翩翩，但闻金鼓鸣。

有点儿盛唐边塞诗的英气和硬气了吧？然而根本帅不过三秒，到最后还是熟悉的配方、亲切的味道：

军旅令人悲，烈烈有哀情。

念我平常时，悔恨从此生。

诗如其人。充满了欲言又止，充满了猎猎悲情。

历史上怀才不遇的诗人很多，一生潦倒的诗人也很多，但还从没有一个诗人的诗让我如此心疼，如此想要给作者一个大大的拥抱。

在给出拥抱的同时，心里又带着九十九分的唏嘘。

我们读李白的“停杯投箸不能食，拔剑四顾心茫然”，知道他被唐玄宗买断工龄，赐金放还，职业生涯全面崩塌；我们读杜甫的“朝扣富儿门，暮随肥马尘。残杯与冷炙，到处潜悲辛”，知道他作为寒门子弟投身京漂的艰辛不易；读李贺的“长安有男儿，二十心已朽”，知道他因避父讳无缘进士考试，只能屈身皂吏的屈辱创痛。

总结一下，都是很努力，但却没得选。

而阮籍呢，明明深得司马氏器重，只要他愿意，他甚至可以做开国皇帝的老丈人。然而他却选择在春秋鼎盛的年华，开启半退休的上班模式，选择过“冰火两重天”的生活：不是“胸中怀汤火”，就是“终身履薄冰”。

他的矛盾痛苦，也因此变得混沌而又微茫，像雾像雨又像风。

最后，用一首同样负能量的诗，来结束这篇文章吧。

伤哉龙受困，不能越深渊。
上不飞天汉，下不见于田。
蟠居于井底，鳅鳝舞其前。
藏牙伏爪甲，嗟我亦同然！

这首诗叫《潜龙》，作者就是前面提到过的魏帝曹髦。他十四岁登基，本是个雄才大略智勇双全的君主，只可惜一生都做了司马氏的傀儡，最后在奋起反抗时被一枪戳死，享年二十岁。

嵇康

私生饭[①]到底有多可怕？

一

今天，我们来讲一个残酷的追星故事。看完你就知道，私生饭到底有多凶猛、多可怕了。

故事的主人公之一，钟会，这名字或许并不算特别耳熟，但看过《三国演义》的朋友应该记得，正是他带兵推平蜀汉，使得刘备、诸葛亮的创业项目没能走到C轮。

钟会出身名门，父亲钟繇（yáo），位列三公，书法上和王羲之齐名，被称为“楷书鼻祖”。

虎父无犬子。三国最著名的神童故事，除了孔融的“想君小时，必当了了”，就要属钟会的“汗不敢出”了。

《世说新语》记载，钟会和哥哥钟毓才名惊动朝廷，得到魏文帝曹丕召见。兄弟俩性格迥异，曹丕开玩笑，问钟毓：“你这

① 饭：fans，粉丝。

满头的大汗是怎么回事？”

钟毓回答得很巧妙：“战战惶惶，汗出如浆。”我叫不紧张。

曹丕很满意，又问钟会：“那你为何不出汗？”

钟会的回答更绝：“战战栗栗，汗不敢出。”他是真的不紧张。

成年后的钟会，鬼点子一箩筐，在众多年轻官员当中，显得那么卓荦不凡。

工作之余，他也追星。宇宙级男团竹林七贤中，颜值最高、最不爱干净那位——嵇康，就是他偶像。

钟会天天给嵇康朋友圈点赞，在公众号下面氪金打赏。

但是没办法，人一旦出名，就不太容易接近。哪怕你一颗红心、两眼放光，对人家来说，也属于面目模糊的 nobody。

二十出头的嵇康，已经是曹操的孙女婿，羡煞旁人的驸马爷。

他整天和阮籍弹琴喝酒，和向秀钻研冶炼技术。

就是不给钟会好脸色。

二

得到偶像肯定，是很多粉丝的毕生心愿。

经过一番悬梁刺股，抓耳挠腮，钟会居然鼓捣出来一本哲学著作。

信心爆棚的他，揣着新书奔向嵇康家。

他觉得，是时候向偶像展示真正的技术了。

但没想到，一段短短的路程竟然耗尽了他的勇气。到了嵇康家高深的围墙外，他忐忑得像个不敢交作业的小孩。

最后，他卯足力气，抡起胳膊，把新书从围墙外扔了进去。

也许，该等到自己更优秀了，再以一棵树的姿态，和偶像并肩站在一起吧。

一晃，很多年过去了。因魏帝年幼，大权渐渐旁落到司马氏的手里。江山易主，改朝换代的趋势难以阻挡。

在此过程中，钟会光速崛起，成了司马氏的首席谋士，大权在握，风头无两。

而他的偶像嵇康，作为曹氏的驸马，位置尴尬。司马氏看重嵇康的名气，派嵇康好友山涛（字巨源）出面，封官许愿，收买拉拢。嵇康却断然拒绝，还搞出一篇刷爆朋友圈的《与山巨源绝交书》。

等于向全世界宣告：我生是曹家人，死是曹家鬼。不服，整我呀。

嵇康的命运在写绝交书的那一刻已经注定，只是，还缺少一个落井下石的人。

钟会也没有想到，最后会是他，来终结这个在他心里一直高高在上的偶像。

三

风和日丽的一天，钟会来到嵇康家门口，前呼后拥地，带着一堆属于他自己的迷弟。

这些人的荣华富贵，都只是他几句话的事。

原来，无需仰视地站在偶像面前，是这么痛快的一件事。偶像，你看你快看，我就是当年那只丑小鸭，我发达啦！

钟会的心情很久没有这么好过了。

但他很快陷入难堪的处境：嵇康和向秀自顾自在树下打铁，忙前忙后，汗流浃背，对他这一大伙人的造访，竟然视若无睹。

就算嵇康再怎么“越名教而任自然”，这也不可能是他正常的待客之道。

双方沉默地对峙了好半天，钟会心里，天空轰然塌下来一大片。

就在他一鼻子没趣准备离开时，偶像终于说话了：“何所闻而来，何所见而去？”

怎么就来找我了，怎么又要走了呢？

不搭理人就算了，还带这样羞辱人。年少时读到这一段，觉得这嵇康也太没礼貌了。现在知道，这和他大张旗鼓与山涛绝交一样，是在向司马氏表明态度。对钟会本人，未必真有什么意见。

好在钟会不愧是“战战栗栗汗不敢出”的神童，立即回了一句：“闻所闻而来，见所见而去。”

这话几个意思，下回分解。

四

受伤的钟会有没有一气之下烧掉珍藏已久的嵇康的书籍、画像，我们不得而知。不过他权柄在手，非普通粉丝可比。

那场迷之尴尬的会面过后，偶像和粉丝都在加速滑向他们人生的终点。

对于嵇康的不合作，司马氏忍耐已久，只差一个冠冕堂皇的借口。公元 262 年，机会终于来了。

除了竹林七贤，嵇康还有一个编外好友吕安。两人关系铁到什么程度呢？“每一相思，千里命驾”，打着飞的约会那种。

谁能想到，因为对人性的乐观、无知，嵇康会把好朋友坑到地狱里去。

吕安有个迷人的妻子，被亲哥哥吕巽（xùn）诱奸了。吕安怒从心头起，要报官拼个鱼死网破。

嵇康单手摁住吕安："要想生活过得去，头上哪能没点儿绿？闹到尽人皆知，吃亏的还不是你自己！"

吕安信了嵇康的邪，只对吕巽一顿严正谴责。结果没多久，吕巽居然恶人先告状，害得吕安被流放边疆，罪名是：不孝。

不孝在今天主要是个道德问题，可在魏晋，喜提死刑也不奇怪。曹操杀孔融，罪名正是不孝。

嵇康无意中做了猪队友，自然要跳出来为好友辩护。他哪能想到，一张饥肠辘辘的命运之网，已经在他头顶缓缓铺开。

五

阁下给坏人辩护，想必也是坏人。因为这样的神逻辑，嵇康也被抓了。

此事轰动娱乐圈，三千太学生上书请愿，大批名流愿意陪嵇康坐牢。

偶像的影响力，从没让人失望过。

在监狱里，嵇康反省了自己的一生。他写下著名的《幽愤诗》，字里行间透露出悔恨情绪，并且天真地计划着，出狱后要做个风情万种、与世无争的男子。

不知道自己的末日，正攥在一个旧日粉丝的手里。

当时已是首都最高长官的钟会向司马氏进言："偶像嵇康，不可小看。才高卧龙，心腹大患。"

忘了说了，钟会以善于识别"危险"人物闻名。魏帝曹髦必须严加提防，"反贼"许允的儿子可以留着不用管，司马氏常常采取他的意见，来决定生杀予夺。

他说嵇康是卧龙，那刀下就不能留人，死亡机器必须轰隆隆开动起来。

公元262年，平淡无奇的一天，时年四十，还在计划着出狱后美好生活的嵇康，被仓促地拖出深牢大狱，在洛阳东市明正典刑。

他怎么也没想到，给一个判流放的朋友辩护，自己的处罚却是死刑。

围观群众中，有大批嵇康的粉丝。他们不知自己是幸运还是不幸，竟然陪偶像走完人生最后一幕场景。

那也是人类死亡史上最凄美的一幕：偶像没有刻意去表现大义凛然，也不屑破口大骂，而是获准弹琴一曲，在完美的演出中谢幕。

随后，刽子手手起刀落，一颗人头轻巧坠地。

至死，偶像唯一不能释怀的，是这首《广陵散》从此后继无人。

六

时间永是流逝，街市依旧太平，有限的几个生命，在中国是不算什么的。（鲁迅《记念刘和珍君》）

嵇康之死，于司马氏是一门回报丰厚的好生意。至此，多么孤傲的名士，也不得不放下超然物外的姿态，屈身于司马氏的门庭。就连嵇康的儿子嵇绍，也在山涛的培养下成长为司马氏的骨鲠忠臣，在保卫晋惠帝的战斗中英勇殉职，获赠谥号“忠穆”。

在改朝换代的大潮中，有人随波逐流，有人坚守孤岛。他们或死或生，历史的评价有褒有贬。每个人都有自己的人生选择。

嵇康之所以不得不死，罪状中还有这么一条：曹魏旧臣起兵反叛司马氏时，他曾想遥相呼应，被山涛劝止。

也就是说，他有造反的思想准备。

这么无凭无据的罪证，钟会居然也能挖得出来，可以说很拼了。

历史没有记载，“反贼”与“异见分子”嵇康伏法时，钟会是否在场，脸上又带着怎样的神情。

倒是《三国志》白纸黑字地写着：平蜀之后，钟会自己与姜维合谋，扯起造反大旗，想要脱离司马氏割据一方。

只可惜，政治和人心远比神童钟会想的要复杂，他手下的部将没兴趣跟他趟这个浑水。在嵇康死后两年，钟会也因部下兵变，死于乱军之中，和他的偶像一样，享年四十岁。

七

倘若没有政治营垒的阻隔，粉丝钟会和偶像嵇康之间，本会演绎出何种类型的故事？

千百年来，偶像们看似光芒万丈，人人追捧，其实，不过是权力社会中吹弹可破的弱势群体。

当政治松弛，权力的挤压不甚明晰之时，偶像们在镁光灯下翩翩起舞，在鲜花与掌声中顾盼自雄，仿佛整个世界都被他们踩在脚下。

很少能有人意识到，到处都是看不见的手，而他们屁股底下那张看起来安如磐石的椅子，随时都会被人一把抽走。

学渣陶渊明

像我这样优秀的人，本该灿烂过一生

一

公元426年，浔阳柴桑（今江西九江）的一条乡村小路上，一位老人步履蹒跚，面有菜色。

徘徊许久，才停在一户人家门前，抬手敲门。

门开后，主人脸上惊喜中带着几分迷惑。在看到老人支支吾吾、欲言又止的样子后，他明白了过来。

今年浔阳大旱，又有蝗虫过境，好多人家里揭不开锅。老人此来，显然是要“借”米。

虽然他们相知不久，老人的诗文和操行，主人素来仰慕。他当即叫人准备了几袋米，拉着老人在客厅坐下，好酒好肉，谈笑风生。

老人脸上忐忑又拘谨的神色终于放松下来。他很久没有这么开怀畅饮过了。

生活的重担把他从一个意气风发的隐士，变成捉襟见肘的老农。他写了那么多超然物外的诗文，面对全家的饥肠辘辘，却一筹莫展。

再来一次这样的年成，恐怕全家都要出去讨饭了吧？

想到这里，老人欢笑的神情之上，不禁浮起了一层苦涩的暗影。

二十年前，他是主政一方的彭泽令。官场上僧多粥少，这么宝贵的职位，是家中长辈极力为他争取来的。在短短八十多天的任期内，家中境况大为好转。妻子脸上堆满了从未有过的光泽。

也正因此，谁都不理解他为何要突然辞职，族人邻里看他的眼神像看一道奥数题，估计背后说什么的都有，其中最有杀伤力的一种，想必是这样的：

“我就说吧，陶渊明这小子，从小就是个学渣，后来工作又总是三天打鱼两天晒网，整天就知道吟风弄月，真是烂泥扶不上墙！”

二

曾几何时，陶渊明这个学渣，这块扶不上墙的烂泥，也曾是家族中兴的希望。

魏晋时期门第森严，高门大族与寒门庶族之间，差着孙悟空好几个筋斗。较之王、谢、桓、庾这些士族高门，陶氏一脉，说得难听点儿叫作门衰祚薄。王谢子弟天天清谈就可以立取公卿，寒门士人拼死拼活，也只能沉沦下僚。

陶渊明的曾祖父陶侃，曾经为陶家狠狠争了口气。他从普通干事的岗位上干起，凭借骄人的军功，竟然一路做到大司马的高位。

但是可惜，陶侃的辉煌不过是昙花一现，陶侃死后，陶家迅速被打回了原形。陶渊明的祖父和父亲，都只做过地方太守。陶家多么希望能有一个像陶侃那样的人横空出世，为整个家族打破僵局，再一次牛气冲天啊！

然而，无论从哪个角度看，长大后的陶渊明同学似乎都难以担起这个重任。

陶渊明很小的时候父亲就去世了。幼年丧父原本是很多成功人士的标准配置，但在陶渊明这里没有应验。他从小成绩就一般，又不爱跟人打交道，整个一个内向型学渣。

> 少年罕人事，游好在六经。
> 行行向不惑，淹留遂无成。（《饮酒·其十六》）

按照陶同学自己的说法，他还是挺爱学习的。可是都到了不惑之年，成绩还是没什么提高。

原因在哪里呢？

条件没有王家、谢家好，买不起八百万的学区房，可能是一方面。更重要的，可能还是学习方法出了问题。

我们来看看陶渊明《五柳先生传》里的一句话，就明白了。

> 好读书，不求甚解。每有会意，辄欣然忘食。

不光读书读得不细致，稍微有点儿收获，还把尾巴翘到天上去了！如此率性、任性的学习方式，难怪成绩迟迟没有起色。

要知道，魏晋时人们读书是相当细致的。

那个时候虽然没有科举考试，但是却流行清谈，类似于现在的辩论赛。很多名士都是在大大小小的辩论赛上一战成名、走向人生巅峰。辩论的主题，常常来自那个时代最重要的三本教科书：《老子》《庄子》和《周易》。如果没把教科书吃透，辩论时就很容易被对方问得哑口无言，老脸丢尽，或者小脸丢尽（具体是老脸还是小脸，取决于脸部肌肤的保养状况）。

陶渊明同学参没参加过这样的辩论赛呢？我想答案是确定、一定以及肯定的，而且八成表现很一般。按照《奇葩说》那种比赛规则，他一发言，观众的票数估计全跑对方辩友那边去了。

《世说新语》记载了很多这样的辩论赛，但是没有提到陶渊明。

没办法，一本天才学霸大全，怎么可能提到一个学渣！

你可能要问了：我不是天才不是学霸，我作为反面教材，还不给露一下脸吗？

对不起，反面教材我们在学区房这边找到了！你别说，姓王的、姓谢的人里头，还真有不少给家族丢脸的。陶渊明吗？不存在的，他才没有给家族丢脸，他们陶家也就出过一个陶侃，其他全是学渣也不稀奇。

（陶侃："孩子，你可要好好学习，别丢了咱陶家的脸啊！"

陶渊明他爷爷："孩子，你可要好好学习，别像我一样丢了咱陶家的脸啊！"

陶渊明他爹："孩子，你可要好好学习，别像……你爷爷那样丢了咱陶家的脸啊！"

陶渊明："爹爹，有道题我不会，你能帮我解一下吗？"

陶渊明他爹："孩子，我有事先走一步！"

就这样，陶渊明幼年丧父……）

三

在古代，很多人长期不工作，甚至一辈子不工作，生活照样过得有声有色。

淝水之战的总调度师谢安，就是在四十岁之后才被猎头挖出来工作的。

四十岁之前的谢安在干吗呢？有个成语叫东山高卧，这是比较文雅的说法。比较直白的说法则是，东山携妓。

文人高士嘛，诗酒风流不可少，红粉佳人更不可少。

以上说的是有钱人。

二十九岁之前的陶渊明也不工作，但他的情况和谢安不太一样。谢安携妓东山的时候，陶渊明在干吗呢？

面朝黄土背朝天。为中年归隐以后的躬耕生活打下了坚实的……技术基础。口说无凭，我们来看看陶同学的种植技术有多强吧——

> 晨兴理荒秽，带月荷锄归。（《归园田居·其三》）

够努力、够勤奋吧？感觉亩产万斤不是梦吧？然而，实际情况却是这样的——

> 种豆南山下，草盛豆苗稀。（《归园田居·其三》）

种豆……不得豆，得的是草。

读书清谈是学渣，搞农业还是学渣。三百六十行，行行出学渣。

这么高的种植技术，想靠地里的收成养活全家，当然有困难。何况陶同学在让老妈抱孙子这件事情上还挺积极，他和两任妻子一共生下五个儿子，子又生孙，孙又生子，子又有子，子又有孙，子子孙孙……（愚公：咦，是不是有人cue[①]我？）你算算多少人张着嘴等着吃饭吧。

余家贫，耕植不足以自给。幼稚盈室，瓶无储粟，生生所资，未见其术。（《归去来兮辞并序》）

实在饿得没办法了，陶渊明就出来做了江州祭酒，顶头上司是王羲之的儿子、“咏絮才女”谢道韫的丈夫王凝之。江州祭酒到底是干吗的，现在说法不一，但实权在握是没有问题的。王凝之对他也是相当的器重。如果表现好，前景值得期待。

可是陶同学很快就暴露出了不靠谱的属性。江州祭酒没做几天，他就给王凝之递了个辞职信：“世界那么大，我想要回家。”为什么想回家呢？据说理由是四个字——“不堪吏职”。

做公务员难道会比种田还难受？联系到后来的“不为五斗米折腰”，陶同学大概天生就不喜欢官场的尔虞我诈、上下逢迎。你让他给领导端茶倒水，和同事勾心斗角，他觉得还是种草，哦不，种豆更有意思。

① cue：英文原意暗示、提示、信号。网络流行用语中有给某人暗示，暗示某人，请某人接话的意思。

四

除去年少时短暂的啃老之旅，陶渊明一生的大部分时光都在贫困中度过。而且这人还特实诚，什么都往诗里写。

弱年逢家乏，老至更长饥。（《有会而作》）

夏日抱长饥，寒夜无被眠。（《怨诗楚调示庞主簿邓治中》）

倾壶绝余沥，窥灶不见烟。（《咏贫士·其二》）

弊襟不掩肘，藜羹常乏斟。（《咏贫士·其三》）

和杜甫的四处碰壁、一生潦倒不同，陶渊明其实完全不必过这样的生活。他有太多机会可以扭转命运之轮。

陶渊明辞去江州祭酒后，王凝之几次三番召唤他，名将檀道济苦口婆心地劝说他，朝廷也曾征他为著作郎，却都被他无情拒绝。

那些别人眼里的香饽饽，他做到了弃如敝屣。

在二十九岁到四十一岁这十多年里，他也曾短暂出山工作过。估计是肚子实在饿得受不了了（《饮酒·其十九》：畴昔苦长饥，投耒去学仕），或者被老婆整天絮叨得受不了了吧（女人从来都是男人进步的阶梯）。

他做过桓玄的幕僚，也做过刘裕的参军。

这俩人都是雄踞一方的大军阀，也是龙骧虎步的开国君主。通俗点讲，就是通过种种手段试图颠覆东晋国家政权的危险分子。干的是世界上风险最大、潜在收益也最可观的营生。

桓玄比较悲催，龙椅只坐了几个月。刘裕就厉害了，南朝宋、齐、梁、陈中的刘宋王朝，就是他创立的。

改朝换代这种大事，可以想象会有多少人鸡犬升天。对寒门庶族子弟，更是千载难逢的好机会。曾经力劝陶渊明出山做官的名将檀道济，就搭上了这艘叫作开国元勋的火箭。

这么好的机会，陶渊明有没有把握住呢？

不仅没有把握，从种种迹象来看，陶渊明之所以进了桓玄和刘裕的创业公司，很大程度上还属于逼不得已。他自己压根儿就没投过简历。

虽然陶渊明自己并没有真正为晋室好好工作过，但那毕竟是他曾祖、祖父和父亲守护过的江山社稷，怎么能说改就改了呢！我不同意！

然后桓玄和刘裕的 offer 一来，陶渊明就乖乖过去报到了。

很怂是吧？很软蛋是吧？

不去难道会死？

是的，不去真有可能会死。不合作就杀人，在那个年代绝对是家常便饭。不信？你想想嵇康是怎么死的，阮籍又为什么会给司马昭写劝进文。

我怕你杀我，怕你动我的家人。你要我来，我来了。但是对不起，我的心并不在你这里。

《三国演义》当中，徐庶人在曹营，却终身不为曹操献一策。陶渊明显然不敢这么嚣张。

在桓玄幕府，该干的工作是不能含糊的。可只要大家诗酒高会，同事们一个个争先恐后地写诗歌颂桓大将军的丰功伟绩时，陶渊明的戏精属性就上线了。

他不是一脸内急地跑出去上厕所，就是浑身酒气地趴桌子上做死猪状。

在陶渊明同学的作文集里，我们会看到一堆哭穷的句子，却找不到一星半点给领导歌功颂德的文字。

后来，风雨飘摇的晋室江山，终于被刘裕和平演变。晋安帝元熙二年（公元420年），改元变成了宋武帝永初元年。

原本，和很多人一样，陶同学写诗、写文章，都喜欢认认真真地在后面署上“义熙十年”“元熙元年”“元熙二年”的字样。

可自从江山易主，这个习惯就戛然而止。当所有人都顺水推舟地开始在诗文后面署上“永初元年”“永初二年”的字样，陶渊明却看着自己新写出的一首首诗、一篇篇文章，在心里默默地署上这么一行字：元熙三年、元熙四年、元熙五年……

他还专门去了趟“派出所”，把身份证上的名字，从“陶渊明”改成了“陶潜”，潜伏的“潜”。

意思是：以后，别想我再出来了。

家喻户晓的名篇《桃花源记》正是作于此时。其用意很明显：既然这天下已变得如此不美好，如此不称人意，那么，我便自己创造出一个理想的乌托邦、梦中的桃花源吧！

这里芳草鲜美，落英缤纷，土地平旷，屋舍俨然，最重要的是，黄发垂髫，并怡然自乐，不知有汉，无论魏晋。自然也就没有机谋巧变，也没有杀戮篡逆。

五

让我们把时针拨回到公元405年，那时，山河岁月还姓司马。

那一年，陶渊明四十一岁，做上了彭泽县的县令。

彭泽是上县，人口户数在六千户以上。在全国一千多个县当中，排名居上游。

那段时间，陶夫人的腰杆挺得比旗杆还直，朋友圈里全是我家相公又出去视察工作了，我家相公分到了一百亩公田我的天到底种什么好呢相公喜欢喝酒那就一半种水稻一半种高粱吧。

没想到八十多天后，她家相公就回家了。这次，连封辞职信都没写。

事情是这样的：上面州郡派了个督邮下来检查工作。督邮不算多大的官，往往由资历轻浅的年轻人担任，但你要是不把他伺候舒服了，他回去就打个小报告弄死你。所以所到之处，全是好酒好肉，溜须拍马，私相授受。

前面说过，陶渊明生平最讨厌的就是这一套。本来，他是准备强打精神、强忍恶心，出去应酬应酬的。这时候身边工作人员的一句话让他彻底崩溃了。

“大人，上面来人，您得穿正装出席啊！”（会郡遣督邮至，县吏请曰：应束带见之。）

古人穿衣不是小事，和一整套繁文缛节联系在一起。穿上正装，就意味着你得卑躬屈膝，你得百般讨好，你得自处下流。

那天，那个趾高气扬的督邮没有等来一个卑躬屈膝、百般讨好、自处下流的县令，只等来了一句掷地有声的辞职宣言：“我岂能为五斗米，折腰向乡里小儿！”

不就是五斗米嘛，不就是全家的温饱、事业的前景嘛，这些我都不要了还不行嘛！

升职加薪，我所欲也。用自己喜欢的方式生活，亦我所欲也。

如果二者不可兼得，那么，我选择做一个任性的人。

从那以后，“不为五斗米折腰”成了“中国历代名人名言大全”这个公号里转发和评论最为热烈的一条名言，激励了一代代不想工作、不愿苟且的诗人。在读者评论区可以看到无数文豪大咖对它的改编和身体力行。

比如李白的“安能摧眉折腰事权贵，使我不得开心颜”，比如杜甫的“不作河西尉，凄凉为折腰”。

六

彭泽令是陶渊明的最后一个工作岗位。此后二十多年里，他是浔阳柴桑一个喜欢喝酒吟诗的隐士，也是田间地头一个笨手笨脚的农夫。

他的灵魂终于不再被肉体驱使。他，自由了。

归去来兮，田园将芜胡不归？
既自以心为形役，奚惆怅而独悲？
悟已往之不谏，知来者之可追。
实迷途其未远，觉今是而昨非。（《归去来兮辞》）

少无适俗韵，性本爱丘山。
误落尘网中，一去三十年。
羁鸟恋旧林，池鱼思故渊。
开荒南野际，守拙归园田。
方宅十余亩，草屋八九间。
榆柳荫后檐，桃李罗堂前。
暧暧远人村，依依墟里烟。
狗吠深巷中，鸡鸣桑树颠。

户庭无尘杂，虚室有余闲。

久在樊笼里，复得返自然。（《归园田居·其一》）

名篇《归去来兮辞》和《归园田居》，很能反映陶渊明辞官初期的生活和心态。山水田园之美让人流连忘返，远离尘世的污浊和束缚让人心情轻松舒畅。

然而，命运这个母夜叉，又怎么可能停止对人的挑衅和摧残？

时间一长，陶家坐吃山空的后果就显示出来了。公元 408 年的一场大火，更是把全家逼到了绝境。很长一段时间里，一家人不得不挤在一条船上过日子。赶上灾年，更是有上顿没下顿。

好在陶渊明毕竟做过朝廷命官，在外头尚有几分薄面，腆着脸求求人，总还能换回仨瓜俩枣。

这才有了本文开头处，那辛酸的一幕，或许也是中国文学史上最辛酸的一幕。（杜甫：那个，我好像有点不服……我的“朝扣富儿门，暮随肥马尘。残杯与冷炙，到处潜悲辛”要不要了解一下？）

饥来驱我去，不知竟何之。

行行至斯里，叩门拙言辞。

主人解余意，遗赠岂虚来。

谈谐终日夕，觞至辄倾杯。

情欣新知欢，言咏遂赋诗。

感子漂母意，愧我非韩才。

衔戢知何谢，冥报以相贻。（《乞食》）

漂母养了韩信几十天，韩信发达后以千金相赠。陶渊明当然也想做这么有出息的“蹭饭”者，可你只要看看他那路都走不稳、气都喘不匀的样子，就知道没可能了。

七

读陶诗，如果读得不深入，很容易误以为陶渊明是个清心寡欲、自甘淡泊、忘怀得失的人。

其实，我们都被“采菊东篱下，悠然见南山”给骗了，被“富贵非吾愿，帝乡不可期”给骗了。

> 须知少日拏（ná）云志，曾许人间第一流（吴庆坻《题三十小像》）。

人生在世，谁不希望广阔天地，大有作为？除开那些含着金钥匙出生的富贵闲人，谁又真正会对世俗的功业毫无兴趣呢？别提什么巢父和许由了，上古的传说，认真你就输了。

青春年少的陶渊明，也曾和所有普通青年一样，对未来有过种种天马行空的规划和设想，也曾期许自己成为摇动人间的一流人物。

> 少时壮且厉，抚剑独行游。（《拟古·其八》）

有没有十步杀一人我们不知道，但抚剑这个动作本身，已经说明了一切。（请想象一下梅西抚足球、莫言抚钢笔、谷爱凌抚滑雪板的场景。）

> 猛志逸四海，骞翮思远翥。（《杂诗·其五》）

想要飞得更高，想要怒放的生命，歌声在陶渊明同学的耳边久久回荡。

然而，理想丰满的背后一定是现实的骨感，寒微的出身，早已注定了他实现理想的希望格外渺茫。

何况，他还不擅长装孙子，不擅长拍领导马屁。

更何况，对当时人而言，他也只不过是一枚“学渣”而已——

晋人重气度，尚清谈，动不动需要辩论，而陶同学笨嘴拙舌，就连蹭吃讨饭这么简单的事都支支吾吾，词不达意。（这点陶同学要是有我一半功力，他就会是个营养爆棚的胖子。）

晋代名士，不乏琴棋书画，超有文艺才华的。比如王羲之、王献之善写书法，顾恺之擅长画画，嵇康弹琴是一绝，桓伊吹笛没对手。陶渊明同学呢？家里倒是也有一把古琴，朋友聚会喝嗨了需要节目的时候，他还经常煞有介事地当众抚琴一曲。那表演，可以说是相当专业、相当卖力。然而！陶同学这张琴，根本就没有琴弦！他就是对着一块木头上下其手，摸了半天而已！（好羞耻啊，竟然对木头做出这种事！）

晋代诗歌以辞藻华美为上，陶同学的诗则平淡质朴，乍看很不起眼。如果说当时的著名诗人们写的是“满汉全席”，那陶同学的诗就是“粗茶淡饭”。所以当时人对于浔阳这地方有个叫陶渊明的隐士是略有耳闻，却很少有人把他当作一位正经诗人。更加不可能想到也不可能同意，这个陶隐士将来会是一位彪炳千秋的大诗人！

学霸通常善于培养学霸，庭院里有芝兰玉树，高贵的门第才能代代传承。陶渊明同学当然也很希望自己家里能出学霸，可无论他怎么悉心教导、倾囊相授，五个儿子的表现简直就是实力打脸：

阿舒已二八，懒惰故无匹。
阿宣行志学，而不爱文术。
雍端年十三，不识六与七。
通子垂九龄，但觅梨与栗。（《责子》）

贪玩、不爱学习可以理解，十三岁还不认识六和七，这俩孩子（雍、端是一对双胞胎）该不会是智障吧？真想跟陶渊明说一声：带孩子不容易，且行且珍惜。那个，你和陶夫人没有血缘关系吧……

八

少时壮且厉、猛志逸四海的陶渊明，终于没能活成自己少年时期盼过的样子。空怀济世建功之心，却只能悲守穷庐，蹉跎终老。

用一句歌词来说，像他这样有才华的人，本该灿烂过一生，却一不小心，活成了别人眼里的“学渣”。

当我们在语文早自习大声朗诵“纵浪大化中，不喜亦不惧”的时候，当我们把朋友圈签名设为“倚南窗以寄傲，审容膝之易安”的时候，我们很容易忽略掉，这位“乐夫天命复奚疑”的老人，其实是在苦闷中度过一生的。

这一点，杜甫早就发现了。

陶潜避俗翁，未必能达道。
观其著诗集，颇亦恨枯槁。（《遣兴》）

都说陶渊明超凡脱俗，安贫乐道，可我怎么就从他诗集里读出了满腹的牢骚呢？难道是我的脑回路有问题吗？难道是我……比较容易产生共鸣吗……

龚自珍的总结尤其到位：

莫信诗人竟平淡，二分梁甫一分骚。（《己亥杂诗》）

什么清心寡欲，什么恬淡自守，都不要信。全是理想破碎的声音，全是身世浮沉的哀鸣。

到底怎么个破碎法，怎么个哀鸣法呢？我们从陶同学自己的诗里来看：

万族各有托，孤云独无依。
暧暧空中灭，何时见馀晖。（《咏贫士·其一》）

栖栖失群鸟，日暮犹独飞。
徘徊无定止，夜夜声转悲。（《饮酒·其四》）

陶渊明总是写到孤云和飞鸟，总是写到它们的流荡无依，彷徨失所。仿佛，只要想起一生中后悔的事，这些云和鸟就落满了南山。

日月掷人去，有志不获骋。
念此怀悲凄，终晓不能静。（《杂诗·其二》）

那些蹉跎掉的岁月，那些没有实现的理想，怎能不让人辗转反侧，彻夜难眠！

陶渊明同学是写过很多“不喜亦不惧”的诗，是表达过很多乐天知命的想法，可在内心深处，他和芸芸众生其实没什么不同。

面对生活的种种陷阱，面对命运的百般拨弄，他也不过是个一直在喊痛的人。

九

学渣要逆袭，往往道路曲折，且旷日持久。

陶渊明同学也不例外。

他有生之年取得的最大成就，也不过就是和另外两个人合称“浔阳三隐”而已。这个绰号一听就很小众，知名度约等于我们今天的“攀枝花一绝”“六盘水双骄”“门头沟四霸”之类的。

同样生在东晋，人家王羲之叫啥？书圣。顾恺之叫啥？六朝四大家。

真是没有比较，就没有伤害啊！

陶渊明的诗生前发表的很少，更不可能获任何奖，东晋诗词大会，他连百人团都进不去。

幸亏他有个好朋友颜延之，是个大V，粉丝数和谢灵运不相上下。陶渊明死后颜延之发文悼念，上了热搜，此后有几家大V和媒体陆续跟进，弄出几篇稿子，什么《写诗种田两不误，前县长的传奇人生》《你在格子间朝九晚五，他在园田居诗酒风流》《这世上，总有人过着你想要的生活》，小火了一把。

几十年后，南朝第二文学批评家（额，第一被写《文心雕龙》的刘勰抢走了，没脾气吧？）钟嵘，写了本书叫《诗品》，陶渊明被称为“古今隐逸诗人之宗”，列在中品，终于不再是学渣，成了二等学霸。

同样列在中品的还有谁呢？大名士嵇康、“江郎才尽”的江淹，以及李白的偶像谢朓和鲍照。

到了唐宋两代，陶渊明的文学地位就像屁股上装了火箭，轻轻松松就上天了。他的粉丝群里，那叫一个热闹，踊跃发言的，全是各路大咖。

比如，李白：“何日到彭泽，长歌陶令前。”

杜甫：“焉得思如陶谢手，令渠述作与同游。”

白居易：“常爱陶彭泽，文思何高玄。”

辛弃疾：“身似枯株心似水，此非闻道更谁闻。”

欧阳修：“晋无文章，唯陶渊明《归去来兮辞》一篇而已。”

其中最狂热的自然非苏轼莫属，他把陶渊明一百多首诗挨个和了一遍！

你去读陶渊明和苏轼的诗集，会发现，陶渊明写《饮酒》，苏轼也写《饮酒》，陶渊明写《归园田居》，苏轼也写《归园田居》，就连陶渊明蹭吃讨饭时写的《乞食》，苏轼都没放过。

简直就一“高仿号”啊有没有！

一个生前默默无闻的学渣，怎么就被推到这么高的位置了呢？

文学才华得到了重新审视，自然是重要原因。除此之外，他还用自己的诗文和实际行动，诠释了什么叫“做自己”，什么叫“以梦为马”。

后世的文人骚客，每遇仕途蹭蹬，或是间歇性地厌倦官场不想工作，就会想起这位不为五斗米折腰的前辈高士。他努力生活、认真做自己的样子，虽然姿势并不优美，甚至显得笨拙、挣扎，却那么惹人羡慕，令人神往。他一辈子也没发出过什么像样的光芒，却在千秋万世之下，为我们指出了人生的另一条道路，另一种可能。

这些迟来的点赞，陶渊明生前想没想到呢？一个人对自己的伟大，到底有没有预感？

从他的两句诗来看，他自己是有预感的。

虽留身后名，一生亦枯槁。（《饮酒·其十一》）

我知道我今后会很厉害，可我这辈子过得太寡淡，太憋屈了。

其实这两句诗也可以反过来说：一生虽枯槁，却留身后名。

在及时行乐思想泛滥的魏晋时期，身后名有什么用？还不如眼前一杯酒。

这杯酒谁不爱？陶渊明也爱得要死，爱得毫无风度。

可人毕竟是有灵魂的动物，不能只有这杯酒。

为了生存，为了享乐，我们可以适当妥协，适当委屈那个可怜的“自我”，可如果这种妥协和委屈超出了限度，那生存着也享乐着的，便不再是我们自己，而已经是另一个人。

千载之下，那舞榭歌台，风流早被雨打风吹去，那公子王孙灯红酒绿，早已荡然无存。

陶渊明同学的诗句却仍在一张张青灯如豆的书桌上，在一节节书声琅琅的语文课上，悠悠地舒展，久久地回荡。

这，大概就是陶同学最好的归宿了吧。如果用他自己的诗来说，便是：

托身已得所，千载不相违。（《饮酒·其四》）

张翰

人都埋土里了，还怕什么差评

一

苏州自古物产丰茂，浩浩松江风涛汹涌。

范仲淹是苏州人，又曾在苏州为官，松江上常见的一幕情景却让他大受震撼：为了抓几条鱼，当地渔民劈风斩浪，载浮载沉，一不小心就是舟毁人亡。

> 江上往来人，但爱鲈鱼美。
> 君看一叶舟，出没风波里。（范仲淹《江上渔者》）

为了让“江上往来人”大快朵颐，渔民们不得不投身如此凶险的生计，的确令人唏嘘，但也侧面透露出，松江鲈鱼之美，与消费者需求之甚。

在范仲淹之前几百年，西晋时也有一位苏州人，因为喜欢鲈鱼，创造了一个天涯游子都耳熟能详的成语——莼鲈之思。这个人，就是号称“江东步兵”的张翰。“步兵”是指竹林名士阮籍，因他曾做过步兵校尉，“江东步兵”，用今天的话来讲就是“阮籍江东分籍”。不难想见，张翰和阮籍一样，属于放浪形骸、放任不羁的类型。

二

今天的年轻人为工作和生活所困，常常憧憬着来一场说走就走的旅行。在这件事情上，张翰要算开山鼻祖。

有一次，名士贺循途经苏州阊（chāng）门，兴致来了，就在船中抚琴。一时间，七弦泠泠，天地阔远，就连云朵也忍不住在风中放缓了脚步。

琴声传到了张翰耳朵里。他和贺循原本素昧平生，居然大马金刀地上得船来，捧腮倾听。一曲终了，二人这才互通姓名，抵（zhǐ）掌而谈，相识恨晚。

张翰问贺循何去何从，贺循说刚找到工作，准备去京城洛阳闯荡一番。张翰很高兴：

“一个人上路多无聊，我陪你一起！”

然后就坐着贺循的船出发了。

到了晚上，张翰家里人左等又等，不见他回来吃饭，一打听，才知道他已经进京了。

够不够任性？

更任性的还在后面。

三

由于张翰出身名门，又以文才见长，到了洛阳，他被齐王司马冏任命为大司马东曹掾，简单来讲就是给领导做秘书工作。齐王权倾一时，煊赫无匹，这样一来，张翰在洛阳就算是站稳了脚跟，并且前途一片光明。

接下来，一心一意埋头苦干就完了。然而，让人哭笑不得的事情来了：当初张翰离开家乡，可以说是相当的没心没肺，跟家人连声招呼都不打，可是工作了没多久，张翰居然，想家了！

那一年秋风四起，落木萧萧，张翰望着日渐寥落的庭院，毫无防备地流下了三尺长的口水——京城虽然人稠物穰，张翰却已经太久太久没吃上家乡的菰菜、莼羹（莼菜做的羹汤）还有鲈鱼脍（鲈鱼切片或切碎做的菜）了。

很多人羡慕他工作光鲜，前途远大，他却在秋风中长吁短叹："人生贵得适志，何能羁宦数千里以要名爵乎！"

意思是："人生最重要就是开心啦，功名利禄再好，离家数千里，真的值得吗？"

张翰还挥笔写下了这首《思吴江歌》：

秋风起兮佳景时，吴江水兮鲈鱼肥。

三千里兮家未归，恨难得兮仰天悲。

在一次次仰天悲吟后，张翰终于让仆人准备好车马，直接开回了老家。

鉴于这次又是不告而别，朝廷当然很生气，把他的名字从官吏簿册上一笔抹掉，今后再想入仕，就对不起了您呐。

由于辞官事件的起因是以鲈鱼为主的三道家乡菜，人们便归纳出一个成语，用来形容游子的思乡情绪——莼鲈之思，或者叫莼羹鲈脍、千里莼羹。

鲈鱼也因此名声大振，被后世文人屡屡称引。比如辛弃疾的“休说鲈鱼堪脍，尽西风，季鹰（张翰字季鹰）归未”，辛弃疾的“秋晚莼鲈江上，夜深儿女灯前”，还有辛弃疾的“故人书报，莫因循、忘了莼鲈”。（李白、杜甫、苏轼、陆游：都做好准备让你点名了，你给我玩这个！）

好了问题来了：家乡鲈鱼再好吃，真的能让一个人捐弃用世之心，自断职业前景吗？

也许有的吃货会流着口水说：那可不！而且张翰明摆着就是这种不羁的人嘛！

的确，关于张翰还有个著名的故事，似乎也能为此提供强力的佐证。

因为张翰总是放纵不羁，身边有人忍不住给他提建议：“卿乃可纵适一时，独不为身后名邪？”

意思是：“一时放纵一时爽，但你就没想过，你死后大家会怎么评价你？”

张翰的回答很有底气：“使我有身后名，不如即时一杯酒！”人都埋土里了还怕什么差评，喝了眼前这杯酒再说！

四

看起来，为了鲈鱼辞去工作，是张翰的风格，要不怎么叫“阮籍江东分籍”呢。但其实，魏晋文人放任不羁，轻于去就，还有一个重要原因，便是当时动荡的社会形势。

从汉末到魏晋，朝代更迭频繁，天下战火频仍。固然创造出许多龙兴虎变的机遇，但“城头变幻大王旗”，一个不小心就会万劫不复。

张翰入洛阳，正赶上西晋历史上著名的“八王之乱”，乱哄哄你方唱罢我登场，血雨腥风过后，只留一地鸡毛，累累白骨。当时许多名士，如石崇、潘岳、陆机、张华，都在各种动乱中死于非命。

世路险恶，职场凶残，是留下来以命相搏，还是避祸全身，急流勇退？每个人心里有自己的答案。

明朝嘉靖年间，官员多遭杀戮，做官成为高危职业，大臣们聚在一起议论去留。有人眷恋权位，说了一句名言：倘若一天杀一个兵部尚书，这官真的没法做了，但如果一个月才杀一个兵部尚书，那我还想再试试。

对于张翰来说，由于深受老庄思想影响，显然保命的需求胜过了升职加薪。然而这样的辞职原因，是没法拿到台面上来说的。他不可能跑到齐王那：不好意思我觉得您迟早也要玩儿完，溜了溜了。

如此一来，一个吃货因为惦记家乡菜而离职，就显得举重若轻，张翰可以从这个台阶上大摇大摆地走下来，而不至于脸朝下硬着陆。毕竟，我可没做政治判断，也没有反对谁，我只是不太着调而已。您不至于跟我这种人计较吧？

作为一个亡国的南方士人（苏州原是东吴的地盘），在人地生疏的京城本就憋屈，何必整天看人眉眼，担惊受怕呢？还是家乡的鲈鱼从不辜负人！

张翰辞官后没多久，京城局势果然发生了变化，曾经不可一世的齐王在政治斗争中落败，被他王所杀。齐王府诸多幕僚，自然也跟着惨遭屠戮。这时候人们才回过神来：张翰这个吃货，还挺有先见之明哪！别人到奈何桥喝孟婆汤去了，他在家吃鲈鱼呢。

五

在上世纪，松江鲈鱼和黄河鲤鱼、兴凯湖鲌鱼、松花江鳜鱼被评为中国四大名鱼。若论起在古诗词中的出镜率，鲈鱼则是当之无愧的魁首。为什么那么多文人雅士如此偏爱鲈鱼？他们可未必都是吃货。原因只有一个：自从张翰辞官事件之后，中国人便把羁旅无聊、远游思乡的情绪，凝结在了鲈鱼的身上。

吃鲈鱼，有人吃的是鲜嫩的肉质、名贵的品种，而另一些人，从中体味到的则是家乡的蓬勃风韵、亲友的生动音容与往事的浩渺回声。

孟浩然

给我三个好友，我能撬动地球

一

你的微信朋友圈里，有多少“好友”？

上个周末，经过一整晚的努力，我把我的微信好友精简到了3500人以内。

再往下删，体力真的跟不上了。

其实，人生哪需要那么多“僵尸好友”，三个好友完全够了。今天我们就来说说孟浩然的三个好友。

二

人生路漫漫，费力不讨好，所以我们需要一个像粉丝一样欣赏我们、给我们信心与力量的好友。

孟浩然一辈子主要是个隐士，也就是无业游民，家里那几亩薄田，不够让他生活乐无边。他考进士铩羽而归，当幕僚也不了了之，在世俗的世界没什么建树。

然而，他却一不小心收割了一个天字第一号的迷弟：李白。

李白是孟浩然的“下一代”，比孟浩然小十二岁。李白从四川出来仗剑走天涯的时候，孟浩然已经是名满天下的大 V 了。

李白在孟浩然的公众号后台留言：“孟老师，‘春眠不觉晓’这首我太喜欢了，‘床前明月光’您有兴趣了解一下吗？”

孟浩然了解完了之后震惊了：“天才啊！下次互推我叫你。”

恰好当时俩人都在湖北，隔得不远，约到一起撸撸串、玩玩飞花令什么的，很方便。

孟浩然报了个旅行团去扬州，李白专程赶到黄鹤楼践行。这是古人的一个小心机：送别诗容易出成绩，机会来了不容错过。

眼看着孟浩然一叶扁舟消失在河流拐角，李白心里涌起了很多东西。

扬州，是唐朝的购物天堂，深不见底的销金窟。李白出川时他爸在他银行卡里存了个天文数字，这些钱都被李白在扬州挥霍一空。

如今，正值烟花三月，扬州城该是多么的花柳繁华，温柔绚烂！想到这些，一首小诗缓缓成型，几分钟后就出现在李白的朋友圈里：

故人西辞黄鹤楼，烟花三月下扬州。

孤帆远影碧空尽，唯见长江天际流。（李白《黄鹤楼送孟浩然之广陵》）

这首诗在中国家喻户晓，黄鹤楼和孟浩然并列为最大赢家，躺着“吸粉”。

以孟浩然的流量，他不缺朗诵会上挥舞荧光棒的粉丝，也不缺在公众号推文底下大手笔打赏的粉丝。

但，碰上像李白这样能给偶像恶狠狠加分的粉丝，绝对属于捡到宝了。

李白一生交游遍天下，给很多人写过诗，总的来讲，表达是很含蓄的。

比如，他给王昌龄写诗："我寄愁心与明月，随风直到夜郎西。"月亮代表我的心。

比如，他给杜甫写诗："思君若汶水，浩荡寄南征。"我对你的思念像水一样，流得到处都是。

都是借用月亮和水这样的外物来委婉地表白。就像我们今天谈恋爱，借用口红、包包、房产证来委婉地表白一样。

可是，李白给孟浩然写的诗画风却是这样的：

> 吾爱孟夫子，风流天下闻。
>
> 红颜弃轩冕，白首卧松云。
>
> 醉月频中圣，迷花不事君。
>
> 高山安可仰，徒此挹清芬。（《赠孟浩然》）

劈头就是一句："吾爱孟夫子。"

翻遍唐诗宋词，也不容易找到如此简单粗暴的表白方式。

直到一千多年后，我们才会在低年级小学生的音乐课上，听到类似的一句："我爱北京天安门，天安门上太阳升……"

三

人的一生，还需要一个志同道合、守望相助的好友，他会成为你梦想的合伙人，事业的加速器。

四十岁那年，待业中年孟浩然进京赶考，和王维一见如故。

孟浩然早就在一份八卦小报上读过王维考进士的故事，赶紧虚心求教学习方法。

王维："你的颜值还有进步空间吗？"

孟浩然："这个……短期内好像有点儿难啊……"

王维："你都会什么乐器？"

孟浩然："口哨算吗？"

王维："咱们尽人事听天命吧。"

当时，王维刚从山东坐完五年的冷板凳回来，正在努力争取翻红的机会，这点 CPU 带不动啥背景也没有的孟浩然。

不出所料，孟浩然落榜了。

王维请孟浩然连吃了一个月的羊肉泡馍，给他唱"心若在梦就在"和"隐形的翅膀"，孟浩然总算平复了心情，决定留在长安，再漂一阵。

每个人的一生都至少有一次机会改变命运，孟浩然也不例外。

那天，他在上班时间去王维单位参观，没想到赶上唐玄宗飞行视察。跑，是来不及了，只好就近躲到床底下。别问我为什么王维办公室有床，我还见过办公室有高压锅、擀面杖的。

在王维异样的表情提示下，玄宗很快发现床底下还藏了个人。

就这样，落第举子孟浩然得到了一次在皇帝面前朗诵诗歌的机会。

想当年，王维就是在岐王李范的帮助下，通过类似的操作博得了玉真公主的小心心，从而一举登第。所以很可能，这个偶遇天子的桥段，不过是新锐导演王维模仿岐王的致敬之作。

作为朋友，王维这份心机称得上感人。

但是谁能想到，孟浩然的智商更加感人。

众所周知，领导喜欢的文学作品，以歌颂祖国大好形势和人民幸福生活为主，你来个“恩灵沧海润，基业泰山维”或者“九天阊阖开宫殿，万国衣冠拜冕旒”，套路一下领导不就得了，非要为艺术而艺术，来了个“不才明主弃，多病故人疏”，意思是：我又蠢又病，皇上不要我，朋友们也不和我玩耍了。

结果呢，艺术的感染力是有了，领导却怒了：“我啥时候抛弃你了？我俩今天是第一次见面好吗！拜托碰瓷能不跑到皇宫里来碰吗！”

王导的偶遇戏就这样整段垮掉。

触怒了玄宗的孟浩然，在京城终于待不下去了，灰溜溜地回了老家襄阳。临行前，王维还给他规划了一下回家后的生活：

> 醉歌田舍酒，笑读古人书。（王维《送孟六归襄阳》）

意思是：失业又不是世界末日，生活照样可以很精彩！

当时，王维自己的事业也才刚刚起步，对好朋友爱莫能助，可他心里从没有忘记过老孟同学。几年过去，王维终于抱上了一条粗壮的大腿——一代贤相张九龄，他赶紧给孟浩然发微信：“快把你的诗给张老师看看呀！我和他打过招呼啦。”

感人的是，孟浩然这次居然学乖了。他给张九龄寄过去一首量身定制的《临洞庭上张丞相》：

八月湖水平，涵虚混太清。

清蒸云梦泽，波撼岳阳城。

欲济无舟楫，端居耻圣明。

坐观垂钓者，徒有羡鱼情。

这首诗写得非常漂亮。前四句歌颂祖国大好河山，等到气氛营造得差不多了，才旁敲侧击地提出一点小小的要求：世上美景那么多，老司机你带带我。

以张九龄的才华，这点言外之意自然是秒懂。

后来张九龄调动工作，去湖北一带做荆州长史，就给孟浩然发了 offer，叫他来做幕僚。

这，是孟浩然一生唯一的一份工作。

四

人生在世，还需要一个过命的好友。

不求彼此共同进步，只想和他欲仙欲死。

孟浩然刚认识王昌龄那会儿，管王昌龄叫王老师。

王老师一身正气，天天惦记着“不教胡马度阴山”，朋友圈签名是“不破楼兰终不还”，江湖人称“七绝圣手”，两站地开外就能感觉到腾腾的杀气。

两人之间的话题很乏味，不是吐蕃提高了进口青稞和牦牛的关税，就是突厥无端扣押了大唐邮政通信公司高管。直到有一天，孟浩然发现，原来王老师还有个爱好，喜欢偷瞄妙龄军嫂“春日凝妆上翠楼”，这才试探着问了一句：“这周末去胡姬酒吧坐坐？”

王老师爽快地答应了。原来，不拘小节、个性十足，这才是王老师的真面目。而也正是因为这种性格，才让王老师一生屡遭贬谪，像个国足专用的足球，动不动就被踢出界。

有一年，王昌龄被一脚踢去岭南，孟浩然依依不舍地写诗：

> 数年同笔砚，兹夕间衾裯（qīn chóu，泛指被褥床帐等卧具）。
> 意气今何在，相思望斗牛。（《送王昌龄之岭南》）

意思是：从今天起，就不能和你一起睡觉了。不开心，我去看小星星了。

是真兄弟，一般都一起睡过觉。孟浩然很怀念当年和王昌龄一起同衾共枕的日子，但他没想到的是，再次和王昌龄温柔同眠的时候，他会付出生命的代价。

两年后，王昌龄遇赦北归，专程途经襄阳。孟浩然那叫一个开心，吩咐家里备好大床房，恨不得掏空了半个农贸市场设宴款待。

汉江的鱼虾是人间美味，孟浩然一筷子又一筷子地给王昌龄夹菜。王昌龄很奇怪："哥哥，你咋不吃？"

孟浩然刚想说"我这病着呢，医生不让吃这些"，一看到王昌龄饱经风霜又楚楚可怜的样子，他退缩了，夹起一只油焖大虾就塞到嘴里。

那一晚，久别重逢的两兄弟睡得很尽兴。可是王昌龄穿好衣服走人了，孟浩然却一病不起。

此后很多年里，这件事都被当成不遵医嘱的典型案例，悬挂在当地某三甲医院的门诊大厅。那些忍不住想抽烟的病人，那些在女色面前心猿意马的病人，那些面对大闸蟹小龙虾皮皮虾泡椒牛蛙辣炒蛏子蒸羊羔蒸熊掌蒸鹿尾儿烧花鸭烧雏鸡烧子鹅垂涎三尺的病人，只要一想起孟浩然，就都变得像小学生一样听话。

孟浩然这是用生命诠释了，什么叫真正的死党——

你可以不着调，可以混得一塌糊涂，但我们只要在一起就有说不完的话、喝不完的酒，我用最脏的词称呼你，知道你最见不得人的秘密，见过你最囧、最惨、最绝望的样子，最重要的是，全世界最伤身的事，我都愿意陪着你。

佛系诗人王维

天哪，我再也不敢“涉黄”了

一

唐睿宗景云年间，山西蒲州。

一颗小石子越过窗户缝隙，准确地落在书桌上。

书桌前，一个少年眉目如画，正埋头温书。他皱起眉头，朝窗外望去。

“你整天这样看书、看书、看书，有什么意义！”一副英挺中带着几分健硕的身影出现在窗外。

“天哪大壮！你又要去集市上玩耍了吗？你是故意来刺激我的吗！”屋内的少年情绪顿时不稳，把书本丢在一边。

“没有好好玩耍过的童年，和咸鱼有什么区别！走，玩去！”大壮伸手进来，做了一个极具诱惑的邀请动作。

“不行不行，要是被我妈发现了，我这个月的零花钱就没有了……”少年的身体一点也不诚实地向后缩了回去。

大壮掩饰不住心中的鄙夷，鼻子里发出“哼”的一声：“不敢面对自己内心欲望的人，和咸鱼有什么区别！最后问一句，这周末我和小红去人民公园划船，你去不去？”

屋内的少年不再说话，默默举起手里的便签本，上面生无可恋地写着：

周六上午：楷书临摹；下午：山水画技法入门；晚上：琵琶考级中级教程。

周日上午：基本乐理与视唱练耳；下午：诗词格律；晚上：佛学探微。

“不好意思，是在下打扰了……”大壮潇洒地转身离去，只留下屋内少年独自怅然若失：

“唉，同样是祖国的花朵，差别咋就这么大呢……”

二

八年后。

拥有八块腹肌帅到出界的青年大壮，是延禧健身房的首席教练。他曾在一天之内，为健身房发展了三十三例中年女会员，如此恐怖的记录不仅震惊了蒲州健身界，就连储秀发廊的市场总监Tony老师也慕名来取了好几次经。

大壮的女朋友小红，新晋小城一枝花，划船技术一流，荡起双桨时有如飙车般神速。

妥妥的一对神仙眷侣。

而那个只知道看书学习的少年王维，则逐渐淡出了人们视野，因为……小小的蒲州已经盛不下他波涛汹涌的才华！他去了伟大首都长安，成了王公贵族的坐上常客。宁王、薛王、岐王这几位爷，更是对他待若师友。

首善之区人才茂密，衙门口卖汤饼的大妈都出版过个人诗集，胡同里修自行车的大爷都入围过大唐好声音。

王维却凭借着逆天而且全面的才华名动京师，登上了二十位二十岁以下大唐精英榜。

大多数诗人都是到阅历渐趋丰富的中年，才留下脍炙人口的作品，王维却在十七岁就写出了自己的代表作《九月九日忆山东兄弟》。在这件事情上，能和他一较高下的，也就只剩下那个咏鹅的骆宾王了。

按照当时人的观念，王维和人生赢家之间，只差一张进士文凭。

可在当时，考进士太拼后台了，没个一言九鼎的人出面打声招呼，光凭本事裸考，基本属于陪跑。

一向笑靥如花的王维，脸上开始堆满了乌云。

这个反常的现象，被好朋友岐王李范注意到了。

“是今天的妹子太丑，还是昨天的酒后劲儿太大？”

“王爷说笑了。跟着王爷混，吃的、喝的、玩的，哪样不是天底下最好的。”王维努力挤出一丝笑容。

“既然如此，为何闷闷不乐？”岐王一挥手，刚才还在卖力蹦蹦跳跳的女团，迅速退了出去。

“昨天家里来电话，问我何时博个功名回去。我复习得倒是还可以，但如今的进士考试，王爷你也是知道的……”

“我当什么事！虽然圣上不许我干涉政务，但办法总是人想出来的嘛！话说，你最近买了什么漂亮衣服没有？”

王维脑子有点转不过来：“漂亮衣服？咱们是要去怡红院吗？”

“怡红你个头！我要介绍个正经女孩子给你认识。穿上你最漂亮的衣服，能不能成功，在此一举！”

三

五天后。玄宗同母妹妹，玉真公主的豪宅。

京城最吸睛的女团，唱唱跳跳，香汗淋漓，空气中飘满了熊熊燃烧的卡路里。

玉真公主却打了个哈欠。

岐王从女团身上收回亮晶晶火辣辣的目光："怎么了老妹，这里面没有你 pick[1] 的人吗？"

玉真公主无精打采："两个月了，每天都是这个！你知道啥叫生无可恋吗……"

岐王大笑："不早说！来，看看哥哥给你带了什么。"

一队伶人鱼贯而入。当中一个鲜衣华服，妙年洁白的少年，让公主眼前一阵 blingbling[2]，心里一阵扑通扑通。

少年向公主微动眼波，然后便自顾自抚起了怀中的琵琶。——瞬间，平静的大厅雷霆阵阵，天风海涛此起彼伏。似有马群从天空飞过，又似有急雨在夜晚喧哗。

如怨如慕，如泣如诉。

公主的四肢五脏兼六腑，大面积地沦陷。

"咳咳，那个，老妹啊，其实音乐只是雕虫小技，我们家王维公子的诗，那才真叫 Skr[3]！"岐王轻轻戳了戳公主，把她从云端拉回地面。

公主这才如梦初醒，可当她读完王维的几首诗，脸上的表情

---

① pick：挑选，选择。

② blingbling：闪闪发光。

③ Skr：网络流行拟声词，表惊叹。

又变得恍惚起来：

“这些诗我都读过！原来还以为是古人的传世之作来着……这么棒的诗，真的是这么俊的小伙子写出来的吗！”

“假一罚十！是不是很天才，是不是很神仙？就算是去年进士考试的张状元，遇上他怕也要自叹不如的吧！”岐王微微一笑，开始敲边鼓。

公主还在赞不绝口：“我觉得也是！要不，今年的考试，王帅哥也参加一下？如此人才，应该为国效力！”

“这个，恕难从命啊……”一旁沉默的王维终于开口了。

公主脸上写满了问号，用疑惑的表情看向岐王。

岐王无奈地摊手：“才华越高，人越傲娇。我们家王维啊，干什么都想当第一。可是我听说，今年京兆府的第一名，您这边好像似乎已经……”

“你是说张九龄的弟弟张九皋吧？有人说项，我顺嘴就答应了。现在想想，哥哥在朝为官，弟弟还是要避避嫌的。论才华王维才是第一！就这么定了！”

“妹妹英明！大唐之福啊！愣着干吗，还不快给公主敬杯酒！”

王维从容放下手中的琵琶，拈起一只白玉酒杯，走到公主面前。

阳光斜斜地落在酒杯里，照亮了一整个澄澈的世界。

四

很多人以为，考上一所名牌大学就登上了人生巅峰。

其实，那不过拿到了登山的门票而已。

在玉真公主帮助下一举登第的王维，陶醉于“这天下舍我其谁”的亢奋中没几天，一场无妄之灾便像个小偷，蹑手蹑脚向他靠近。

因为音乐才华炸裂，王维被任命为太乐丞，负责宫中的歌舞表演和排练。

这个职位虽然品级不高，却有个天大的优势：离皇帝特别近！近到一伸手就可以摸到……

可让王维万万没想到的是，他的手刚伸出去两厘米，就因为“涉黄”被处分了！

是的，你没有看错，你们心目中那个不受尘埃半点侵的佛系青年，“涉黄”了！

事情是这样的：中国古代强调等级秩序，不光人分三六九等，连颜色也有等级。颜色的等级和人的等级存在呼应关系，不像现在怎么穿都可以。

拿唐代来说，八九品的基层官员穿青色的衣服，六七品穿绿色（我知道你想问那帽子呢？帽子的事我一个光棍懂什么！），四五品红色，三品以上大员才有资格穿最尊贵的紫色（现在知道“红得发紫”“大红大紫”这些说法是怎么来的了吧）。

而在所有这些颜色之上，还有个被皇族垄断的颜色——黄色。如果臣子胆敢使用黄色（寺庙除外），对不起，会遭到残酷的暴力打击！

现在你明白了吧，古代的皇权就是这么“很黄很暴力”。

而我们的太乐丞王维同学，大概有点急于搞“消费升级”，竟然趁着排练的便利，私自观看了皇帝专属的黄狮子舞，而且没做好保密工作，被人告发了！

你说是不是活该？

在这一轮“扫黄”行动中，王维被当成反面典型，从京城扫地出门，贬去了山东济州，做一个仓库管理员。大好前程就这样毁于一旦……

五

人生就像过山车，有腾空时的癫狂，也有坠落后的惊惶。

上一幕还是：

新丰美酒斗十千，咸阳游侠多少年。

相逢意气为君饮，系马高楼垂柳边。（《少年行》）

突然之间布景转换，变成了：

此去欲何言，穷边徇微禄。（《宿郑州》）

从人人看好的天才少年，变成了穷乡僻壤的升斗小吏。

想在朋友圈点几个赞证明自己还活着，却发现通讯录里一大半人都把他给删了。从前，一茬茬的王公贵族争着拜他为师，如今，还愿意和他厮混的，也就只剩下几个土生土长的潦倒文人和无名隐士。

站得高你就摔得惨，说的就是王维本维没错了。

总有人说，年轻时受点挫折摔点跟头，没啥的。

殊不知，年轻时摔跟头，最惨烈的地方就在于等你缓过劲儿来的时候，最美好的年华已经一去不返。

按照惯例，二十出头的王维在山穷水恶的济州待了五年。重回长安后，带着罪臣烙印的他，境况也没有丝毫起色。

这之后的八年时间，我们常常搞不清楚王维到底干了些什么。

他似乎做过官，又似乎在隐居。

如果你搞不清楚你的某个同学毕业后都干了些啥，他也很少出现在你的视野，那么八成他混得不是太如意。

经过了五年的贬谪和八年的小透明之后，步入中年的王维终于迎来了一次人生的转机。

这一切，要感谢一个大肚能容的诗人。

六

公元733年，“海上生明月，天涯共此时”的出品方——诗人张九龄官拜宰相。这是盛唐的荣耀时刻，千载而下一直被后世文人津津乐道。

躬逢其盛的王维，赶紧给他写诗求推荐：“当从大夫后，何惜隶人馀。”（《上张令公》）

话说，你那边缺不缺小弟？我做什么都可以的！

如果你还记得王维考进士的故事，当年，正是他挤掉了张九龄的弟弟张九皋的保送名额，一举登第。

可张九龄不愧是一代贤相，压根儿就没和王维计较，还推荐王维做右拾遗。

官虽不大，部门却是相当的好，前景很开阔。

此时，王维三十五岁，年富力强，准备撸起袖子大干一场。

只可惜，张九龄和王维遇上的，是渐入晚年的唐玄宗，他辨别贤愚忠奸的技能，已经退化得无限趋近于零。在奸臣李林甫的挑拨下，张九龄很快丢掉了宰相的乌纱，贬为荆州长史，政治生命宣告终结。

王维好不容易抱上的大腿，粉碎性骨折了。

李林甫长达十七年的黑暗统治，像一座沉重的大山，笼罩在了长安城上空。

他上台后的首要工作，自然是在朝中清除张九龄的影响。

就这样，王维又一次被请出了京城，去往荒凉的西域边塞，直到一年多以后，才满面沧桑地归来。

在大唐文学版图上，王维的户籍所在地是“山水田园诗派”。可其实，他的边塞诗也牛得不要不要的。

单车欲问边，属国过居延。
征蓬出汉塞，归雁入胡天。
大漠孤烟直，长河落日圆。
萧关逢候骑，都护在燕然。

名篇《使至塞上》，就写于这次出塞期间。其中“大漠孤烟直，长河落日圆”一联，更是被王国维称为“千古壮观”。

你看，诗人就是这么神奇的物种。明明是一次瞄准要害的沉重打击，他却从中摘取了意想不到的美妙硕果。

如果李林甫读到这首《使至塞上》，会是种什么体验呢？

我是谁？我在哪！

我到底是给了这货当头一棒，还是给他发了个大礼包啊我？

七

“后张九龄时期”的王维，开启了一种半官半隐的生活模式。

高薪照拿，升职照升，工作上却各种消极凑合、敷衍了事。

名义上还是个当官的，实质上已经算半个隐士。

你可能会吐槽，这不就是今天那些上班打游戏炒股票的摸鱼大佬吗！

不。在古代做隐士，从来都是一种政治态度：

既然我改变不了这个乌烟瘴气的世界，那我就做个一尘不染的局外人吧。不作为，总好过同流合污，胡作非为。

用一句网络流行语来说就是："我自风情万种，与世无争。"

王维的风情万种，可以说是相当奢华的。他在长安附近的辋川买下一座大别墅（别墅的前主人也很有名，就是那个"近乡情更怯，不敢问来人"的宋之问），天天就在里头呼朋引类，游山玩水，弹琴赋诗。

> 独坐幽篁里，弹琴复长啸。
> 深林人不知，明月来相照。（《竹里馆》）

这首《竹里馆》小学生都会背，但你很容易忽略一个重要的细节：又是弹琴，又是嗷嗷叫地练声，这房子得多大，才不会吵到邻居！

这么跟你说吧，王维的辋川别墅里，光是有名字的景点就有二十个，其中两个景点搁今天妥妥地入围国家5A级景区，因为它们实在太有名了，其中一个叫"竹里馆"，而另一个，叫"鹿柴"（空山不见人，但闻人语响。返景入深林，复照青苔上）。

现在很流行两种生活态度：一种是"何以解忧，唯有暴富"，一种是"世界那么大，我想去看看"。

大多数人能实现其中一种，就算上了天了。

不好意思，王维都实现了。

用古人的话来讲就是："富贵山林，两得其趣。"

王维不像杜甫整天断炊，也不像李白脑门上永远一个大写的"壮志难酬"。

为什么王维被称为"诗佛"，为什么他能写出"行到水穷处，坐看云起时"这样潇洒淡然的诗句？

因为只有曾经沧海，才能看淡波涛。

只有到过了巫山，才能笑对世间云雨。

见过世面，也上过台面的人，境界就是这么高。

八

王维五十五岁那年，大唐王朝迎来了它命运的严重时刻——安史之乱。

一天早上，文武百官按时上朝，却发现一把手唐玄宗迟迟没有现身。

大家正开心今天又可以早点下班了，有人宣布了一个爆炸性的消息：距离长安咫尺之遥的潼关失守！唐玄宗带着一帮亲信仓皇出逃！

长安城顿时乱成一锅粥，周边地区乱成一大锅粥。到处都是抱头鼠窜的达官贵人和平头百姓。

众所周知，诗歌在阻挡铁骑这件事情上效果不明显，所以诗人也只能随大流跟着跑。

一个非著名诗人跑着跑着被安史叛军抓住了。

叛军："叫什么名字？"

诗人："杜甫。"

叛军："没听过。什么职务？"

杜甫："右卫率府兵曹参军。"

叛军："嘁，级别还没我高。"

由于没受到足够重视，杜甫暂时被困后趁乱逃脱，去投靠了新继位的唐肃宗。

一个著名诗人跑着跑着也被叛军抓住了。

叛军："叫什么名字？"

诗人："王维。"

叛军："哇，大V呀！本单位正在广纳英才，这有个offer你签一下三方吧！"

众所周知，不拿竞争对手的offer，是每个职场人士最基本的职业操守（对方给双倍薪资的情况除外，对方给三倍、四倍薪资的情况也除外）。眼看叛军那边严加看守，盛情难却，王维只好来了招狠的：嗑药。

通过嗑药，王维嗓子完全坏掉，那段时间彻底成了哑巴。叛军再来催签约，他就呜呜哇哇地指着自己喉咙，意思是：不是我不想去，你看我现在的情况，确实不适合上班呀！

叛军："没事没事，推动残疾人再就业功在当代，利在千秋！"

他们硬捉着王维的手，在三方协议上签了字。

被迫叛变的王维，一颗红心仍悄悄向着李唐王朝。

一天，安史叛军在凝碧池吃喝玩乐嗨翻天，一个艺人却思念前朝，倔强罢演，被当场肢解！

王维听说后，也生出万千感慨，当即作诗一首：

> 万户伤心生野烟，百官何日再朝天？
>
> 秋槐叶落空宫里，凝碧池头奏管弦。

一年后，唐军收复长安洛阳，开始秋后算账，大批“叛徒”杀的杀，贬的贬。轮到王维时，肃宗却微微一笑：“你就是那个‘万户伤心生野烟’的家伙吧？你先下去吧，这儿没你什么事了。”

原来，关键时刻，写诗，是可以救命的。

九

如果在盛唐时给全国诗人排座次，毫无疑问王维要站C位。

然而，随着时间的推移，李白、杜甫后来居上，王维成了二流诗人。

为什么会这样呢？

有人说，因为王维太佛系了。他把什么都看那么开，作品也就少了几分感染力、穿透力。我们读李白、杜甫，会跟着他们笑，跟着他们哭，读王维，却要强迫自己与这个世界和解，这太难共鸣了。

也有人说，因为王维的人格不够有魅力。李白敢让力士脱靴贵妃磨墨，杜甫满脑子忧国忧民，而王维呢，先是给李林甫写过赞美诗说什么“上宰无为化，明时太古同”（虽然也许是逢场作戏但毕竟写过），后来又拿了安禄山的offer，他是一个有“污点”的人。

软弱、妥协，的确是王维身上绕不过去的关键词。可在险恶江湖，选择明哲保身，何尝不是正常的人性？钝刀子砍在谁身上，谁自己知道，别人指指点点，不过是待在安全的区域。

至于佛系，也许不过是他自选的铠甲，用来保护里面柔软的肉身。

一生几许伤心事，不向空门何处销？（《叹白发》）

年轻时遭贬，壮年为官不得不和奸臣虚与委蛇，晚年又背上“叛徒”的标签，王维的心里又怎可能真的没有波澜？

他和我们所有人一样，背负着生命中不能承受的矛盾与痛苦，却选择把最好的自己写入狼毫宣纸，在诗和禅的世界云淡风轻，白衣袅袅。

翻译成现代汉语就是：宝宝心里苦，但宝宝不说。

他就像一只牡蛎，那些硌得他龇牙咧嘴的锋利石子，他都用自己鲜嫩的肉体精心地包裹起来，默默消化。

等到他终于打开自己，我们看到的，是一枚枚璀璨的珍珠。

李白

在人间已是癫，我偏要上青天

一

一人一虎，已经对峙了一盏茶工夫。

那斑斓巨虎虽然饥肠辘辘，却也被李白的气势所震慑，不敢贸然出击。在李白身后，吴指南的尸身颇显丰腴，正是它惹得猛虎流连不去。

多年前在家乡蜀地，李白豢养过许多珍禽异兽，经验告诉他，不能怂。只要自己周身暴露出一丝恐惧，这百兽之王就有机会大快朵颐了。

汗水顺着手中长剑点滴下坠，就在李白两腿疲软快要撑持不住时，那猛虎眼中带着遗憾的神色，转身消失在深林中。

八百里洞庭烟波浩渺，同来却不能同归。李白将吴指南浅埋在湖边林木扶疏处，便沿长江一苇东下了。

在那之后，李白看过了千般美景，也邂逅了别样人生。数年后重来旧地，只因尚有一诺未践。

他掘开吴指南坟墓，只见骨殖铿锵，筋肉犹在。他含泪持刃，剔去筋肉，洗净灰土，把这些骨头裹起来带在身上。

此时的李白，已然是个拮据不堪的穷光蛋。在和吴指南的遗骨朝夕相处了几天之后，他终于借到一笔钱，将这位不幸的友人改葬于武昌城东。

一切结束，李白长舒口气。友人的灵魂，终于可以安息了。

二

作为中国文学史上唯一能和杜甫争夺一哥的大诗人，李白家世、生平诸多事项众说纷纭，迄无定论（所以本文的很多叙述只算聊备一格）。即便有华人的地方谁都能背几首李白的诗，不影响李白仍是个谜一样的男人。

根据李白自述，他祖上来头不小，是东晋时期雄踞敦煌、酒泉一带的凉武昭王李暠。如果再往前追溯，这个家族在汉代还出过一个大名鼎鼎的人物——飞将军李广。

如果李白不吹牛，李唐皇室也不吹牛，他便和李唐皇室属于同一世系，唐玄宗见了李白，论辈分该叫一声“爷爷”（唐玄宗的内心一定是拒绝的）。

天知道犯了什么罪，李白的先祖在隋朝末年迁出中原，谪居西域碎叶城（在今吉尔吉斯斯坦境内）。公元 701 年，李白就出生在这里。

李白家族为何离开中原？还有一个更具传奇色彩的说法——玄武门之变。在玄武门事变中，李建成为李世民所杀，其家人也被斩草除根。但李建成的一个儿子——也就是李白的先祖却颇为幸运，在李渊等人的保护下逃往西域，成为漏网之鱼。

无论如何，特殊的家世使得李白幼年在异域成长，在他五岁那年，才随父亲李客移居绵州昌隆县（今四川江油）。

从现有资料来看，少年李白的家境是极为殷实的，但李客居然放弃大城市，而选择在群山阻隔、僻处一隅的昌隆定居，他在躲避什么？就连尊姓大名也不敢明白示人，所谓“李客”，不过一个标示其客居身份的代号而已。

在这样迷惑行为的背后，到底隐藏着怎样的秘密，怕是永远也无从知晓了。

由于家境优渥，李白从小受到了良好的教育，但有一点十分奇特：当时的读书人都把熟读儒家经典、考取功名、进入仕途作为最重要的人生目标，而李客却似乎并没打算让儿子走这条路。

“五岁诵六甲，十岁观百家。”（《上安州裴长史书》）从神仙道教到诸子百家，在父亲的默许下，李白小时候手不释卷的，竟然是一堆对提分和升学没啥帮助的课外书。

李客有钱的程度，已经无需儿子陪千军万马去挤独木桥了吗？事实上，李白一辈子的确没参加过科举考试，有人说是因为他看不上。皓首穷经博取功名，论资排辈升职加薪，这太慢、太不高端了。李白的理想是高谈雄辩，把皇帝一顿忽悠，直接当上宰相或者帝王师。这种人在古代不叫骗子，叫纵横家。

也有人说，李白就算想考，朝廷也得让啊！李客是个商人，“工商之家不得预于士”，李白连参加科举考试的资格都没有。

无论如何，少年时代的李白比今天大多数孩子都幸福，他读书全凭兴趣，没有拿着教鞭的老师塞给他一堆真题和教科书。课余时间，他甚至还当起了动物饲养员，和小伙伴东岩子隐居在岷山之阳，以山林为牧场，饲养大批奇禽，一度引起了地方政府的注意，要向朝廷举荐入官，却遭李白断然拒绝。

李白饲养飞禽，当然不是想从事餐饮行业。《列子》中有个著名典故“鸥鹭忘机”，能和禽兽亲密无间地相处，是道家推崇的至高境界。对升学没有太大兴趣的李白，把心思花在了学道修仙上。

注意，这可不是熊孩子的三分钟热度，李白一生留下了大量和炼丹、炼药有关的诗句。政治上失意之后，他更是直接跟着齐州高天师接受道箓，光荣地成为了一名官方认证的道士。

李白被称为“诗仙”，和他一生对修仙的执着是分不开的。他甚至把这种虚无缥缈的追求，传染给了一个老实巴交的好朋友——杜甫。

李白曾听说王屋山有个道士华盖君，修成了长生不老之术，就拽着杜甫一同进山寻访想要拜师，没想到他们来晚了一步，华盖君已经死了（幸亏来晚了）……

三

男儿贵有四方之志，成年后的李白，终于要开始为前途而奔忙了。

公元725年秋，二十五岁的李白沿长江浮舟东下，仗剑去国，辞亲远游，无边的星辰大海在他眼前缓缓铺开。

如此重大的远行，不可能没有好友流连送别，但此时的李白胸中显然并没有多少离愁别绪，所以在李白这一时期的诗作中，最扎眼的却是这首《渡荆门送别》：

渡远荆门外，来从楚国游。

山随平野尽，江入大荒流。

月下飞天镜，云生结海楼。

仍怜故乡水，万里送行舟。

处在同样年纪的杜甫曾于漫游途中写下“会当凌绝顶，一览众山小”这样洋溢着凌云壮气的名句，李白这首《渡荆门送别》，虽不像杜甫那般直抒胸臆、大放豪言，但，山随平野尽，江入大荒流，如此气吞山河的笔触已然说明了一切。

那是李白一生中最美好的年华，也是大唐最美好的年华，无数绮丽的梦如雨后森林里的蘑菇壮实饱满，遍地开放，无数壮美的图景在李白年轻宽广的胸怀间摇曳激荡。

当然，这样昂首天外、傲然睥睨的心态，还和一件事分不开，那便是雄厚的家底。李白出川时李客朝他银行卡里存进去的零花钱，一定是个“天文数字”。李白因此养成了一个“好”习惯，动不动就给别人氪金打赏：曩（nǎng）昔东游维扬，不逾一年，散金三十余万，有落魄公子，悉皆济之（《上安州裴长史书》）……

光是打赏落魄公子就花掉三十余万，其他开销可想而知。如果你问那时的李白，他交朋友的标准是什么？他的回答很可能是：我交朋友不在乎他有钱没钱，反正都没我有钱。

天生我材必有用，千金散尽还复来。李白对待金钱的态度说起来痛快，但很快就让他尝到了苦头。

不知什么原因，李白突然变穷了。前一秒还是个直播间里挥金如土的土豪，后一秒就陷入了“孤剑谁托，悲歌自怜”的凄凉境地。就连给死去的好友吴指南办南方特色的葬礼（学名叫“二次捡骨葬”），都不得不通过借贷来完成。

很显然，四川老家那边应该是发生了什么变故，李客他老人家大概炒股票乱加杠杆，又或者重仓的P2P突然爆雷。这一切，李白讳莫如深，千载而下也便永远成谜。

四

就在李白彷徨失路之际，一根橄榄枝意外地横在了他的跟前。从此他有了一个新身份：宰相之家的上门女婿。工作地点：湖北安陆。结婚对象：前宰相许圉师的孙女。

以工商之家而娶前宰相孙女，这门亲事李白无疑属于高攀的一方。官宦人家教养出来的女子想必是知书达理，温婉可人。可在婚后的十多年里，李白过得并不开心，所谓“酒隐安陆，蹉跎十年”，他的一腔壮志豪情，被压抑得很厉害。

尤其上门女婿这份工作，即便在今天也要遭人百般嫌弃（详情请参考《隐秘的角落》里的张东升），放在古代，地位更是极为卑微，许多朝代甚至专门制定了针对性的歧视条款。

为了扬眉吐气、激昂青云，婚后的李白以湖北为据点，四处漫游干谒。他的人生目标很简单，也就是“申管晏之谈，谋帝王之术，使寰区大定，海县清一”而已，但从安州（即安陆）的两位长史到著名的韩朝宗，再到唐玄宗的妹妹玉真公主，这些人显然都不认为李白有这个本事。

> 耻将鸡并食，长与凤为群。
>
> 一击九千仞，相期凌紫氛。（《赠郭季鹰》）

入赘许府，没能显著提升李白的社会阶层。纵然心气高过天，现实却像一只无情的巨掌，把他按在地上，反复摩擦。

君不见黄河之水天上来，奔流到海不复回。

君不见高堂明镜悲白发，朝如青丝暮成雪。（《将进酒》）

公元735年，年仅三十五岁的李白写出了旷世神作《将进酒》。三十五岁，不过是人生云程发轫的年纪，李白却对岁月的流逝产生了深深的敬畏和恐惧。

也许在旁人眼里，这位烹羊宰牛一饮三百杯的青云豪士，这位貂裘名马换美酒的风流才子，面对未来该当满怀高掌远蹠的雄心才是，可其实，在他天生我材必有用的飒爽英姿底下，少年壮志早已被万古愁消磨得千疮百孔了。

在寄人篱下又干谒无门的十多年里，李白最大的欣慰，便是臭味相投地交到了几个知己好友。千年过去，今人很容易觉得岑夫子（岑勋）、丹丘生（元丹丘），这两个名不见经传的家伙纯属蹭热度。这当然属于时过境迁带来的误解，人家岑勋也是当时名士，元丹丘更是李白一生挚友，李白后来能入宫供奉翰林，登上人生巅峰，就得益于元丹丘的鼎力推荐。

由于同居湖北，李白和大诗人孟浩然也结下了一段令人神往的神仙情谊。和面对岑夫子丹丘生时的放纵情性不同，李白比孟浩然小十二岁，在这位前辈大咖面前，还是要收敛一下行迹，好好扮演一个端庄的小迷弟的。

吾爱孟夫子，风流天下闻。

红颜弃轩冕，白首卧松云。

醉月频中圣，迷花不事君。

高山安可仰，徒此揖清芬。（《赠孟浩然》）

和《将进酒》的奔放谑浪相比，这首诗是不是显得无比乖巧？别以为李白不肯摧眉折腰事权贵，待人接物就没了基本的情商。在死党面前肆无忌惮，在前辈面前乖巧端庄，演员的这点儿基本修养还是要有的。

五

三百六十日，日日醉如泥。

虽为李白妇，何异太常妻。（《赠内》）

在和许夫人十多年的婚姻里，李白并不是个称职的丈夫。许夫人为他生下一子一女，李白也未能尽到父亲的职责，他时常烂醉如泥，又总是不着家。读李白的诗固然让人大呼过瘾，但和李白过日子，大概率会给差评。

大约在公元740年，许夫人不幸离世，四十岁的李白成了鳏夫。独自拉扯一对子女固然艰辛，还有比这更严峻的处境：在李白背后戳脊梁骨、风言风语的人越来越多，他已经没有理由继续赖在许府了。

四十明朝过，飞腾暮景斜。（杜甫《杜位宅守岁》）

作为唐诗天空最耀眼的双星，四十岁的杜甫正在长安艰难“长漂”，四十岁的李白也没好到哪儿去。他不得不拖儿带女离开许府，投奔茫茫江湖，暂时栖身于东鲁。在那里，李白又有过两个女人，但都没有明媒正娶。她们大概帮李白分担了不少持家育儿的烦劳，其中一个还为他又生下了一个儿子。

和所有不成功的男人一样，李白没少被自己的女人嫌弃，所以在公元742年秋，他终于被唐玄宗召入宫廷供奉翰林时，除了“仰天大笑出门去，我辈岂是蓬蒿人”（《南陵别儿童入京》），李白没忘记讽刺一句：“会稽愚妇轻买臣”（汉代朱买臣发迹前也曾被妻子嫌弃），让你当初看不上我！

供奉翰林是李白一辈子最高光的时刻。在元丹丘和玉真公主的联袂推荐下，唐玄宗用极其特殊的规格召见了李白——“以七宝床赐食，御手调羹以饭之”。

先别紧张，这里的“床”只是坐具，别想多了。“御手调羹以饭之”大概也只是为了表示恩宠，象征性地摆弄一下羹汤，毕竟，唐玄宗亲自喂饭这样的待遇，大概率会被杨玉环垄断，不可能轻易赏给一个四十二岁的男人。

因为长期抑郁不达，李白一向没少遭人冷遇，这下好了，“大鹏一日同风起，扶摇直上九万里”（《上李邕》），周围人的态度自然也跟着急剧转变——“当时笑我微贱者，却来请谒为交欢”（《赠从弟南平太守之遥》）。长安这个巨大的名利场，张开它纸醉金迷的怀抱，接纳了李白。

和那些见风使舵的势利眼不同，一位前辈诗人发自肺腑地欣赏李白的诗作。在忘记带钱包的情况下，他竟然解下象征身份的金龟，换取美酒与李白畅饮，还给这个小自己四十多岁的后辈想了个爆炸性的营销方案：“小伙子，以后你的江湖名号就叫谪仙人吧，肯定能红！”

在这位前辈诗人的大力转发下，李白谪仙人的名号响彻长安城。直到多年后点检往事，李白仍对此念念不忘：

四明有狂客，风流贺季真。

长安一相见，呼我谪仙人。（《对酒忆贺监》）

是的，这位前辈诗人就是《咏柳》和《回乡偶书》的作者，贺知章。

六

唐代的翰林供奉（或者叫翰林待诏），说起来不算正式官员，但因接近皇帝，一言不合就平步青云的大有人在。中唐的王伾和王叔文就是从这个职位起步，一跃成为“永贞革新”的实际掌舵人。

按照李白的规划，他只要给唐玄宗随便讲几回治国安邦、经纬天下的方略，唐玄宗就该肃然起敬，给他安排个重要岗位。到时候，他就可以把当年吹过的牛都变成现实了。

然而李白错误地判断了形势：自始至终，唐玄宗只把李白当作一个才思敏捷的文学侍从而已。吃喝玩乐时，让李白写几首诗助助兴，便已是人尽其才了。

在这件事情上，李白的表现无疑让玄宗十分满意。著名的《清平调》三首，便是他此类诗歌的巅峰之作。

云想衣裳花想容，春风拂槛露华浓。
若非群玉山头见，会向瑶台月下逢。

一枝红艳露凝香，云雨巫山枉断肠。
借问汉宫谁得似？可怜飞燕倚新妆。

名花倾国两相欢，长得君王带笑看。

解释春风无限恨，沉香亭北倚阑干。

自古美人如美景，往往需要诗文的加成，才能迥出侪辈，万古传颂。如果没有李白的《清平调》，杨玉环的美人之名绝对大打折扣。

最初的兴奋过后，文学侍从的生涯开始让李白一肚皮的抑郁不舒。在满朝朱紫当中，李白看似飘逸的身影，其实写满落寞。高力士脱靴、杨国忠磨墨（有的版本是杨贵妃磨墨）、醉草吓蛮书，这样夸张的故事，放大了我们对诗仙的浪漫想象，但并不符合李白在这一时期的真实境遇。

有种说法认为，唐玄宗其实考虑过授予李白正式官职，却遭到杨玉环的阻挠。原因是高力士向杨氏进谗言：天啦噜，这个李白竟然把您比作赵飞燕，此人在历史上可没什么好名声啊！

但其实，明眼人都不难看出，李白天马行空、狂放不羁的做派并不适合官场，他的自我期许和真实禀赋之间存在着深深的错位。

花间一壶酒，独酌无相亲。

举杯邀明月，对影成三人。（《月下独酌》其一）

公元744年春，八十六岁高龄的贺知章告老还乡，在他走后，李白终于沦落到了只能和月亮对饮的境地。长安不相信眼泪，也许是时候说再见了。

唐玄宗痛快地批准了李白的辞职申请，还象征性地给了他一笔钱，这就是听起来还有点高大上的“赐金放还”。

从此，茫茫江湖，李白又回到了二十年前的起点。

七

乍听起来，“赐金放还”相当体面，比今天我们从公司离职还要跟老板扯皮讨要工资，幸福太多了，但问题在于，我们从一家公司离职，还有千万家公司可供选择，而李白生活的时代，全天下就只有大唐王朝这一家公司而已。

现在倒好，这家公司的董事长亲自给李白办离职，以后再想就业，就千难万难了。

不到两年的长安之旅，如果要用一个词来形容，那就是：幻灭。人生理想的幻灭对李白的打击是显而易见的，他大病一场，几乎死掉，而肉体的痛苦和精神上的折磨相比，不过是小巫见大巫罢了。

既然现实如此残酷，那便向虚无缥缈的仙界去寻求慰藉吧。从少年时代开始，李白便对神仙道教痴迷不已，和许多著名道士过从甚密。这回，他干脆办齐手续，变成了真正的道士。

仙人如爱我，举手来相招。（《焦山望松寥山》）

李白更加频繁地攀爬名山，采摘岩穴，吟赏烟霞。在一片似真似幻、迷离惝恍中，他似乎看到了神奇的一幕：

虎鼓瑟兮鸾回车，仙之人兮列如麻。（《梦游天姥吟留别》）

可当他回过神来，却只是一个梦而已。

惟觉时之枕席，失向来之烟霞。（《梦游天姥吟留别》）

梦境再璀璨，人还是只能活在现实里。

现实倒也不是完全没有惊喜。离开长安后，李白陆续收到了上天留给他的两个彩蛋。在人生的又一个低谷，他们构成了天空中不多的亮色。

公元744年夏，李白游踪到达汴州（今开封），在那里，他遇到了自己的粉丝团长，一个当时还默默无闻，后世却将光耀千古的年轻人，他的名字叫杜甫。

醉眠秋共被，携手日同行。（杜甫《与李十二白同寻范十隐居》）

两个同样伟大的灵魂，就是这么一拍即合，“恩爱”无比。也许在当时人眼里，汴州的茶楼酒肆和江山胜迹，不过多了两个平平无奇的游人，他们一个飞扬跳脱，一个一脸苦大仇深，如此而已。

可在我们今天看来，那是多么奢侈的一次相遇！

诗人闻一多曾用一段热情洋溢的笔墨形容当时的场景：“我们该当品三通画角，发三通擂鼓，然后提起笔来蘸饱了金墨，大书而特书。……我们再逼紧我们的想象，譬如说，青天里太阳和月亮走碰了头，那么，尘世上不知要焚起多少香案，不知有多少人要望天遥拜，说是皇天的祥瑞……”

李杜同游，日月同辉，也只有伟大的盛唐，才能挥洒出如此华丽的手笔。而高适的加入，又让这一笔更添风力。

作为盛唐边塞诗派的代表人物，慷慨不群且放纵不羁的高适，在性情上无疑和李白更为接近。且高适比李白大一岁，是同龄人，杜甫则比李白小十一岁，在三人把臂同游之时，杜甫面对两位前辈大咖，脸上无疑会带着仰望的神情。

忆与高李辈，论交入酒垆。

两公壮藻思，得我色敷腴。

气酣登吹台，怀古视平芜。（杜甫《遣怀》）

虽然李白没有留下此行的记录，但从杜甫的诗里，我们可以想象当时情景该是多么风云际会，诗酒风流。

渔阳鼙鼓动地来，惊破霓裳羽衣曲。（白居易《长恨歌》）

一见如故的三位大诗人，显然谁也想不到，十一年后的一场战乱，不但席卷天下，还将不由分说地把他们抛向各自的命运。也是到那时才能真正看出来，公元744年夏秋之间的这一番诗酒高会，谁只是周旋应景，谁又毫无保留地走了心。

八

除了杜甫，上天给李白发放的第二个彩蛋，仍是一位前宰相的孙女。大概是公元749年，李白在汴州迎娶一位宗姓女子，这位宗夫人陪伴李白度过了晚年的风风雨雨。

大家可能觉得奇怪，为何李白的两段婚姻，娶的都是前宰相的孙女？

娶妻追求名门高第，是唐代士子普遍风气，寒门士子就更是如此。毕竟，借助妻子家中的人脉，仕途会顺利许多。

李白作为商人之子，社会阶层那是相当不高，他当然也想娶当朝宰相的女儿或者孙女，但这一行业竞争实在太过激烈，于是退而求其次，他把日标转向了前宰相的孙女。

和第一次婚姻一样，李白仍以上门女婿的身份住在宗夫人家里，此时他已年近半百，却还寄人篱下，日子当然不会太好过。

宗夫人贤惠，对李白也颇为用情，但宗府其他人可就未必这么善良。

寻常的歧视、嘲讽倒也罢了，最让李白痛苦的，是长时间的骨肉分离。在第二段婚姻存续期间，李白的女儿平阳和儿子伯禽一直寄养在山东。即便后来安史之乱爆发，天下大乱，李白也没能把孩子接到身边。

> 娇女字平阳，折花倚桃边。
> 折花不见我，泪下如流泉。
> 小儿名伯禽，与姊亦齐肩。
> 双行桃树下，抚背复谁怜？
> 念此失次第，肝肠日忧煎。（《寄东鲁二稚子》）

作为父亲，李白实在没能尽到基本的职责，这导致他的子女不但缺少父爱母爱，也无缘接受良好的教育，最终的结果便是阪上走丸般，滑向了社会的更底层。在李白身后，伯禽以布衣终老，伯禽的两个女儿更是直接沦为农妇。名动一时的谪仙人，其后代竟然就此湮没无闻，成了“绝嗣之家”。

九

李白人生的最后一次机会，出现在安史之乱期间。

公元751年，李白北上幽州（今北京），和许多落魄文人一样，朝廷的路子走不通了，他想再试试军旅幕府的路子。

众所周知，设藩镇是为了保境安民，可镇守幽州的这位仁兄，却有个与众不同的爱好——造反。此人名叫安禄山，当时身兼三镇节度使，手握十五万雄兵，李白到幽州，没费什么劲就察觉出了安禄山的狼子野心。

李白不是骆宾王，没兴趣做改天换日的风险投资。他本该向朝廷示警，但此事纯属徒劳——早就有好几箩筐的人告发安禄山准备谋反了，架不住唐玄宗对安禄山信任过头，不但没引起警惕，还每次都把告发者绑起来，送给安禄山发落。这无疑是在向所有人宣告：敢离间我们君臣，这就是下场！

很显然，在盛唐河清海晏的表象之下，一场滔天巨变正在蠢蠢欲动。用不了多久，它就将以雷霆万钧之势改写所有人的命运。

公元755年冬，安史之乱终于爆发，长安沦陷，玄宗奔蜀，仓促禅位，太子李亨登基，是为肃宗。

为了激活一切力量对抗叛军，玄宗接受宰相房琯的建议，实行诸王分镇。肃宗的弟弟永王李璘于是在南方聚集一批兵马，号称勤王平叛，实则想要割据一方，与肃宗争雄。

李璘比肃宗小九岁，本是肃宗一手带大的，两人打小亲密无间，常在一张床上搂着睡觉，不过在皇位面前，这点深情厚谊自然算不了什么。

李璘的想法倒是蛮不错，他知道争天下不能光靠打架，还得收买人心，得多找几个名士大V来抬抬轿子、捧捧臭脚。可惜名士大V大多不傻，明眼人都看得出来李璘这架势不太对，于是李璘的HR们手握大把高薪，却完全招不到人。

就在团队快要绝望时，李白来了。这可是玄宗亲自转发过的大V啊，公司的宣传工作有救了！

李白为何要加入李璘的军队呢？在李璘兵败后，他发微博这样解释："我是为了杀敌报国！"

评论区刷了几百条"真的吗？我不信"。

李白又加了一句："我其实也不想，我是被逼的！"

隔壁王维眼睛一亮："是的是的，我之所以做了安禄山的伪官，也是这个情况！"

王维顺势翻出他发在小号上的一首诗：

> 万户伤心生野烟，百官何日再朝天？
>
> 秋槐叶落空宫里，凝碧池头奏管弦。

伪燕（"燕"是安禄山政权的国号）官服虽然穿在身，我心依然是唐朝心啊！

可这样表忠心的证据，李白却一样也没有。更要命的是，互联网是有记忆的，李白当时写了一堆《永王东巡歌》，大张旗鼓地发微博给李璘做代言，这下好了，铁证如山，百口莫辩。

在肃宗和李璘的兄弟PK中，李白的两位昔日好友和他做出了完全不同的选择。

杜甫"麻鞋见天子，衣袖露两肘"，在肃宗那里讨到了一个左拾遗的职位。高适就有点厉害了，他被任命为淮南节度使，讨伐李璘的大军就是由他统率。

三川北虏乱如麻，四海南奔似永嘉。

但用东山谢安石，为君谈笑静胡沙。（《永王东巡歌》）

对李璘，对自己，对时局，李白都抱有极高的期待。可惜他看走了眼，李璘志大才疏，高适的大军尚未压境，他竟然被几个小干部率领的地方武装荡平了！失败的方式很羞耻，几乎是不战自溃。

李白的“谢安梦”，只做了不到两个月。作为附逆的乱臣，李白开始了他的逃亡之旅。

十

公元 684 年，徐敬业起兵讨伐武则天，大才子骆宾王的《为徐敬业讨武曌檄》刷爆朋友圈，连武则天都不得不脸色铁青地点了个赞。后来徐敬业兵败，骆宾王不知所终，也许他逃亡技术高超，保住性命，从此退隐江湖（也可能是死于乱军之中）。

李璘兵败后的李白，就没骆宾王这么幸运了。他刚逃到彭泽县（陶渊明不为五斗米折腰的地方），就被官兵抓住了。

附逆的罪名不是小事，当时网上舆论一边倒，都觉得李白罪无可赦，死不足惜。只有杜甫倔强地说了一句：“各位手下留情，这是我偶像（《不见》：世人皆欲杀，吾意独怜才）！”然后就被网友骂成猪头。

在身陷囹圄等候发落的日子，李白突然想起来一件事：当年一起大块吃肉大碗喝酒的小伙伴高适，是不是已经做到了淮南节度使？

不用辛辛苦苦熬资历，抓住机会在短时间内就扶摇直上，平步青云，李白梦寐以求的事情高适做到了。如果永王李璘不是这么窝囊废，李白是不是也有这样的机会呢？

怪只怪李白眼神欠佳，押错宝了。在李白看来，以高适如今的地位，随便伸伸手拉自己一把，肯定没问题。话虽如此，当初一起打打闹闹没大没小的朋友，突然间要向对方摇尾乞怜，心里总有几分不是滋味。

好在这难不倒我们的诗仙，咱不把话说太明白不就得了？

就这样，高适收到了李白托人转过来的一首诗。在诗里，李白把高适一顿猛夸，把他夸成和张良不分伯仲的盖世雄杰。这类诗的套路通常是卒章显志，最后总要提提要求的（可参考孟浩然的《临洞庭上张丞相》：“欲济无舟楫，端居耻圣明。坐观垂钓者，徒有羡鱼情。”），但李白诗歌的结尾，却只是吞吞吐吐地说自己又是流泪，又是失语（《送张秀才谒高中丞》：“但洒一行泪，临歧竟何云。”），就是不肯说他有什么要求。

高适就算是八岁小孩，估计也明白李白这时候来信，是何居心。但既然李白自己不明说，高适也就不用费劲去斟酌拒绝的说辞，直接装傻就行了。说到底，当年那点儿交情值几个钱？一不小心惹一身骚，就得不偿失了。

时间改变了很多东西，苟富贵无相忘，这么幼稚的想法，李白大概不会再相信了。虽然在宗夫人和一干朋友的奔走斡旋下，李白短暂地出了狱，但最终还是被判长流夜郎（今属贵州梓桐），刑期三年。对一个五十八岁的老人来说，这几乎和死刑没什么区别了。

十一

当初李白接受李璘礼聘下山，宗夫人就表示坚决反对，果不其然，不听老婆话是要吃大亏的，这条定律放在诗仙身上也不例外。

后来李白终于身陷囹圄，宗夫人立即开启暴走模式，到处求爷爷告奶奶。虽然事业上遭遇连环暴击，却能娶妻如此，不得不说上帝在李白面前关上一扇扇门的同时，是开了一扇窗的。

李白出发去夜郎那天，宗夫人带着弟弟来浔阳江边送别。大概是觉得无颜面对妻子，李白只给小舅子写了首诗。

> 君家全盛日，台鼎何陆离！
> 一回日月顾，三入凤凰池。（《窜夜郎于乌江留别宗十六璟》）

想当年宗家得宠时是何等赫赫扬扬，如今我作为半个宗家人，当然也想让老祖宗的坟头冒几缕青烟，可是我这么努力，最终，也只是给家里添了点堵而已。

> 我非东床人，令姊忝齐眉。
> 浪迹未出世，空名动京师。（《窜夜郎于乌江留别宗十六璟》）

在风尘流离的路途上，面对渺不可知的远方，李白想起了很多人、很多事。他的眼睛看过了整个盛唐的绚烂芳华，却始终惦记一张朴素且不再年轻的面庞。

妾似井底桃，开花向谁笑。

君如天上月，不肯一回照。（《自代内赠》）

从前李白独自在外打拼，还故意开妻子的玩笑，他不说自己思念妻子，却倒打一耙去渲染妻子如何独守空闺牵挂自己，这“无赖”的嘴脸大概让宗夫人只能又气又笑吧。

还记得初入李璘幕府之时，是平生少有的意气风发。天底下的男人都擅长给妻子画大饼，我们的诗仙也不例外。

出门妻子强牵衣，问我西行几日归。

归时倘佩黄金印，莫学苏秦不下机。（《别内赴征》）

亲爱的你看，我终于有机会大展宏图了，这是天大的好事，你不要不舍得放手。我唯一害怕的，是等我飞黄腾达了，一身的土豪气息回来，你会嫌弃我太庸俗，不理我呢！

把征服世界的成果像餐后甜点一样放到盘子里，摆在心爱的女人面前，是所有男人的梦想。可惜李白这个梦咻的一下就醒了，转瞬间，曲阑人散，天各一方，道阻且长。

夜郎天外怨离居，明月楼中音信疏。

北雁春归看欲尽，南来不得豫章书。（《南流夜郎寄内》）

虽然和妻子不通音问，但一路上，有件事李白自己也没有想到。

按照我们通常的理解，作为“犯罪分子”，李白应该披枷带锁，由两个凶神恶煞的壮汉押送，稍不注意就是一顿暴打，路过野猪林之类的地方时尤其要当心。而实际上，李白此时早已名满天下，路上不但没怎么吃苦，居然还经常受到地方官员的隆重接待。

俗话说吃人嘴软，领导的饭尤其不可能白吃，吃完是要干活的。领导雅兴大发，赋诗一首，李白不能不唱和一下吧？饭是领导请的，你这诗里头不能不提一下领导的名字吧？

说实话要有这样的热度，我肯定也是要蹭一下的，能在李白的文集里留一个名字，绝对属于稀缺资源。一不小心撞上《赠汪伦》那样的爆款，就更是赚翻了。

在这些领导们的“供养”下，李白一边赶路一边长肉，终于在公元759年春到达白帝城，距离夜郎一步之遥。而就在此时，一场席卷了关中大地的灾难，却让李白的人生出现了重大转机。

十二

俗话说得好，上天有好生之德，在这个理论指导下，古代的皇帝们一言不合就大发慈悲搞优惠酬宾活动，目标人群是各种款型的犯罪分子。

大致操作方法，是把死刑改为流放，而原本要流放的则原地赦免。这个活动有个学名叫“大赦天下”，因为牵扯面太广，显然不适合经常搞，多少年也盼不来一次。

可就在李白奔赴夜郎期间，关中地区发生了重大旱情，眼看就是一场大饥荒。为了向上天祈福，唐肃宗搞了一次大赦天下，让李白赶上了。

朝辞白帝彩云间，千里江陵一日还。

两岸猿声啼不住，轻舟已过万重山。

小时候读这首《早发白帝城》，曾以为它是年轻人朝气蓬勃的远行，后来才知竟是垂暮之人大难不死的狂喜。白帝城和三峡猿啼，在古人笔下从来都是哀苦的意象，诗仙不愧是诗仙，笔补造化，驱遣万物，用哀苦的意象也营造出轻快昂扬的气氛来。

遇赦后的李白，终究片刻也闲不住。他花甲之年的足迹，踏遍了祖国的锦绣山河，依然在寻找一展青云抱负的机会。

流寓江南期间，听说李光弼率百万大军讨伐安史叛军，李白曾试图投笔从戎，结果走到半路，就被病魔击倒了。虽然胸中仍有豪情激荡，李白渐渐明白：这一辈子，也就这样了。

这时候宗夫人大约也已经离世，日暮途穷的李白只能选择到当涂（在今安徽）依附一位在当地做县令的族叔李阳冰（虽然是叔侄关系但两人谁年纪更大不好说）。

到了风烛残年还需要“啃老”（李阳冰：现在的“年轻人”真是难搞啊……），心里的痛苦可想而知。唯一令李白感到欣慰的是，安史之乱发生时，他的子女不在身边，他风尘满面踏上流放道路时，子女仍不在身边，而当他在当涂抱病辞世，他的儿子伯禽终于也移居到此处，陪伴李白走完了人生最后一程。

想当初年少气盛，李白曾以一首《上李邕》怒怼前辈大咖，“大鹏一日同风起”的豪言壮语掷地作金石声。这下好了，当初吹过的牛终究是错付了，一辈子的努力就这样颓然落幕。

尽管如此，一腔热血不肯凉，一身傲骨仍铿锵。扶摇直上翱翔九霄的大鹏鸟，早已成为李白的人生图腾。在李白的绝笔诗

《临路歌》中，我们依然看到：

大鹏飞兮振八裔，中天摧兮力不济。

意思是：大鹏振翅飞过八方，在半空中却没了力量。

这烈火烹油的一生，即便被命运按住了头颅，不影响他在低处高歌，在阴影里怒放。即便乌云遮住了所有的阳光，他还能点亮心中的热火，用自己沸腾的体温让那些黑暗的角落也变得滚烫。

人的肉身百般局促，灵魂却可以游于万仞。很少有人能像他，在一生的时光里活出了两个李白。

一个李白和我们所有人一样，在人间上下求索，四处碰壁，历遍沧桑，另一个却始终遗世独立，纤尘不染，从未打云端下来过。

一个李白作为女婿、丈夫、父亲、大V，都饱受诟病，另一个却浑身长满光芒，值得人间第一流的赞颂。

在讲究中庸之道的时代，他活出了真我的风采。在戴上面具方能如鱼得水的中国社会，他坚持做个嬉笑怒骂、肆行无忌的孩子。

他本该是仗剑江湖的侠士，却把路见不平的怒吼化作了锦心绣口的诗篇。他自命不凡，在现实面前如此可笑，却让伟大的盛唐多出一个嘹亮的音符。

最终，他还是没能在世俗的世界乘风破浪，却以星辰的姿态高悬于夜空，让千秋万古的中国人都能在举头眺望时，眼里闪过一阵温暖，胸中涌起一股力量。

十三

作为一生都充满了浪漫传说的谪仙人，除了缠绵病榻最终一病不起，关于李白之死还有这么一个版本：公元762年冬，安徽当涂，有人在采石江边看到奇异的一幕：李白着宫锦袍，游采石江中，傲然自得，旁若无人，因醉入水中，捉月而死。

也许，这才是谪仙人挥别人间的正确姿势吧。

“李白”

没被生活百般毒打之前，谁还不是个傲娇的宝宝

一

公元746年，唐都长安，三十五岁的诗人李白开始了他的“长漂”之旅。

彼时，李白自恃才高，睥睨众生，恨不得昂首天外。对于自己的职业前景，也是高度自信：

> 自谓颇挺出，立登要路津。（《奉赠韦左丞丈二十二韵》）

但十年的长安生涯，命运不停地磨损他，像河流磨损河岸，像黑夜磨损星辰。

他人生的上下半场，因此呈现一片触目惊心的断裂。

父亲官至兖州司马，让李白有充足资本，活成一个裘马清狂的公子和抱玉怀珠的才人。

在“长漂”之前，李白的人生都是春天。

“和所有以梦为马的诗人一样”，他坚信自己用不了多久，就能在长安闯出一片广袤天地。

可命运的暴击总是不请自来。父亲的突然离世，在瓦蓝天空泛起第一缕阴霾。阶层滑落的加速度，把李白推着搡着往深渊里带。

他满怀期待参加了一次重要的考试，却遭遇了中国考试史上最荒唐的一幕。主考官李林甫为了堵塞言路，竟然淘汰了所有参赛选手，然后言辞热烈地向唐玄宗道贺：由于过往的人才政策太过成功，造就了“野无遗贤”的局面，故而本次考试只能十分遗憾，一无所获。

> 黄金燃桂尽，壮志逐年衰。（孟浩然《秦中感秋寄远上人》）

李白一贯高高仰起的脸庞，一点点没入无边的阴影。他把妻儿安置在成本低廉的乡下，独自一人混迹权门，仰食他人。

> 朝扣富儿门，暮随肥马尘。
>
> 残杯与冷炙，到处潜悲辛。（《奉赠韦左丞丈二十二韵》）

三不五时他也进山采来药草，在车水马龙的大街上，像个真正的小商贩一样，用并不娴熟的吆喝吸引可能的客户。

灯火万家的除夕夜，他常常不能与家人团聚。有时就睡在乱糟糟的客栈，有时则托身于权贵之家，在别人的花好月圆里笨拙地陪笑。

公子调冰水，佳人雪藕丝。（《陪诸贵公子丈八沟携妓纳凉晚际遇雨》）

世界的繁华近在咫尺，却触不可及。常常，一顿饱饭，已耗尽他对生活的所有期许。

在命运的垃圾堆里，他没有放弃仰望星空。他积极地写诗，到处干谒，可纵然他读书破万卷，下笔如有神，希望却如泼向雪地的水，顷刻已成冰。

当年一起把臂同游的好兄弟，有的考中了进士，前途大好，有的投身军旅，步步高升。诗酒高会时，没人再允许他去买单，而满堂恣肆的欢笑中，他的脸上却显出了几许憔悴，几分落寞。

二

长安大道连狭斜，青牛白马七香车。

玉辇纵横过主第，金鞭络绎向侯家。（卢照邻《长安古意》）

长安之所以让人欲罢不能，一个重要原因便是人物荟萃，机会繁多。公元 751 年，“长漂”的第六个年头，李白人生中最高光的时刻终于不期而至。

那年正月，朝廷密集举行了三次重大的祭祀活动。每逢此时，自然会有许多文人闻风而动，操起手中如椽大笔，为国家润色鸿业，礼赞盛世。

李白所写的三大礼赋（《朝献太清宫赋》《朝享太庙赋》《有事于南郊赋》），引起了玄宗的高度重视。由于对李白其人并不熟悉，玄宗认为有必要由宰相亲自出面组织一次专门的考试，如若果真才高于世，便可拔犀擢象，大加任用。

消息传出，朝野震动。

多年以后，李白流落巴蜀，年老位卑，不为晚辈所礼，这次考试的风光煊赫，仍然让他追怀不已。

忆献三赋蓬莱宫，自怪一日声辉赫。

集贤学士如堵墙，观我落笔中书堂。（《莫相疑行》）

文章写出来之后，集贤院的学士们赞不绝口。也许，蹉跎半生，龙兴虎变的机会，终于来了。

然而，激动的李白忽略了一件小事：此次考试的主考官，依然是那位权倾一时的宰相——李林甫。尽管曾被李林甫“野无遗贤”地淘汰过，但李白对李林甫并无芥蒂，在三大礼赋中，李白甚至不计前嫌地赞扬过他。

可是，手握权柄的李林甫，大概只会从另一个角度思考问题：既然当初已经有了结论，阁下并非朝廷所需的人才，那么这一次自然还是“维持原判”比较好。否则，我岂不是自己打了自己的脸？

就这样，翘足引领的李白等来了录取结果：阁下才华棒棒哒！已录入朝廷官员候补名册啦！慢慢等着吧。

这一年，李白四十岁。他还记得自己初入京城时的伟大梦想：

致君尧舜上，再使风俗淳。（《奉赠韦左丞丈二十二韵》）

三

韶华如驶，流浪无成。

曾经的骄傲放纵终于零落一地，再难收拢。

日渐窘迫的生计，不时袭来的饥荒，让李白沦落到与贫民为伍，去抢购廉价救济粮。随着这样的情况一再发生，在衣衫褴褛骨瘦如柴的贫民队伍里，李白竟也渐渐不再显得格格不入。

可即便他已经如此费尽全身力气，惨绝人寰的一幕还是发生了：一次回家，刚进门李白就听到家人正在嚎啕大哭，李白最小的儿子，竟然因为家里揭不开锅，活活饿死了。

你敢相信，这就是史书上所说的“开元天宝盛世”吗？

在人生加速向下坠落的过程中，李白与朱门酒肉渐行渐远，他的目光也从光彩万千的云端，降落到了苍茫大地之上，那饥寒冻馁的人间。

“世上疮痍，诗中圣哲。民间疾苦，笔底波澜。”

跳出一己悲欢，他走向了一个更加辽阔的世界。那里万象森森，百味杂陈，每一个微贱的生命都得到应有的悲悯，每一棵无人在意的草芥都焕发出倔强的身姿。无论是无食无儿的老妇，还是幽居空谷的佳人，无论是一去不返的征夫，还是冻死路边的白骨，都因李白的史笔与诗笔而拥有了自己的独立宇宙，被千千万万的后人认真地看见，温柔地触摸。

而对于统治阶级的骄奢淫逸，李白同样毫不留情。他仿佛挥舞着一把锋利的手术刀，剖开盛世浮肿的皮囊，在心腹与膏肓之间，揭发出许多不为人知的疾病。

青年时代那些浪漫的幻想，那些天马行空的豪情，那些不免封闭狭小的一己悲欢，都已经满足不了李白。在他笔端涌动的，是更为饱满的血肉，更接地气的人物，更富悲悯的情怀，更有嚼劲的风骨。

在命运的重压之下，在百般的烧灼与痛苦的灰烬中，一个全新的诗人站了起来。

从此，他的笔下或许少了些“骁腾有如此，万里可横行”的决绝，却多了些“吴楚东南坼，乾坤日夜浮”的壮阔；少了些“何当击凡鸟，毛血洒平芜”的霸道，却多了些“万里悲秋常作客，百年多病独登台”的沉郁；少了些“会当凌绝顶，一览众山小”的豪迈自负，却多了些“感时花溅泪，恨别鸟惊心”的婉曲深沉。

他不再是那个狂放不羁、自视甚高、锋芒毕露的李白了，生活把他变成了另一个人——一脸苦大仇深，总在长吁短叹的杜甫。是的，很多朋友应该早就发现了（感谢你们还没有把书扔在地上），从十年长安到野无遗贤，从献赋落空到与贫民为伍，其实本文自始至终都是在写杜甫，那个曾经活得像“李白”的杜甫，文中所有未标明作者的诗句，也都是杜甫的诗。为了避免混乱，接下来咱们就不玩花活了，从这里开始，文中提到的李白、杜甫都是大家熟悉的那个真正的李白、杜甫，不会再是别人了。

网上有句话很有名：杜甫未曾年轻，而李白从未老去。后半句也许有理，但前半句肯定不对，是刻板印象。没被生活百般毒打之前，谁还不是个傲娇的宝宝啊？

杜甫早年曾给李白写过一首诗：

> 秋来相顾尚飘蓬，未就丹砂愧葛洪。
>
> 痛饮狂歌空度日，飞扬跋扈为谁雄？（《赠李白》）

清代学人蒋金式把这首诗当作李白“一生小像”。其实，那“痛饮狂歌”与“飞扬跋扈”的，何尝不是曾经的杜甫自己？

从“放荡齐赵间，裘马颇清狂。春歌丛台上，冬猎青丘旁”到“赋料扬雄敌，诗看子建亲。李邕求识面，王翰愿卜邻”，从“忆年十五心尚孩，健如黄犊走复来。庭前八月梨枣熟，一日上树能千回”到“快意八九年，西归到咸阳”，我们的“老杜”也曾被世界温柔相待，生活颇为优裕，心态也十分朝气蓬勃，以至恣肆张狂。

如果不是久辱泥涂的十年“长漂”，以及后来的一系列人生苦旅，也许杜甫一辈子也不会走上“诗圣”之路。

如此，长安的官场上可能会多出一个脑满肠肥的中层领导，而千载之下的我们，想家的时候脑海里不会蹦出“露从今夜白，月是故乡明”，听雨的时候不会想起“随风潜入夜，润物细无声”，给远方的好朋友发微信不会打出“渭北春天树，江东日暮云”，揽镜自照的时候也不会感慨“少壮能几时，鬓发各已苍”。

在充满挫败与磨难的生活中，我们或许会朦朦胧胧地感觉到，自己身体里的“李白”正在被一点点磨碎，却不知破碎之后的那个状态应该如何命名。没人替我们说出在人世漂泊的种种况味，没人把苍生放置在聚光灯下细细打量，没人为时代画出肌理细腻的轮廓，也没人把沧桑的一生唱成歌，灿烂了历史的星河。

杨玉环

绝代佳人的致命水果

一

晶莹剔透的荔枝，如今是全国人民都能在超市轻松买到的一种水果。即便与原产地睽隔数千里，其品质与新鲜度往往都大有保障。

但，在冷藏与交通都极为不便的古代，一般人要想吃到上好的荔枝，往往就只能屈尊劳足，亲临原产地了。

> 罗浮山下四时春，卢橘杨梅次第新。
>
> 日啖荔枝三百颗，不辞长作岭南人。（苏轼《食荔枝》）

北宋时，大文豪苏轼远谪岭南，晚景无比凄怆，却在狂啖本地荔枝当中得到了心灵的抚慰，仿佛人生不再那么艰难。小小荔枝，大大能量，谁还好意思说，这不过是浮浅的口腹之欲？美食作用于人的方式，原本就要以人本身的境界来定的。

如果说苏轼的“荔枝自由”，吃出来的是一段逆境中有筋骨、艰难里不臣服的佳话，杨贵妃杨玉环和荔枝演绎出来的故事，就有点一言难尽，需要我们带着批判的目光去审视了。

长安回望绣成堆，山顶千门次第开。

一骑红尘妃子笑，无人知是荔枝来。（杜牧《过华清宫》）

是的，中国古代四大美人之一的杨玉环，就是一个“深度荔枝迷”。

杨玉环是山西永济人，因父亲杨玄琰（yǎn）到蜀地做官，她出生于蜀地。今天我们一提起荔枝，首先想到的就是广东（古代的岭南）。其实唐时的蜀地也盛产荔枝，美味程度不输岭南。中唐张籍的《成都曲》就说了：“锦江近西烟水绿，新雨山头荔枝熟。”

杨玉环对荔枝的嗜好，深深植根于她的童年时光。

杨玉环十岁那年，杨家遭遇了一场变故，杨玉环的父母双亲不知什么原因双双亡故。失去依靠的杨玉环，被叔叔杨玄璬（jiǎo）收为继女，接到东都洛阳居住。从此杨玉环暂时挥别了“荔枝自由”，却阴差阳错地登上了历史舞台，成就一段人生传奇。

二

杨玄璬在洛阳不过是个七品小官，却与大唐王朝的上层社会有着广泛的联系。

杨家有女初长成，养在深闺人未识。

天生丽质难自弃，一朝选在君王侧。

白居易在《长恨歌》中如此描述杨玉环和唐玄宗的缘分。但其实，这不过是在给君王护短。在出嫁之前，杨玉环的美貌在洛阳的上层社会已经不是秘密。十七岁那年，她的确因清白的家世和出众的姿容被选为一位皇族的妻子，但这个人不是唐玄宗，而是唐玄宗的亲生儿子——寿王李瑁。

也就是说，杨玉环，曾是唐玄宗的儿媳妇。

寿王李瑁是武惠妃所生，母子俩都是玄宗的心头肉，宠爱非常。李瑁甚至一度很有希望取代太子李瑛，成为玄宗的接班人。只可惜，武惠妃为了助儿子一臂之力，心肠太狠，手段太急，费尽心机逼死了太子李瑛（以及另外两个皇子），却引发了舆论的巨大反噬，反倒让李瑁失去了继任太子之位的可能。

东宫梦碎，李瑁已经很倒霉，而更倒霉的是，坏事做尽的武惠妃，心理素质竟然很渣，她总是梦见三位皇子的鬼魂来找她复仇，不到一年就惊怖成疾，一命呜呼。失去母亲荫庇的李瑁，在宫廷当中顿时孤立无援，父皇的恩宠也在与日俱减。

然后，最为荒唐的事情发生了：武惠妃死后，唐玄宗情怀无托，忽忽不乐，后宫佳丽数千人，竟都无法令他一展笑颜。众人都一筹莫展，只有大宦官高力士提出了一个大胆的想法："陛下，我看寿王李瑁的妃子杨玉环挺不错的，这人您也见过，要不，咱试试看？"

就这样，二十二岁的杨玉环在高力士的安排下，和自己的公公走到了一起。那一年，玄宗五十六岁，这位老人用了一个词来形容自己得到杨玉环的心情：如获至宝。

如此荒淫无耻的行径，自然害怕世上悠悠之口。所幸李瑁本人颇为识趣地选择了含垢忍辱，一声不吭，玄宗便着手通过一系列“优美”的操作，让杨玉环名正言顺地待在自己身边。

在这件事情上玄宗显得极有耐心，公元 741 年，他让杨玉环以女道士的身份入宫，一直等到四年后，才正式册立她为贵妃。

杨贵妃的时代，开始了。

三

杨玉环名为贵妃，享受的其实是皇后待遇。她的诸多兄弟姐妹也都鸡犬升天，煊赫一时。其中，堂兄杨国忠官至宰相，但声名狼藉。杨氏兄妹建造起整个长安最奢华的宅第，一旦听说别人家的奢华把他们家比下去了，他们就毁了重建。家里的奴仆狗仗人势，气焰嚣张到竟敢鞭打公主和驸马。

杨玉环吃腻了山珍海味，开始想念蜀地的荔枝。这样一个“简简单单”的爱好，玄宗岂能不满足？美人含笑，君王才能宴安嘛。

然而问题来了：荔枝这种水果身段颇为娇贵，“一日色变，二日香变，三日味变，四五日香味尽去矣。”

蜀地距离长安两千多里，要在三日内将荔枝运至长安，耗费的人力物力可想而知。唐代陆路交通日行五百里原本已达极限，为了荔枝保鲜，这个速度不得不提升至六、七百里。

蜀地崇山峻岭，道路崎岖，超速行驶的结果便是有许多人马横死于中途。

甚至还有人说，杨玉环所吃的荔枝，其实是来自岭南，那里的荔枝品种更好。这样一来，荔枝进京所跨越的旅程，便达到了五千多里。其艰难程度，又翻了一倍。

无论吃的是哪里的荔枝，杨玉环这个特殊癖好，都免不了劳民伤财的诟病，而这，不过是玄宗晚年统治阶级骄奢淫逸生活的一个小小侧面而已。

一骑红尘妃子笑，渔阳鼙鼓动地来。

在盛唐灿烂繁华的表象之下，无疑有一个黑暗的洞穴，正在喷吐着危险的气流。在很多人看来，杨玉环、杨国忠这些人，难辞其咎。

四

公元755年，安史之乱爆发，安禄山兴兵犯阙，打出的旗号正是“清君侧”，诛杀奸臣杨国忠。

大唐久无战乱，叛军势如破竹。哥舒翰兵败潼关，长安岌岌可危，唐玄宗带着一小部分王公贵族仓皇出逃，奔赴蜀地。如果不是在出逃的第二天就发生了马嵬之变，杨玉环就可以回到童年生活过的地方，吃到刚刚从树上摘下来的荔枝了。

奸臣乱国，天下苦杨国忠久矣。在马嵬驿，愤怒的禁军将士揭竿而起，杀了杨国忠和一大批杨家人。由于担心杨玉环秋后算账，大家一不做二不休，武力逼宫，要求唐玄宗割恩正法，把杨玉环也杀了。玄宗为求自保，只能“丢车保帅”。

就这样，杨玉环被高力士带人缢死于佛堂之中，年仅三十八岁。而在某些野史传说中，戏剧性的一幕发生了：杨玉环前脚刚死，南方进贡的荔枝恰好送到，唐玄宗睹物思人，哭天抢地了好一阵。

经过《长恨歌》的着力渲染，唐玄宗和杨玉环的凄美爱情在中国家喻户晓。但历史往往不如文学“善良”，其中的罅隙之大，常常判若两事。

饮食虽然事小，却折射出一个人的世界观和人生态度。真正有境界的吃货，随手可得的寻常吃食，也能吃出个子丑寅卯，而被欲望蒙蔽了双眼、泡软了灵魂的人，在种种奢侈享受当中，终将滑向一副连自己都不认识的嘴脸。

同样是“荔枝自由”，苏轼和杨玉环付出的代价、习得的人生况味如此截然不同，又怎不令千载而下的我们感慨系之呢？

韩愈

就让我在作死的边缘来回试探

一

公元769年，风和日丽的一天，母亲把两岁的韩愈叫到病床前。

“宝贝儿，我可能要不行了，以后就换你爸来照顾你。你要好好听他话，敢淘气我晚上到梦里找你算账！”

小韩同学似懂非懂地点了点头。他惊讶地发现，一向面瘫的父亲，此刻眼里全是泪水。

一年后，父亲把三岁的韩愈叫到病床前。

“宝贝儿，我可能要不行了，以后就换你哥来照顾你。你要好好听他话，敢淘气我晚上到梦里找你算账！”

小韩同学一回生二回熟地点了点头，不出所料，一向面瘫的哥哥，此刻眼里全是泪水。

九年过去了，终于轮到哥哥把十二岁的韩愈叫到病床前。

“宝贝儿，我可能要不行了，以后就换你嫂嫂来照顾你。你要好好听她话，敢淘气我……”

“到梦里来找我算账。你们有完没完！我淘的那点气，你们一个人还算不完吗，非要组一个team①！嘤嘤嘤……”

在嫂嫂的抚养下，小韩同学磕磕绊绊地长大了。他学习刻苦，成绩突出，写作文是一把好手。眼看嫂嫂一个弱女子，用细瘦的肩膀艰难支撑着全家生计，他在心里默默发誓：待我才华及腰，替你分担可好？

二

和所有以梦为马的青年一样，韩愈要去京城长安敲开或者撬开科举考试这扇门，来实现自己的人生理想。

“唐代科举考试科目很多，你选哪科呢？”临行前，嫂嫂朝韩愈的行囊里塞了一大包茶叶蛋。

“就选进士科吧，热门专业，将来好找工作。”这一次，韩愈没有嫌弃那些弄得他一身怪味的蛋蛋，而是望着家里低矮破败的屋檐，神情庄重，“男儿立志出乡关，学不成名誓不还。嫂嫂等我！”

第一次考试不太顺利，韩愈落榜了。

“进士科每年报考一两千人，录取才十几、二十个，考不上也正常，继续加油，嫂嫂看好你！”关掉微信视频，嫂嫂望着漏雨的屋檐愁眉不展。

两年后，韩愈卷土重来，却再次名落孙山。

“进士科拼后台，多少录取名额都被提前内定了呀。不怪你，以你的才华总有一天会脱颖而出的！”关掉微信视频，嫂嫂对着空空如也的米缸愁眉不展。

---

① team：队伍。

她不知道的是，韩愈这边也连续吃了一个月的泡面了。要不是运气好得到一位皇族的赞助，韩愈大概只能回老家复读了。

二十五岁那年，韩愈终于在人生第四次进士考试中金榜题名，华丽逆袭。

为什么这次能考中呢？

才华炸裂是一方面，副考官和韩愈的哥哥曾是闺中密友哦不多年好友，也是重要原因。

在唐代，进士考试阅卷不糊名，就是这么拼关系。

“嫂嫂勿念，我已高中。如果时间来得及，年底接你们进京。”看罢皇榜，韩愈双手颤抖，给嫂嫂发去一条信息。

他以为人生巅峰近在咫尺，给自己设计了五花八门的庆祝动作，却没想到脚下的路，不过是荆天棘地的开始。

唐代士子考中进士，并不能立即当官，还要通过吏部，也就是人事部的相关考试。

韩愈连考了三次博学宏词科，每次都信心满满，每次都铩羽而归。

一开始，韩愈觉得大概是人外有人、天外有天，自己作文水平还有待提高，可是后来，他看到了一本《才华是怎样炼成的——博学宏词科优秀作文选》，气得他三天吃不下泡面——

天理最近放长假了吗？就算是屈原、孟子、司马迁再世，也拼不过那些人啊！谁让他们没才华，但有血统呢。

那天晚上，韩愈没有接嫂嫂的视频电话。在他的手机里，有一条编辑了好久却没发出去的微信：

“我好累，我想回家。”

三

众所周知，文艺界的主要矛盾是文艺青年比摩天楼还高的就业目标，和现实世界比地下室还低的就业形势之间的矛盾。

努力了十年，韩愈终于还是没能搞到一个留京指标。

他现在能选的，也就只有“心若在梦就在”，“广阔天地大有作为”了。

还记得历史课本里讲到过的中唐吗？“安史之乱”虽被平定，却留下了藩镇割据的毒瘤。地方节度使大权在握，俨然一个个独立王国。他们求贤若渴，和今天很多城市一样，发动了“抢人大战”。

作为进士文凭的持有者，韩愈自然属于抢手货。

他先后在汴州和徐州两地的节度幕府，负责种种文书工作。

赚钱的感觉自然是极好的，可这早出晚归地打卡上班是怎么回事？把活生生的人当成机械零部件使用吗？

太没人性了！

韩愈是个行动派，他马上给节度使老板写了一封信，控诉单位的打卡坐班制度。最后，还给老板指了个改革的方向：“早上三点到九点（古人上班那叫一个早……），下午三点到七点，中间休息六小时，你看行吗？同意的话签下字？”

老板：“别人都干得好好的，就你事多！你看看我手里这是什么？”

韩愈：“好像是把刀？您是武将，手里有刀，正常。”

老板：“那你知道该怎么做了吗？”

韩愈：“好像知道了。”

作为幕僚，公务琐碎，身份卑微，薪水也不高，以韩愈的才华而论，简直屈才屈到天上去了，而且这份工作还有个致命的缺点：稳定性比较差。

公元799年，韩愈在汴州的老板“驾崩”，韩愈前脚出差扶灵，汴州后脚发生兵变，同事呼啦啦死了一大片。

公元800年，韩愈辞职离开徐州，屁股尾气里还带着徐州的尘土，徐州又发生兵变，同事呲溜溜又死了一大片。

两次和死神擦肩而过是种什么体验？庆幸自己是锦鲤本鲤，“大难不死”小能手吗？

这样下去，躲得过初一万一躲不过十五呢？躲得过霸道狮子，万一躲不过甜心老虎呢？

我滴个苍天大地，为梦想可以拼命，但不能这样玩命啊！

地方太乱了，还是去朝廷吧。毕竟，哥现在也是有工作经验的人了。

在朋友的帮助下，韩愈在国子监谋得了一个四门博士的岗位，相当于最高学府的初级讲师。

这一年，韩愈三十四岁。

四

贫穷会限制人的想象力，但不会限制人的才华。这是贫穷的慈悲之处。

很多大文人对于贫穷，都颇有心得体会。

王昌龄年轻时要亲自出手从事第一产业，也就是种地，陶渊明垂暮之年向人乞食，杜甫据说饿急了之后暴饮暴食而死（杜甫：“据说”你还写！转发超过五百次，你给我等着！）。

大家都这么优秀，韩愈自然也要交出自己的答卷。

他的脑回路比较清奇，特别有理论高度。他认为贫穷和疾病一样，是鬼神作祟。为了脱贫致富，他专门写了一篇《送穷文》，想用好酒好肉送“穷鬼”上路。无奈“穷鬼”已和他确认过眼神，是值得托付一生的人，怎么说都不走，最后双方只好冰释前嫌，执手言欢。

到京城当官之后，韩愈穷到什么地步呢？用名篇《进学解》当中的一句来形容，就是：

冬暖而儿号寒，年丰而妻啼饥。

儿子一直哭冷，老婆天天喊饿。什么暖冬，什么丰年，不存在的！

大学老师的工资，真就这么低吗？

其实不至于。

我们知道，中国古代珍视血缘亲情，宗族责任重于泰山。家族中若有男丁早逝，全家老小往往就要依赖于活着的兄弟。举个例子，北宋时，乌台诗案事发，苏轼被捕，自忖将死，苏轼家中二十几口人就浩浩荡荡去投奔其弟苏辙。

韩愈任四门博士时，肩上的担子有多重呢？

他要养活四大家子、三十几口人，而且是在“居大不易”的京城长安！你算算，光是租房就得花多少钱。唯一的好处是众人拾柴火焰高，万一中介黑心，租给他们“甲醛房”，三十几口人很快就把超标的甲醛吸干净了。

巨大的焦虑与压力让韩愈年纪轻轻就开始两鬓半白、视力下降、牙齿动摇脱落（等等！过量吸食甲醛的症状包不包含这几项？）。他都不敢上网，否则一不小心就会刷到一篇《三十岁！

史上最年轻的翰林学士！你的同龄人，正在抛弃你》《长安，两千万人在假装生活》之类的文章。

五月榴花照眼明，枝间时见子初成。

可怜此地无车马，颠倒苍苔落绛英。（《题榴花》）

世间多少繁花似锦，只因车马不到而无人问津。又有多少才华满腹，独自凋零。

回想年少时的壮志凌云，只觉恍如一梦。

在韩愈心里，有个声音高喊着：“不行，我要升职加薪！”

五

混过官场的人都知道（没混过官场的同学请自觉假装混过官场），在升职加薪这件事情上，抱上一根或者几根大腿，是最快捷的方式。

抱大腿的时候，大腿越粗壮越好。

可是问题来了：粗腿人人想抱，你不得排队取号？

想当初，在博学宏词科考试接连折戟，韩愈就曾三次上书当朝宰相，热情洋溢又摇尾乞怜地求宰相在大腿上给他匀出一块地。

结果呢，泥牛入海，根本没有回应。

好吧，宰相不理人，那我换根细点儿的大腿试试看。

这一次，韩愈选中的投稿目标，是工部尚书兼京兆尹李实大人。

李大人是个什么玩意，哦不，什么货色呢？他有个威震江湖的绰号——群体事件逃跑小能手。

一言以蔽之：擅长制造群体事件，擅长绝地逃生。

口说无凭，举两个例子。

李大人做节度使的时候，因为克扣军饷，引起士兵哗变，闹得满城风雨，处处杀机。而他只用一条绳子就连夜滑下城墙，完美示范了什么叫高空逃生。后来他做地方官卸任了，当地老百姓为了表示一点儿心意，手持大规模杀伤性石器夹道欢送。可惜李大人早就预先得到情报，抄小路潇洒离去。

就是这样一位领导，韩愈对他的评价却是："我从没见过像您这样一片丹心，忧国忧民的人！"（愈来京师，于今十五年，未见有赤心事上，忧国如家如阁下者。）

韩愈这是穷疯了吗？为了上位，也太不讲究了吧！

不讲究就不讲究吧。一个男人想要抱住一个女人的大腿，还得说几句好听的呢，更何况是一个男人试图抱住另一个男人的大腿……

六

公元803年，韩愈卸职四门博士，做上了监察御史。虽然只是个八品官，工作内容说出来却有点儿厉害：监察百官，巡视郡县。

这次调任发生在韩愈给李实投稿之后不久，很可能是得到了李实的推荐。

但是接下来的剧情，却让人感觉票价很值。

那一年，李实治下的长安地区又是旱灾又是霜灾，庄稼颗粒无收，老百姓妻离子散，饿死无数。朝廷本来准备下令减免租税，可李实却巴巴地跑去唐德宗跟前卖了个好："皇上您放心，今年的旱情是有点儿严重，可是地里的庄稼居然长势喜人，皇上圣德，天佑大唐啊！”

德宗信以为真，就这样，减税的命令被撤销了。老百姓的死活，再没人去管，也没人敢管。

谁管，谁不就是在打李实的脸吗？谁管，谁不就是自告奋勇，在作死的边缘来回试探吗？

就在这时，韩愈站出来了。

他用一道奏章把老百姓受灾的惨状和盘托出，还提醒德宗，这事文武百官都知道，就您不知道。言下之意，自然是“有人”为了一己私利，欺君罔上。

奏章递上去之后，韩愈焦急地等啊等。一晃十天过去了，他没等到皇帝减租的旨令，却等到了自己的贬谪令。

那是一个叫做阳山的小县，距离长安四千里。人烟稀少，言语不通，山穷水恶。

知道权贵不好惹，真没想到这么不好惹！这打击报复也来得太快了点儿吧？

后世很多键盘侠经常狂喷韩愈，说他在抱大腿博上位时太没节操了。可你只要看看他上位之后都干了些什么，就知道过程不重要了。

在老百姓的福祉面前，他连自己刚刚抱上的大腿都敢下嘴咬，简直就是大唐第一良心耿直 boy 啊有没有！

当然良心和耿直在云谲波诡的官场难免要付出点儿代价，韩愈好不容才从冷板凳上挪开的屁股，这一下就冻到冰坷垃上，拔不下来了。

那姿势，要多狼狈有多狼狈。

七

人生漫漫，总有一个时刻，人会突然成长。

阳山之贬，一定让韩愈在政治上成熟了很多。跌到谷底的他没有一蹶不振，而是用三年时间重回京城，继续他的宦海浮沉。

然后，又是十年弹指而过。十年之间，他的奋斗之路可以说是跌宕起伏，疗效显著。相关事迹写到鸡汤文里可能噱头不够，炒作不起来，但在行业媒体上发个通稿，绝对绰绰有余。

首先，他从冷板凳走到了权力中心，官至五品中书舍人。别以为五品官不算大领导，要知道一般宰相也不过就是三品。

其次，韩愈在寸土寸金的京城买房了！那一年，他……四十八岁。好吧，时间是晚了点儿，不过人家房子买在哪儿知道吗？寸土寸金的靖安里，而且能住一百人（是的，当年的三十几口人加上各种仆役现在已经膨胀到了一百多人）！就问你有没有瑟瑟发抖？

再次，韩愈在文学上的声誉，也达到了顶峰。他走到哪儿，就是一座移动的珠穆朗玛。

唐代没有福布斯名人榜，判断文人咖位有个重要指标，就是有多少半截入土的人找上门来，求一篇墓志铭。不太好理解，是吧？

你想想古人挂掉之后，是不是喜欢在坟墓里弄一堆陪葬品？这些人不仅轰轰烈烈地活过，还想风风光光地走。所以各种殡葬用品都得是顶配，记录死者一生光辉事迹的墓志铭，自然也得是顶配。作为当时文坛的顶级流量，韩愈的稿约多到爆炸。恰好韩愈还是个配合度超级高的广告主，他只要收了钱，甲方的要求一律满足，各种把死者夸到天上去，不像后来的欧阳修，为了尊重事实，总和雇主闹合同纠纷，搞得双方都超不爽。

就这样，韩愈的墓志铭量价齐涨，一文难求。有的病人本来已经被医生宣判了死刑，只差安详或者痛苦地去了，一听说韩愈的墓志铭还没谈下来，一口气愣是咽不下去：我还不能死，我再坚持坚持……

唐代很多诗人都梦想着在战场上建立盖世功勋，为此写出一堆雄心勃勃的边塞诗。韩愈并不以边塞诗闻名，不过，他的军功随随便便摆出来，绝对让王昌龄、王之涣、岑参（高适：来，猜猜为什么没有我的名字？）这些人羞愧到死。

八

公元817年，淮西战事吃紧。

淮西节度使吴元济公开叫板朝廷，不把他拿下，以后朝廷还能有什么威信！如果各个藩镇的节度使们都有样学样，这天下还不得豆剖瓜分！

鏖战近四年后，宰相裴度终于不能忍了，决定亲自上阵，他给队伍选了个行军司马（相当于参谋长），就是我们的韩愈老师。在此之前，韩愈老师并没有上过战场，只是在兵部坐过几天办公室而已。

你以为，接下来上演的就该是纸上谈兵，书生误国的常见戏码了吗？

抱歉，让你失望了。

韩愈在淮西之战的表现，可以用惊艳来形容。

别误会，上阵杀敌，贴身肉搏，韩愈还没有解锁这样的技能（辛弃疾：这个是我强项，让我来！）。可是运筹帷幄，纵横捭阖，韩愈绝对独领风骚。

有首诗说得好："一山不能容二虎，除非一公和一母（韩愈：这玩意儿叫诗？你再说一遍试试！）。"在裴度出征前，政府军的统帅是宣武军节度使韩弘，裴度一来，两个统帅的关系自然就有几分微妙。韩弘能不能听从裴度的指挥调度，会不会在背后搞出什么幺蛾子？真心不好说。万一两人内斗起来，这仗就没法打了。

作为行军司马，韩愈挺身而出，直奔韩弘军营。天知道他对韩弘说了些啥，韩弘居然特别爽快地拍着胸毛，哦不，拍着胸脯表示："韩先生放心，裴大人指哪儿我打哪儿，不乖的是小狗！"

等到淮西平定，吴元济伏法，淮西旁边同样对朝廷怀有二心的成德和平卢如何处置？

韩愈的机谋巧变，再次华丽上线。他对裴度说："平卢节度使李师道，这就是个不要命的主，这么多年来他一直在长安搞恐怖袭击，就连宰相武元衡都被他暗杀，就连裴大人您都被他的刺客打成重伤。这货不能留，等明年咱们大军休整休整就来灭他！至于成德节度使王承宗，我估计他这会已经吓尿了吧。咱随便派个人过去请他喝喝茶，他肯定光速投降！"

结果你猜怎么着？全让韩愈给说中了。

王承宗当场表示今后就是朝廷的人了，李师道第二年就被政府军打成猪头。

就问你服不服气？

当然，淮西之战韩愈也不是没有遗憾。

在激战中，韩愈有天突然特别激动地冲进裴度营帐。

"大人，我有一计，可以速胜！"韩愈的声音微微发抖。

"哦？说来听听。"裴度的眼神里写满了"好的，请开始你的表演"。

“我军在淮西北部一带火力全开，可这么长时间了居然毫无进展。这说明了什么？敌军很可能把主力都集中到北部来了。至于淮西的老巢蔡州城，很可能没什么防御！！！”

“所以？”

“请大人赐我几千精兵，抄小路奇袭蔡州城，抓了吴元济，其余叛军必当不战自溃！”

“万一你猜错了呢？万一蔡州城里全是猛男呢？这事……我再研究研究。”

“好吧……好的……”

几天后。大将李愬（sù）突然特别激动地冲进裴度营帐。

“大人，我有一计，可以速胜！”李愬的声音微微发抖。

“哦？说来听听。”裴度的眼神里一回生二回熟地写满了“好的，请开始你的表演”。

“我得到情报，敌军老巢蔡州城如今兵力空虚，请大人赐我几千精兵，抄小路奇袭蔡州，抓了吴元济，其余叛军必当不战自溃！”

“哦？这么好？快去快去，一路顺风呀！等你好消息哦！”

接下来发生的事情，就是世界军事史上都赫赫有名的经典案例了：李愬雪夜袭蔡州，三天内生擒吴元济，淮西叛军土崩瓦解，持续四年的淮西之战完美落幕。

战后论功行赏，李愬和主帅裴度并列第一，都封了公爵。

至于韩愈……他现在不太想说话，我们让他一个人在厕所静静。

九

虽然和盖世奇功失之交臂，淮西之战的胜利还是让韩愈加速冲向人生巅峰。

回朝后，他以军功晋升为刑部侍郎。

年少时立下的济世安民，致君尧舜的梦想，终于可以实现啦！好开心！嗯，让我来看看，国家政策都有哪些不足，皇帝身上还有什么需要改进的地方吧。只有我们统治阶级不整天想着捞钱，多想想人民的幸福、国家的未来，世界才有希望变成美好的人间呀！

咦，皇帝最近好像有点儿沉迷佛教无法自拔，这可不是什么好事！关键时刻，我必须挺身而出了！

韩愈以为自己的出发点是为皇帝好，是为李家的江山社稷好，他没想到的是，他已经不知不觉故地重游，又来到了作死的边缘。

自从淮西大捷之后，当时的皇帝唐宪宗（前面提到的唐德宗的孙子）逐渐有点儿飘飘然了。他登基时接手的是个烂摊子，可现在却呈现出欣欣向荣的局面。所有人都说他是大唐王朝的中兴之主，将来的史书肯定要把他和唐太宗李世民相提并论的。

简直不要太完美！真希望这样的日子永远不要停！人类为什么会有生老病死这种粗暴的设定？朕这么优秀，就不能通融通融吗？（秦始皇、唐太宗、唐玄宗：就是就是，朕也是这么想的！）

没错，和所有上了点儿年纪，又做出了点儿成绩的帝王一样，唐宪宗开始幻想长生不老了。

为了实现这个虚无缥缈的“小目标”，宪宗决定急急如律令和嘛呢叭咪哞两手都要抓，两手都要硬，他一边派道士上山下乡，寻找仙药炼丹，一边大张旗鼓把法门寺的佛骨舍利请进皇宫，以身作则地号召全社会起来崇佛礼佛。

皇帝亲自出镜打广告，受众数据当然会很好看。一时间，佛法教义风行全国，上到公卿大夫，下至贩夫走卒，老百姓不惜倾家荡产，甚至自残自焚，向佛祖表忠心。

作为一个资深反佛斗士，韩愈实在看不下去了，一篇震古烁今的《论佛骨表》横空出世。

简单翻译一下核心观点，你感受感受这篇文章的火力：佛教没有传入中国的时候，从三皇五帝到商周诸天子，长命百岁的一抓一大把。自从东汉明帝时佛教来了，东汉就开始走下坡路，皇帝全都是短命鬼。到了南北朝时期，趋势更明显：但凡信佛崇佛的皇帝，命都不长，只有一个梁武帝活到了八十多岁，可他的命运也好不到哪儿去，不但自己被乱臣贼子所逼，活活饿死，国家也很快灭亡了。

一句话：谁信佛，谁就是短命鬼。

用头皮屑想想也知道，天天盼着长生不老的唐宪宗读到这篇文章后，会有多想杀人。

我到底是把这货五马分尸好呢，还是凌迟处死好？到底哪种配方口味更棒？什么，凌迟处死是五代时期才发明的？那行，就枪毙三天三夜吧！

幸亏后来半个朝廷的官员都出动了，给韩愈说情，他这才免去一死，改为贬官，地点是八千里外的蛮荒之地，广东潮州。全家一百多口人也跟着一起去，接到命令立即出发，仔细打包行李的时间都不给。

这次贬官对韩愈的打击比上次大多了。毕竟，此时他已是个五十二岁的垂暮老人。他摔下来的位置，又已经那么高那么高。

一封朝奏九重天，夕贬潮州路八千。

欲为圣明除弊事，肯将衰朽惜残年。

云横秦岭家何在？雪拥蓝关马不前。

知汝远来应有意，好收吾骨瘴江边。（《左迁至蓝关示侄孙湘》）

历来官员遭贬，诗里难免会有几句凄苦之词，可像韩愈这样要死要活的，也算少见。韩愈一把老骨头，虽然最后没有埋葬在瘴江边上，他年仅十二岁的小女儿却病死在南下途中，被几把枯草随意掩埋。

日落黄昏后，南方天空特有的潮湿阴郁，如同一块幽暗的破布罩在韩愈头顶，放眼望去，一丝光亮也不见了。

奋斗半生，难道，就是这样的结局吗？

十

经过一百多天的车马劳顿，白发苍苍的潮州刺史韩愈终于到了自己的新辖区。

长安的车水马龙、灿烂繁华，仿佛一个虚弱的气泡，被风一吹就消失在破碎虚空。触目所及，只有几条冷冷清清的街道，一排排低矮破败的屋檐。整个衙门里，几乎就找不出一个会说普通话的工作人员。

这什么鬼地方，老子要回长安！

官员到任，照例要给皇帝上一道奏章汇报思想。几个月前写《论佛骨表》的时候，韩愈是多么的意气风发啊！可这回，他再不敢了。

臣某言：臣以狂妄戆愚，不识礼度，上表陈佛骨事，言涉不敬，正名定罪，万死犹轻。

那个，上次论佛骨那事儿，是在下错了。

陛下哀臣愚忠，恕臣狂直……以臣为潮州刺史。既免刑诛，又获禄食，圣恩宏大，天地莫量，破脑刳心，岂足为谢！

陛下大人有大量，我无以为报，给你一颗小心心吧！

臣某诚惶诚恐，顿首顿首。

你看你快看，我给你跪了还不行吗？

整篇奏章的核心思想一共是三点：一、陛下英明神武、宇宙最帅，不接受反驳。二、在下知道错了，在下年老体弱，这破地方实在没法待啊！三、你就可怜可怜我放我回去吧，我保证我以后从头到脚都是正能量，三句话不离阿（ē）弥陀佛，好不好？

为了表示悔过自新，韩愈甚至还做了一件很有信号意义的事。

他刚到潮州，就召见了当地高僧大颠和尚，并且留住不让走，一聊就是十多天。

如此用心良苦，能否金石为开？

收到韩愈奏章后，宪宗说了这么一段话："昨得韩愈到潮州表，因思其所谏佛骨事，大是爱我，我岂不知？然愈为人臣，不当言人主事佛乃年促也。"

谏迎佛骨是因为爱我，我会不知道吗？可你丫说我信佛就会短命，是几个意思？

十一

因为服食各种奇怪丹药，宪宗的身体越来越紊乱，脾气也越来越暴戾。他动不动就因为一点儿小事把身边的宦官推出午门发盒饭，导致宫中气氛极其紧张。

公元 820 年二月，两个宦官先下手为强，杀死了四十三岁的宪宗。

此时，距离韩愈谏迎佛骨，恰好一年。

（韩愈："我说什么来着……"

宪宗："来人！给我撕烂他的乌鸦嘴！来人！来人！怎么没人理我……"

韩愈："咦？我怎么打了个喷嚏……"）

新继位的穆宗是韩愈的死忠粉，他很快把韩愈召回京城，给了他一堆重要岗位：兵部侍郎、吏部侍郎、京兆尹兼御史大夫。如果不是穆宗短命，在位仅有四年，韩愈当宰相那就是洒洒水的事。

岁老岂能充上驷，力微当自慎前程。

不知何故翻骧首，牵过关门妄一鸣。

这是韩愈晚年写的一首小诗《入关咏马》，翻译成大家熟悉的诗句就是：

老骥伏枥，志在千里。

烈士暮年，壮心不已。（曹操《龟虽寿》）

韩愈人生最后一次"壮心不已"的高光时刻，出现在公元822年的初春。

此前一年，成德发生叛乱（是的，藩镇叛乱这事就是按下葫芦浮起瓢，没完没了），大将王庭凑杀节度使田弘正，并且派兵围了旁边的深州。朝廷派裴度率军征讨，却没讨到什么便宜。

朝廷没办法："行行行，以后你就是新任成德节度使了，现在可以从深州撤兵了吗？”

韩愈以兵部侍郎的身份被任命为宣慰使，去成德与叛军斡旋。

这个命令简直就是肉包子打狗（韩愈：讨厌，谁是肉包子！王庭凑：谁是狗！），所以韩愈刚出发，穆宗就后悔了，派快马追上去跟韩愈说：你到成德边境遛一圈儿就行，不用真的深入敌营。

韩愈却大义凛然：“去就去，谁怕谁？”

叛军迎接韩愈的场面果然很吓人，各种猛男剑拔弩张，凶神恶煞。然而，韩愈随便动了动嘴，就把对方嚣张的气焰压了下去。

“造反很酷是吧？占地为王很威风是吧？谁还没个又酷又威风的时候啊！但是拜托看长远一点！我就问你们一句话：安禄山、史思明、李希烈、朱滔、朱泚、吴元济、李师道，这些人当初也都很酷很威风，可是现在，他们的子子孙孙都在哪儿？”

叛军将士一下子有点懵：“好像……都不在了……”

“那刘悟、李祐这些一开始造反，后来归顺朝廷的人，他们的子子孙孙呢？”

“好像……都活得挺好，都在当大官……”

“现在你们知道该怎么做了吗？胳膊是拧不过大腿的，你们是想嚣张一时，还是世世代代有官做，有肉吃？”

叛军将士默默放下了手中的刀枪剑戟斧钺钩叉鞭锏锤戈镋棍槊棒矛耙，眼前这个胖乎乎的小老头让他们突然有种无法直视的感觉。

“退下！你们都给我退下！我来和韩大人聊聊。”这下轮到王庭凑有点慌。想给的下马威没给到，整个军心反倒都被说动摇了。

谈判的结果是王庭凑答应从深州撤兵，朝廷大大长脸。一场风波因为韩愈的有勇有谋而暂告一个段落。

十二

草木知春不久归，百般红紫斗芳菲。

杨花榆荚无才思，惟解漫天作雪飞。（《晚春》）

当人间草木的红紫芳菲达到登峰造极的境地，距离春天的衰老归去，也就不远了。

公元824年，韩愈因病在长安去世，享年五十七岁。

那一夜，北风卷地，坠叶纷纷，路上行人步履匆忙。很少有人注意到，璀璨夜空中突有一颗大星，悄然黯淡下去。一个永远无法填补的窟窿，就这样难看地留在了长安城上空，千万人的头顶。

对韩愈一生最精彩的评价，毫无疑问是苏轼说的这段话：

文起八代之衰，而道济天下之溺。忠犯人主之怒，而勇夺三军之帅。

是的，作为男子天团“唐宋八大家”中站C位的高官巨擘，韩愈的技能就是这么全面，就是没准备给别人留活路。

除此之外，他的“另类”英雄事迹也有很多，比如：

他是肥胖界的睡神——他“丰肥善睡”，到朋友家侃大山，都要让朋友准备好枕席，方便他随时躺下。

他是史上最怂驴友——登上华山后下不来，竟然崩溃大哭，还写遗书。要不是当地县令派人相助，一代文豪竟然要困死在万仞绝顶。

他是文案界最没面子的乙方——淮西之战结束后，他接受朝廷订单，花七十多天呕心沥血创作出《平淮西碑》一文，结果因为对李愬的功劳强调得不够而引发争议，都没给他修改的机会，甲方直接换人重写。

他是传说中强拆界的一股泥石流，连鳄鱼的家都敢强拆，而且都不带动用城管的——贬官潮州期间，他发现城西水潭中有鳄鱼为患，于是洋洋洒洒写了一篇《祭鳄鱼文》去和鳄鱼严正交涉，结果鳄鱼竟然很好说话，没过几天就搬走了。（鳄鱼：奶奶的，不搬能行吗？是谁说要“操强弓毒矢，必杀尽乃止”的！）

如果说李白是仙，高高飞在天上，杜甫是圣，浑身散发圣徒的光芒，那么韩愈就是烟火人间里一个血肉饱满的普通人。他像所有普通人一样，对理想充满了不折不扣的欲望，在失意蹭蹬时愿意低入尘埃，向命运，也向权力摇尾乞怜。

他身上既有文人的耿直与率真，也掺杂着政治家的世故与诡谲。

在伟大的唐朝，天才诗人层出不穷，有作为的政治家也俯拾即是，但能把这两者完美结合在一起的人却屈指可数，韩愈就是这样一个幸运儿。

文学才华和政治才能真的这么鱼与熊掌不可兼得吗？未必。

只是大多数人并不像韩愈这样，得到施展和验证的机会罢了。

对此，韩愈早已洞若观火：

> 世有伯乐，然后有千里马。千里马常有，而伯乐不常有，故虽有名马，只辱于奴隶人之手，骈死于槽枥之间，不以千里称也……（《马说》）

韩愈两全其美的背后，是多少李白、杜甫、王昌龄、孟浩然、李贺、李商隐的上下求索，到处碰壁啊……

写到这，原本准备用来升华结尾的一段热烈言辞，突然就卡在了喉咙里。

刘禹锡

活成自己喜欢的样子，有多难？

一

公元 793 年，正月，大唐长安城一年当中学霸含量最高的时节。

来自全国的考生云集京师，使出平生所学，只为了在自己简历当中加上“某某科进士”的字样。

接连数日的考试，在一些人的兴奋，另一些人的焦灼当中落下帷幕。

没多久，成绩揭晓，一千多考生中，三十二个幸运儿脱颖而出，他们的名字将迅速传遍帝国的每个角落。

二十二岁的苏州考生刘禹锡是第一次参考，他早就听说进士科难于登天，很多人考到两鬓斑白也一无所获。所以，当他在皇榜上看到自己名字时，唯一的反应就是：是哪个老前辈，取了个和我一样好听的名字？

在确认了自己居然真的一举中第后，他拔腿就是一阵狂奔——

好像有种说不出来的神秘力量不允许他再在原地待下去了。至于跑去哪里，去向谁报告这天大的好消息，一时间却没来得及考虑。

刘禹锡漫无目的的奔跑，很快就被一个障碍物阻断了。两个同样瘦弱的肩膀，因为这激烈的碰撞，几乎散落一地。

“不好意思不好意思……”

两个人对视了一眼，从对方眼里发现了同样的光芒。

“兄台……也是这次考中的新科进士吗？在下刘禹锡，原籍洛阳，在苏州嘉禾长大，很高兴认识。”

对面的年轻人看起来比刘禹锡还显稚嫩，只见他不慌不忙扶好被碰歪的帽子，朝着刘禹锡一拱手：

“在下柳宗元，河东人，很高兴与兄台同年！”

很多同科考中进士的人，都会结成一辈子的政治盟友，荣枯与共。但，很少有人会像刘禹锡和柳宗元这样，从中举到下基层，从飞黄腾达到一落千丈，几乎都踩着完全一样的节奏。

很多故事从这一年的放榜开始。历史已经为他们准备好万众瞩目的舞台，斑驳陆离的灯光，以及反复无常的观众。

现在，他们只需要按部就班地熬过眼前的寂寞与平淡。

二

公元 805 年二月，大唐长安。

酝酿已久的大项目“永贞革新”，终于成功上市。

一时间，眼前道路似乎全由鲜花铺就，创始团队的眼里热泪纵横。

曾几何时，他们不过是身份卑微的棋士（王叔文）、书法家（王伾 pī）、普通官员（刘禹锡、柳宗元），谁能想到，命运迷人的腰肢如今就在他们掌上翩翩起舞。

取消宫市、罢黜贪官、驱逐五坊小儿、释放无宠的宫女……即便是反对革新的大文豪韩愈，也不得不承认，民间社会对此的反应是：百姓相聚欢呼大喜、人情大悦。

只可惜，中国古代政治从来不以民意为转移。鲜花着锦的背后，口含毒液的苍蝇，从没放弃过它们邪恶的舞蹈。

在既得利益者的连环暴击下，革新派噩耗不断：藩镇不听使唤、宦官把持军权、王叔文遭免职、反对革新的李纯当上了太子……

面对飘摇风雨，本应由董事长出面主持大局。

悲催的是，永贞革新的董事长——大唐顺宗皇帝，早在上市之前就因中风瘫痪在床，不仅举手投足需要旁人牵引，就连开口说话的机能，也已经彻底丧失。

一句话，跟所有老板一样，根本指望不上。

大厦将崩，狂澜欲倒。人为刀俎，我为鱼肉。

八月，顺宗被逼退位，太子李纯登基，是为宪宗。

在不到半年的惊艳表演过后，永贞革新宣告退市。

眼看他起高楼，眼看他宴宾客，眼看他楼塌了。

横亘在创始团队面前的，将是毫无新意的残酷命运：赐死、贬谪、落井下石、墙倒众人推破鼓万人捶。

史称“二王八司马事件”。

三

湖南的冬天，冷起来和长安没什么两样。

朗州（今常德）城外，一个风尘仆仆的身影，不停朝手掌哈着气。

作为革新派曾经的中流砥柱，诗人刘禹锡需要适应自己的新身份：朗州司马。

名义上还是朝廷命官，实际相当于半个囚徒。

唐时的朗州，“地居西南夷，士风僻陋，举目殊俗，无可与言者”。任何中原人士到了此地，都只会有一个念头：其实我想走，其实不想留。

和所有远谪蛮荒的官员一样，从进城那一刻起，刘禹锡就开始为重返长安而努力。这个过程自然无比艰难，坏消息接二连三：王叔文死了，王伾也死了，就连唐顺宗也极为可疑地死在了深宫之中（很可能是被亲生儿子宪宗谋杀的）。

对于残存的革新派，唐宪宗态度鲜明地给予了“特殊照顾”：再怎么大赦天下，也没这些人的份儿！

原因不言自明：当初老子想当太子，是你们推三阻四，老子想当皇帝，是你们从中作梗。你们不让我升职加薪，我就让你们一辈子待在基层！

尽管如此，年复一年，刘禹锡仍死马当活马医地给各种沾亲带故的朝中权要（宦官除外）写信求援，就连革新派的死对头武元衡都没有放过。

结果可想而知：这些人要么已读不回，要么随便打个哈哈，敷衍了事。

有点感人的是刘禹锡的前领导杜佑，中学历史课本都会提到他写过一本书叫《通典》，不过他最传世的作品，却是一位我们非常熟悉的诗人——写“牧童遥指杏花村”的杜牧。是的，刘禹锡的这位前领导，正是晚唐诗人杜牧的亲爷爷。

公元 812 年，接到刘禹锡求援的信件后，认真的杜爷爷没有立即回复，而是先做了一番田野考察。

然后他就发现，七年过去，朝中气氛已经有所缓和，对于革新派的怨念与恶感，随着岁月流逝，正在逐渐变得稀薄。

于是杜爷爷兴高采烈地给刘禹锡写信：“好消息！据我观察，你们重回长安的时机几乎就要成熟了！你只要再耐心等待一下下，就一下下，一有合适机会，我就全力以赴替你争取！”

杜爷爷的许诺在刘禹心中燃起了希望的小火苗。他赶紧回复：“七年了！日子太苦了！领导太好了！泪流满面啊！等你消息哦！”

刘禹锡兴奋过头，忽略了一件小事：杜爷爷当时已是七十八岁高龄，这种人约你下周斗地主，你都最好不要信，何况是没说具体时间的“等一下下”……

果不其然，还没等刘禹锡的回信送到长安，杜爷爷就两眼一闭不睁，撒手人寰了……

四

杜爷爷虽然说话不算话，但有一点并没有骗人：朝中的确有不少人认为，对于刘禹锡、柳宗元这些“司马”们的惩罚已经足够，是时候给他们机会悔过自新了。

就在杜爷爷去世的第二年，朝廷特地召开专题会议讨论这件事。

十几位谏官一开始兴致勃勃，嚷嚷着“过而能改善莫大焉”之类的话，等到发现主持会议的宰相大人一直黑着个脸，所有人都沉默了。

“其实，有些错误是不能轻易原谅的……”一位谏官试探着说。

看到宰相大人面露赞许之色，大家顿时心领神会，迅速统一了意见：此事万万不可！

刘禹锡盼星星盼月亮苦等了多年的机会，就这样被一盆冰水兜头浇灭。

可恨吗？气人吗？

其实，这事说起来一点也不冤。

主持会议的宰相名叫武元衡，和杜佑一样，曾是刘禹锡的顶头上司。永贞革新开始后，身居要职的武元衡一直唱反调，还和刘禹锡闹出了老大的不愉快。这就没啥好说的了，咣叽一声，武元衡就从实权部门的重量级领导，变成了太子身边一个无关紧要的侍从官。

在打击异己时，革新派是毫不手软的。

如此刻骨铭心的一箭之仇，武元衡岂能轻易忘记？

虽然“二王八司马事件”发生后，武元衡也曾装模作样给远谪蛮荒的刘禹锡写过慰问信，还寄过几件衣服，但在他内心深处，对这伙儿人的警惕性是很高的。

不过，随着时间的推移，朝堂上同情刘禹锡的声音又起。加上那两年，许多大臣抱团去世，人才断档现象触目惊心。与此同时却放着刘禹锡、柳宗元这样的良金美玉，在山穷水恶的地方十年不挪窝，就显得超级浪费。

在这样的形势下，公元815年春，刘禹锡、柳宗元，以及其他几个当时被贬出去的司马，终于奉诏入京，回到了阔别十年的长安城。

五

谪居朗州期间清闲无事，刘禹锡写了不少诗打发时间，记录心情。其中最著名的，要属《秋词二首》：

自古逢秋悲寂寥，我言秋日胜春朝。
晴空一鹤排云上，便引诗情到碧霄。

山明水净夜来霜，数树深红出浅黄。
试上高楼清入骨，岂如春色嗾人狂。

敲黑板划重点：这可是贬谪下放期间写的诗啊！在人生的低谷，居然还可以这么明朗俊逸，晴空万里！

同样被贬湖南，隔壁永州司马柳宗元是怎么写诗的？

千山鸟飞绝，万径人踪灭。
孤舟蓑笠翁，独钓寒江雪。（《江雪》）

压抑吗？感觉到窒息了吗？柳宗元只活到四十七岁，而刘禹锡活到了七十一岁，不是没有道理的。

当然啦，很快，刘禹锡就要开始品尝写诗带来的苦果了。

进京路上，刘禹锡心情之激动可想而知：

雷雨江湖起卧龙，武陵樵客蹑仙踪。
十年楚水枫林下，今夜初闻长乐钟。（《元和甲午岁诏书尽征江湘逐客余自武陵赴京宿于都亭有怀续来诸君子》）

在他看来，自己这条蛰伏了十年的“卧龙”，终于要一展拳脚，一飞冲天了！

雷雨江湖，我来了！长安，我来了！

到达长安后，各种故友重逢，少不得趁春色踏青游玩。在著名景点玄都观，刘禹锡写下千古名作《元和十年自朗州召至京戏赠看花诸君子》：

> 紫陌红尘拂面来，无人不道看花回。
>
> 玄都观里桃千树，尽是刘郎去后栽。

正是这首诗，让刚刚看到一点希望的刘禹锡，再次堕入命运的马里亚纳海沟。

六

司马们虽然奉诏入京，对于如何安置他们，其实并没有形成统一的意见，同情和抵制两种情绪处在激烈交战的动态平衡之中。

惜才怜才的论调固然不易反驳，但不要忘了，两个最大的领导——唐宪宗和宰相武元衡，可都不怎么想看见这几个坑货。

此时，任何一个环节的轻微变动，都有可能导致天平向一端倾斜。想要平稳过渡，最好的策略毫无疑问，就是夹起尾巴装孙子。

“雷雨江湖起卧龙”是可以的，从中看到的是对伟大事业的极度期待。柳宗元在同一时期写下的“莫将波浪枉明时”也是可以的，体现了投身国家建设的高度热情。

但，“玄都观里桃千树，尽是刘郎去后栽”，政治觉悟就明显不够高了，太容易让人产生联想：玄都观的桃树是你贬官后种起来的，那如今这满朝新贵，一个个腰金拖紫，岂不也是您老人家走后才有机会爬上来的？当初您老人家要是没走，如今这朝堂之上，就该是另一番风景了吧？

不要觉得这么解诗太过深文周纳，仅仅凭借几句捕风捉影的差评，就要罢官甚至杀人这种事，革新派当年也是干过的，基本的游戏规则大家都懂。

既然如此，为什么还要写这种诗呢？是有什么大病？

不好意思，谨小慎微，畏首畏尾，从来就不是刘禹锡的风格。

桃花诗一经发表即风靡全城，就在刘禹锡洋洋自得之时，接到通知：宰相大人召见。

找过工作的人都明白，这就相当于一次终极面试啊！可刘禹锡竟然不拍武元衡的马屁，也不向皇帝老爷表忠心，对于公司这些年取得的成就，明显缺乏认同感。

更要命的是，当武元衡表示，桃花诗他已经读过，担心这诗会惹麻烦时，刘禹锡竟然没有马上跪下来痛哭流涕，扯着对方衣角求原谅。

在他内心深处，写了便是写了，真他奶奶的痛快！至于旁人的玻璃心，他是从来没有认真考虑过的。

总结起来就是一句话：升职加薪可以啊，但，别指望老子低下高贵的头颅！

刘禹锡的表现，应该很合唐宪宗和武元衡的心意。

这俩人本来正愁找不到借口继续抵制，现在好了，现成的罪名自己打好包，送货上门来了。

武元衡的终极面试过后没几天，朝廷的处理意见就下来了：京城生活压力太大了，还是请各位去十八线城市发展吧！

这一去，又是十多年。

七

在唐诗江湖上，刘禹锡被称为“诗豪”，从这个绰号也能看出来，快意恩仇、不拘小节，比较符合他的人设。

就像《天龙八部》里的乔峰，每次出场都要飞到空中，打一套降龙十八掌，哪有工夫去关注阴暗角落里，苍蝇的舞蹈、蚊虫的叫嚣？

这种风格如此刚烈，不仅自己容易招黑，身边的朋友也免不了要陪他一起挨冷箭。

桃花诗让刘禹锡成了连州（今广东连州）刺史，柳宗元则成了柳州（今广西柳州）刺史。乍看上去，司马变刺史，级别提高了，可实际上，“官虽进而地益远”，条件更艰苦了。

在南下赴任的路上，刘禹锡和柳宗元结伴而行，一看这架势你就知道，不可能不写诗。

这次行程的创作高潮出现在湖南衡阳，这里是他们分道扬镳各奔前程的地方。从此，江湖相望，水远山长，再想要亲亲抱抱举高高，只能是在梦里了。

柳宗元给刘禹锡写了一首七律、一首七绝、一首五绝，刘禹锡回了一首七律、一首七绝、一首五绝。

颇有现代人聊微信斗图的意味。

憋了一路的柳宗元，终于忍不住说了心里话——哥们，别再出风头招黑了，以后写诗还是管住嘴吧：

直以慵疏招物议，休将文字占时名。（柳宗元《衡阳与梦得分路赠别》）

自古以来，给好朋友提建议，都是没什么用的。何况是刘禹锡这样性格死硬死硬的家伙。

果然，刘禹锡就没去接这个茬，而是专注于打感情牌：

> 归目并随回雁尽，愁肠正遇断猿时。
>
> 桂江东过连山下，相望长吟有所思。（《再授连州至衡阳酬柳柳州赠别》）

就这样，两个好兄弟渐行渐远，把离别的场景深深埋在各自心底。

那时的他们还不知道，衡阳这个地方和他们的缘分远不止此。不用几年，刘禹锡就将再次路过这里，并在这里得到柳宗元去世的消息。

如果说永贞革新展露的是刘禹锡政治上的棱角，那么桃花诗就是向世人宣示他在文学上的锋芒。从此，诗豪先生在文字的世界里，仿佛身背大宝剑的侠士，遇到看不惯的事，就是一通猛砍。

爽翻了。

八

轰走刘禹锡、柳宗元之后，武元衡的心情那叫一个美美哒。当然了，令人心烦的事也不是没有，比如打击藩镇割据。在这个问题上，哪怕困难再大，武元衡的态度也十分坚决，以至于给自己惹来了灭顶之灾。

一天早上，武大人照常通勤上班，刚出家门没几步，一场震惊朝野的刺杀开始了。

一伙蒙面大汉鬼魅般出现，以迅雷不及掩耳之势杀散保镖，刺死武大人，还残忍地割下了他的脑袋，打包带走（搁现在是个好习惯）。

同时遇刺的还有御史中丞裴度，他也力主削藩，但这位大人命大，只受了点重伤。

虽然十几人的刺客团队，在一个月内就被抓住斩首示众，但藩镇胆子之大，还是超出了所有人的想象。

平心而论，武元衡作为宰相还是颇有几分作为的，他这样喋血街头，是国家的重大损失。但鲁迅先生说得好，人类的悲欢并不相通，谁还没点儿自己的私心呢？就在举国沉痛悼念武大人的时候，我们的诗豪刘禹锡先生也不失时机地出手了，这就是极具争议的《代靖安佳人怨二首》：

宝马鸣珂踏晓尘，鱼文匕首犯车茵。
适来行哭里门外，昨夜华堂歌舞人。

秉烛朝天遂不回，路人弹指望高台。
墙东便是伤心地，夜夜秋萤飞去来。

你是不是皱着眉头在想：这有什么可争议的？不就是写武元衡遇刺后，他的小老婆们如何如何伤心难过吗？青春守寡，旧事难忘（新人又还没有着落），可以理解嘛。

如果你这样想，可就太善良无邪了。在此，我不得不郑重指出刘禹锡先生在政治家和诗人之外，另一个隐藏的身份了，那就是：坟头蹦迪之王。

他老人家那魔鬼的步伐一旦启动，天王老子的坟头也将寸草不生！

在中国古代政界，如果一个男人毫不避讳地沉迷于闺阁柔情，舆论往往就要给他翻一个大大的白眼，觉得这是格局太小、没有出息的表现。

所以，南唐后主李煜亡国后写《破阵子》，最后几句：“最是仓皇辞庙日，教坊犹奏别离歌，垂泪对宫娥……”，就被苏东坡给了个大大的差评：“老兄，你沉迷于温柔乡把国家都搞没了，你不对着文武百官、列祖列宗和老百姓哭，你还有脸抱着个美女哭？”

巧的是，喜欢美女恰恰是武元衡最大的爱好。武元衡遇刺后，全国上下扼腕叹息的仁人志士多了去了，就连白居易都按捺不住，言辞激烈地给朝廷上书。

而刘禹锡不提这些正能量的东西，却偏偏去写武大人的小老婆们如何对他念念不忘，这是几个意思？难道武大人的人生境界、人生价值，就只停留在这些个花枝招展的美女的层次吗？

众名姬春风吊柳七（也就是那个“杨柳岸晓风残月”的柳永），放在落魄文人身上可以传为美谈，可类似的事情搁在一位政治家身上，就太羞辱死者了。

武元衡遇刺事件发生的时间点很有意思——就在他借着桃花诗，把刘禹锡扫地出京的当年。

现在你知道为什么刘先生在武大人的坟头，玩得这么开心了吧？

九

巴山楚水凄凉地，二十三年弃置身。（《酬乐天扬州初逢席上见赠》）

从永贞革新失败被贬，到历尽艰辛重返长安，花掉刘禹锡二十多年。

中间本有一次机会提前结束厄运，却因一首玄都观桃花诗而使风云突变，历史教训不可谓不惨痛。

那么，刘禹锡因此学乖了吗？

公元 828 年，刘禹锡以主客郎中的身份重返朝廷，等待新的任命。

此时，当年那个和武元衡同时遇刺的裴度当上了宰相，而他恰好力挺刘禹锡，想让刘禹锡担任一个令人垂涎的职务：知制诰。

从投（混）闲（吃）置（等）散（死）的主客郎中，到掌管国家诏命的知制诰，简直是从秩序白银直升至尊星耀，即便是看多了世间荣辱的刘禹锡，在这张权力的入场券面前，在这座拔地而起的人生巅峰面前，也克制不住兴奋的心情。于是，他又干了一件作死的事。

是的，写诗。

当时的长安，吃喝玩乐的地方很多，可刘禹锡却偏偏情有独钟，又去了玄都观。

令他大吃一惊的是，这里繁华不再，门可罗雀。不仅满园桃花荡然无存，就连那个种桃道士也不知所终。只有兔葵燕麦在风中招摇，欲言又止。

从灿烂繁华到荒凉破败，竟然可以切换得如此突兀，又如此顺畅，这实在是作诗的绝佳题材。

那就没啥好说的了，开工吧！

在创作的过程中，刘禹锡的眼前不时就会浮现出一位亡友的面容，这个人用几乎是抽搐的表情试图制止他："直以慵疏招物议，休将文字占时名啊，兄弟！”

可灵感女神的诱惑，刘禹锡先生从来都无法抗拒。

很快，一首没有桃花的桃花诗，就在京城传开了：

> 百亩庭中半是苔，桃花净尽菜花开。
>
> 种桃道士归何处，前度刘郎今又来。（《再游玄都观》）

创作手法和十三年前那首桃花诗如出一辙，用心却更加陡峭了：当年你花枝招展，当年你炙手可热，现在呢？我胡汉三又回来了，你们在哪里？

如果说“桃树”“桃花”是在讽刺那些曾经烜赫一时的权贵，把“种桃道士”也拉出来示众，简直就是暗戳戳地把矛头指向了最高统治者——唐宪宗。

幸运的是，唐宪宗这次竟然拿刘禹锡没办法，因为他已经在八年前“龙驭上宾”了。死得还挺不舒适，据说是被宦官弄死的，死亡方式是“暴崩”。

武元衡遇刺挂掉时，刘禹锡写诗玩得很开心，可大领导毕竟是大领导，所以唐宪宗“暴崩”时，刘先生很克制，啥都没写。当别人都在哭天抢地举国悲痛，他只用沉默表明了自己的态度。

不过有些东西可能会迟到，却不会缺席。作为坟头蹦迪之王，刘先生很有耐心，他等到送葬的队伍远去了，祭祀的人来得没有从前频繁了，坟头的草高过了膝盖，这才暗戳戳地跑过去开始蹦。蹦出风格，蹦出水平，蹦成了自己的代表作。

只可惜，对于坟头蹦迪者，坟里的人无计可施，坟外的世界却不会含糊。新鲜出炉的桃花诗，再次引起了当局的注意。

在提干的关键当口，还不忘记说风凉话讽刺人，这德性怎么能当领导？等到他牛得上了天，他不得低头朝大家脸上撒尿啊？

提拔刘禹锡做知制诰的事，可以就此打住了。

这一年，刘禹锡五十七岁。通往人生巅峰的末班车，就这样完美错过。

此后十多年里，刘先生虽然也荣膺了一大堆头衔，听起来挺高大上的，却终究没能杀入权力核心，重新成为帝国的头面人物。

十

众所周知，当我们人生的重大机会来临时，往往会有小人跳出来从中作梗。

而像刘禹锡这样，每次都出面主动配合小人，给自己使绊子，也算得上一绝了。

乍看起来，似乎显得刘先生智商情商都不太高的样子，但是别忘了，刘禹锡写什么诗最拿手？

怀古咏史诗。

比如，“旧时王谢堂前燕，飞入寻常百姓家”；

比如，“淮水东边旧时月，夜深还过女墙来”；

比如，“人世几回伤往事，山形依旧枕寒流”。

一个对历史兴衰、人性幽微处洞若观火的人，怎么可能不谙熟人情世故，不懂得说话之道？

刘禹锡当然明白，装孙子是门回报丰厚的好生意，夹着尾巴更有利于升职加薪。可有什么办法呢？他内心住着的那个大爷表示：老子不答应！

你有你的八面玲珑，我有我的至情至性。

你有你的说话之道，我有我的不平则鸣。

你有你的虚与委蛇，我有我的铁骨铮铮。

每个人都把算盘打得啪啪响，都想让自己的利益最大化，而我，更想活成自己喜欢的样子。

如此而已。

白居易

一个人有多不正经，就有多深情

一

乍看上去，诗魔白居易，很像一根 Plus 版的大猪蹄子。

证据，都被他自己老老实实写在诗里。

绿藤阴下铺歌席，红藕花中泊妓船。（《西湖留别》）

满载一船美女，在星辉斑斓里放歌。身为朝廷官员，生活够腐化，够堕落。

樱桃樊素口，杨柳小蛮腰。

我家樊素有一张樱桃小嘴，我家小蛮腰可细了，用过的人都说好。

十听春啼变莺舌，三嫌老丑换蛾眉。（《追欢偶作》）

纵有诗书藏于心，岁月依然败美人（扎心吗？）。女朋友们变老了咋办？不要紧，可以再换一批，又换一批，还换一批呀！

怎么样，是不是妥妥的大猪蹄子，大写加黑的渣？

但，这是按照今天的标准。在唐代，这确实就是官员们的正常生活，没有人会因此受到道德谴责。

这就好比，古人喜欢近亲结婚，亲上加亲，古人生病了要向鬼神祈祷，老天爷不下雨也要向鬼神祈祷。现在看很可笑，但，这就是他们的时代。

李白有两句诗很有名："兴酣落笔摇五岳，诗成笑傲凌沧洲。"（《江上吟》）

很有诗仙的感觉，对吧？

你可能不知道，在这首诗里还有这样两句："美酒樽中置千斛，载妓随波任去留。"

和白居易的"红藕花中泊妓船"，是不是有异曲同工之妙？

连地点都一样：船上。

大概因为，船都比较浪吧。

二

疑似大猪蹄子的白居易，却写出了爱情传奇《长恨歌》。

这首诗，其实是在向一个女孩子告白。

在天愿作比翼鸟，在地愿为连理枝。

天长地久有时尽，此恨绵绵无绝期。

人世间，彼此相爱却不能相守的原因有很多，唐玄宗和杨贵妃是因为天人永隔。

在写《长恨歌》时，白居易心头也有一个相爱却不能相守的人。

隔开他们的东西，没有生死那么粗暴，却比生死更俗套。

> 一望可相见，一步如重城。
> 所爱隔山海，山海不可平。（littlesen《无题》）

这是网上一首很红的情诗。其实，类似的诗句，白居易在一千多年前写过了。

> 我有所念人，隔在远远乡。
> 我有所感事，结在深深肠。
> 乡远去不得，无日不瞻望。
> 肠深解不得，无夕不思量。（《夜雨》）

这个隔在远远乡的女子，名叫湘灵，是住在白居易家附近的小姐姐。

那时，他们青春如火，妙年洁白。一起行过许多地方的桥，看过许多次数的云，拉过许多类型的手。以为前方不是朝朝暮暮，就是天长地久。

却没想到，王母娘娘用发簪随手划了一道，就是一条不可逾越的鸿沟。

白居易是“世敦儒业”的官宦世家，湘灵高攀不起，确切讲，是白家不许她高攀。

两人恋情曝光后，白家的微信群里炸开了锅。

白妈妈威胁要退群，白爸爸则默默地朝群里扔进去一篇文章：《我的血泪经历告诉你，门不当户不对的爱情到底有多可怕》。七大姑八大姨也倾巢出动，在一旁刷屏帮腔。

然而，不管大家多努力，白居易的朋友圈签名却只有一句话："虽千万人，吾往矣！"

没办法，这孩子，从小就倔。

关键时刻，白爸爸放出了大招：转学。

那一年，白爸爸调到襄阳做官，他打着去大城市深造的旗号，把白居易带离了老家。

三

对大多数早恋的孩子来说，游戏进行到这里就已经结束了。

离别前的那一晚，白居易和他的小女朋友流干了眼泪，却斩不断情丝。

嘴上说着要保持联系，将来报考同一所大学，心里却都清楚：他们的故事，没有续集。

> 不得哭，潜别离。不得语，暗相思。
>
> 深笼夜锁独栖鸟，利剑春断连理枝。（《潜别离》）

从前还可以偷偷摸摸地见面，今后只能各自舔舔屏了。

被迫远走的白居易，在心里含泪祈祷："老天爷呀，让我和她在一起吧，我什么都愿意！"

老天爷接受了白居易的祈祷，却忘了和他商量条件。

一年后，白爸爸卒。

白居易披麻戴孝回到老家。

继续阻挠这段恋情的重担，落到了白妈妈的肩上。

四

众所周知，在“如何阻止孩子和屌丝谈恋爱”招式大全中，有一招可以和转学齐名，叫“你信不信我死给你看”！

前提：孩子必须是亲生的。

众所周知，在生命科学尚不发达的封建时代，判断孩子是否自己亲生，妈妈比爸爸更有发言权。所以，白妈妈义不容辞地开始放这个大招。

可怕的是，白妈妈不光只说说而已。这一招她早已驾轻就熟。

是这样的：白妈妈比白爸爸小二十六岁，是白爸爸的外甥女。她可以管白爸爸叫老公，也可以叫舅舅（以此类推，白居易可以管老白同志叫爸爸，也可以叫舅姥爷）。

这和表妹嫁表哥，自然是性质完全不同的两件事。

不难想象，这段涉嫌乱伦的婚姻，会让白妈妈承受多少世俗的压力。

实际上，她的精神的确有问题，稍微受点儿刺激，就可能狂性大发。

比如，白居易小时候贪玩不好好学习，他本以为妈妈会拿鸡毛掸子抽他，结果妈妈用刀割自己喉咙，血流了一地（这场景是我脑补的，但白居易妈妈确曾“忧愤发狂，以苇刀自刭”）。

你说可怕不可怕？

看到妈妈这个样子，孝顺的白居易知道，他伤不起，只能认输。

五

娉婷十五胜天仙，白日嫦娥旱地莲。
何处闲教鹦鹉语，碧纱窗下绣床前。（《邻女》）

排除情人眼里出西施造成的溢价因素，仍可以想见，青春嘹亮的湘灵有多可爱。

然而，湘灵越可爱，对白居易就越是种折磨和伤害。

失恋最残忍之处不就在于，通往地狱的道路，原本都通往天堂吗？

白居易是个孝顺的好孩子。他听了妈妈的话，关闭了心里那个长满阳光的小房间。

从此，就再没打开过。

六

慈恩塔下题名处，十七人中最少年。

二十九岁那年，白居易一举成名，高中进士。

蜂拥而来的说媒人从白府大门排到了法国，白居易却坚持单身，直到三十七岁（唐代男子法定结婚年龄是十五岁）。

是捂盘惜售，还是囤积居奇？是人性的扭曲，还是生理的缺席？

他就没有空虚寂寞冷，需要人来陪的时候吗？

当然有，每个月有三十天，每年有十二个月。

夜长无睡起阶前，寥落星河欲曙天。

十五年来明月夜，何曾一夜不孤眠？（《独眠吟》）

但是不好意思，心里藏着一个人的时候，枕边就很难再容得下另一个人了。

艳质无由见，寒衾不可亲。

何堪最长夜，俱作独眠人。（《冬至夜怀湘灵》）

是个正常人，总会有需求的吧？这个怎么解决呢？

别担心，有需求的时候可以找“蔷薇姑娘”呀——

少府无妻春寂寞，花开将尔当夫人。（《戏题新栽蔷薇》）

刚才想歪的，请自罚三页《金刚经》。

每个诗人都有最温柔美好的一面。

杜甫把这一面留给了妻子：

香雾云鬟湿，清辉玉臂寒。何时倚虚幌，双照泪痕干。（《月夜》）

苏轼把这一面留给了死去的妻子：

十年生死两茫茫，不思量，自难忘。千里孤坟，无处话凄凉。（《江城子》）

而白居易，则把他生命的温柔美好都给了湘灵：

汴水流，泗水流，流到瓜洲古渡头，吴山点点愁。

思悠悠，恨悠悠，恨到归时方始休，月明人倚楼。（《长相思》）

七

白居易三十七岁那年，湘灵结婚了。

此时，她三十三岁。在那个年代，绝对属于剩女中的王者段位（唐代女子法定结婚年龄是十三岁）。

无论湘灵嫁给了谁，她都一定不是嫁给爱情。

她是用行动告诉白居易：我们不要这样下去了，我们放过自己吧。

然后没多久，白居易也结婚了。遵从白妈妈的心意，娶了一个门当户对的女子。

他给新婚妻子写下这么一首诗：

生为同室亲，死为同穴尘。他人尚相勉，而况我与君。

黔娄固穷士，妻贤忘其贫。冀缺一农夫，妻敬俨如宾。

陶潜不营生，翟氏自爨薪。梁鸿不肯仕，孟光甘布裙。

君虽不读书，此事耳亦闻。至此千载后，传是何如人？

人生未死间，不能忘其身。所须者衣食，不过饱与温。
蔬食足充饥，何必膏粱珍？缯絮足御寒，何必锦绣文？
君家有贻训，清白遗子孙。我亦贞苦士，与君新结婚。
庶保贫与素，偕老同欣欣。（《赠内》）

大意是：从今往后，无论生死，我们就是一家人了。我家没什么钱的，这些教科书里的模范妻子，都是安贫乐道的好榜样，你能向她们学习学习吗？

白居易和这个妻子白头偕老，生了五个孩子。

可在漫漫余生，他从未真正放下过湘灵。

晴天晒被子，看到湘灵送他的绣花鞋，他的心情是：

人只履犹双，何曾得相似。（《感情》）

回忆当年约会的情景，那感觉，真是像雾像雨又像风：

花非花，雾非雾。夜半来，天明去。
来如春梦几多时，去似朝云无觅处。（《花非花》）

如果可以天长地久，我也想一次爱个够：

愿作远方兽，步步比肩行。
愿作深山木，枝枝连理生。（《长相思》）

以及前面引用过，这里还想再引一次以表明我真的很喜欢，但其实是为了多凑几个字的：

我有所念人，隔在远远乡。

我有所感事，结在深深肠。

乡远去不得，无日不瞻望。

肠深解不得，无夕不思量。（《夜雨》）

你可能要问了：如果白居易的妻子看到这些诗，怎么办？她不得一哭、二闹、三买包？

幸运的是，白居易的妻子不识字……

至于有没有人跑去她面前打小报告，就不知道了。

八

很多研究者都指出，从《长恨歌》里可以看到白居易初恋的影子。

这首诗的创作初衷，本来是讽喻、是劝诫，和《卖炭翁》之类的新乐府诗，有着相似的政治意图。

可是人算不如天算呀，写着写着，白居易就难以自持了。

他把自己的初恋悲剧，写进了唐玄宗和杨贵妃的故事里。

无论是“芙蓉如面柳如眉，对此如何不泪垂”，还是“在天愿作比翼鸟，在地愿为连理枝”，无论是“夕殿萤飞思悄然，孤灯挑尽未成眠”，还是“天长地久有时尽，此恨绵绵无绝期”，其实，都像一个个锈迹斑斑的路标，指向白居易深藏在心里的一句话：

如果当初勇敢地在一起，会不会不同结局？

人生无法假设，时间不会回头。

自古深情留不住，一寸相思一寸灰。

幸好还有《长恨歌》，让这对无助的情侣，在别人的故事里，拥有了自己的永恒。

柳宗元

有一种痛，叫太早登上人生巅峰

一

柳宗元小时候，父亲常年在外游宦，他认第一个字，吃第一口奶，都是母亲陪着。他叫第一声“爸爸”时，眼前站着的似乎是住隔壁的王姓男子。

母亲经常对他谆谆告诫：“孩子，柳氏一门，世代官宦，猛人辈出，烜赫一时，你可不要贪玩辱没了门庭！”

柳宗元似懂非懂：“既然如此，我同桌天天玩的那些进口玩具，我怎么没有？一到放假，同学都出国了，为什么我只能在厨房里帮你洗菜？”

“这个这个，还不是因为你太太太太太爷爷的外甥女王皇后和武则天争宠，结果不但王皇后被废，你太太太太太爷爷连带着柳氏一门都被清洗……未来柳家能不能咸鱼翻身，就看你们这代人了！”

柳宗元点了点头：“好的妈妈，从今天起，你再也不用担心我的学习！”

说到做到。学霸柳宗元不买热搜，低调上线。

他十三岁就写出了人生中第一篇点赞过百万的优秀作文，年纪轻轻就以天下为己任。把很多诗人虐哭的各种考试，对他来说唯一的难度，也就是需要动好几个时辰的手指。

为了搞清楚柳宗元到底有多学霸，我们比较一下他和他的好朋友“一代文宗”韩愈，就知道了（韩愈：我做错了什么……）。

先看看柳宗元：二十一岁中进士，二十六岁通过博学宏词科考试，三十三岁，“二王刘柳”领导永贞革新。

接下来是韩愈：二十岁，首次参加进士考试，落第；二十二岁，卷土重来，再次落第；二十四岁，年轻没有失败，第三次落第；二十五岁，终于考上了！再接再厉挑战博学宏词科，失败；二十六岁，心若在梦就在，博学宏词考试第二次失败；二十七岁，纵有疾风起，人生不言弃，第三次应考，还是没考上……放弃留京，转战三线城市；三十四岁，杀回长安，阖家北漂，穷困潦倒……

在唐代，进士考试录取率极低，五十岁生娃叫老蚌生珠，五十岁中进士，却可以说是年轻有为。至于博学宏词科考试，更是顶级学霸之间的王者对决，考上的堪称学霸中的王霸。

读到这你可能要说了，学霸又怎样，走上社会混得一塌糊涂的多了去。不好意思，柳宗元虽然不社会，走上社会后，却是相当的如鱼得水。

本来，政策规定中进士后必须下基层锻炼几年，可柳宗元名义上虽然领了个县尉（相当于县公安局长）的头衔，当时的京兆尹却舍不得放人，把他留在身边做高级文秘。

那两年，他执笔的文案动不动就刷爆了京城名流的朋友圈，可他的内心却一点儿也不快乐。

他本以为，在首都的市政府应该会有一帮志同道合的朋友，一起讨论如何兼济天下。结果，身边居然都是些“精致的利己主义者”，整天除了聊八卦、看股票，都在刻苦钻研怎么放高利贷，怎么出租公廨田。

简直俗不可耐。

我柳宗元怎能和这些人为伍！老天爷呀，我的梦想不是升官发财，是“致君尧舜上，再使风俗淳”！

Understand？！

二

机会说来就来。

中进士那年，柳宗元结识了生命中最重要的朋友——刘禹锡，在大唐诗坛英雄排行榜上，他有一个超级响亮的绰号——诗豪。

那个时候流行炒CP，柳宗元和刘禹锡的“刘柳”组合，在很多年里，一直是无人能及的双璧。他们就像一根钎子上的两枚鸡翅，被命运之手撒上相同的调料，又端上同一张餐桌。

中了进士的刘禹锡，被分配到太子东宫工作。

他的才华，很快就引起了一位前辈的注意。

一天，这位东宫的前辈王叔文拉着刘禹锡下了一整个工作日的围棋。棋局终了，王叔文脸上露出“这有条锦鲤你要不要”的微笑：“年轻人，我和即将登基的太子殿下准备搞个大项目，你，有兴趣加入吗？”

看到刘禹锡很快点头，王叔文又补了一句：“这条路走好了平步青云，走不好可能会粉身碎骨哦。”

刘禹锡更加用力地点头，无数壮美的图景，在他眼前密集闪过。

王叔文和登基后的太子（该改口叫唐顺宗了）搞的大项目叫“永贞革新”，是一场在老百姓那里口碑很好，却被权贵恨入骨髓的改革运动。

原因很好理解：是改革就难免要从权贵口袋里往外掏钱，而且掏得大张旗鼓，一点儿不掩饰，这谁受得了！

所以，这种改革往往只能依靠还不是既得利益者的年轻人，或者臭屌丝，或者年轻的臭屌丝。

刘禹锡对柳宗元绝对是真爱，在刘禹锡的介绍下，这对 CP 一起加入了“永贞革新”的创始团队，成为革新派四大天王，和王叔文、王伾合称“二王刘柳”。

有半年时间，一飞冲天、直达人生巅峰的柳宗元简直爽爆了！

他从“小柳”变成了“柳大人”，跟着王叔文一起在华清池泡脚，在金銮殿发飙，打击老百姓怨声载道的宫市和五坊小儿，马不停蹄地向权贵开炮。

那一年，他三十三岁，以为世界已经被自己踩在脚下。

可惜的是他没读过茨威格，“不知道所有命运赠送的礼物，早已在暗中标好了价格。”

三

历史上的变法改革者，大多没有好下场。

商鞅遭车裂，吴起被乱箭射死，戊戌六君子喋血菜市口，张居正死后还被抄家。

永贞革新也不例外。

站在革新派对立面的，有蛇鼠一窝的权贵，有龙精虎猛的藩镇，有手握重兵的宦官集团，甚至还有唐顺宗的太子李纯，而革新派唯一的支柱，是一位……中风患者。

早在登基之前，唐顺宗就因中风病倒在床，丧失了行动和说话的能力。一场轰轰烈烈席卷全国的革新运动，最大的后台就是他几个吃力的手势。

当反对派发动疯狂反扑，革新派很快就一败涂地。

顺宗在位仅仅半年，就被逼退位，做了太上皇，太子李纯即皇帝位，是为宪宗。

革新派的末日，就此来临。

宪宗登基后，闪电拿下革新派的中坚人物。王叔文、王伾、刘禹锡、柳宗元等人接连被贬。

在人生巅峰还没停稳的柳宗元，就这样以无比狼狈的姿势，重重摔了下去。

仿佛一个足球运动员，上半场刚上演帽子戏法，下半场就吃了红牌，且，终身禁赛。

四

三十四岁的柳宗元似乎又回到了人生的起点，只不过，身上多了一个罪臣的标签。

他的新身份是永州司马，听起来还是个当官的，实际不过是条人人都可以踩上一脚的“落水狗”。

他从长安的学区房，搬进了永州一座破庙，卧室门外的院子里，蒹葭疯狂生长，水鸟尽情翱翔。

突然之间闲下来，还真是不习惯。千里之外的长安，还在以从前的速度运转，而一切已经与他再无关联。

此生此世，他将在这蛮荒之地萧条终老，只允许以尸体的形式重归故里。

人在失意时，山水是温暖的臂弯。

在当地人好奇的目光中，柳宗元一次次翻山越岭，却发现自己根本无心看风景。

随同而来的母亲不到半年就撒手西去，住所又接连发生火灾。屋漏偏逢连夜雨，停机又遇断网时，大概便是这种感觉吧。

很多官员被贬不久，就遇赦北归。柳宗元的岳父便是如此，韩愈也是如此。

只可惜，柳宗元和刘禹锡几个的情况比较特殊。他们不是简单的贪污腐败，也不是无心的说错了话。当初，他们反对立李纯为太子，后来又反对李纯登基，在根本立场上站错了队！

于是乎，那几年宪宗虽然针对犯罪官员搞了好几次折扣优惠活动，却一再下诏强调：对柳宗元、刘禹锡这伙儿人，绝不原谅，永不叙用。

中原不是你想回，想回就能回。

柳宗元就像个溺水的孩子，不放过任何一根可抓的稻草。他给自己能够想到的每一个人写信求援，甚至连正在遭贬的官员都不放过，理由是：虽然你现在和我一样情况不妙，可万一将来你被赦免了，你可记得要拉我一把！

日子一天天空转，希望总是渺茫。

除了没机会东山再起，柳宗元忽然发现自己又有了一个新的苦恼——他一个光速奔四的人，膝下竟然空空荡荡，优秀的基因面临失传的危险！

茕茕孤立，未有子息……每当春秋时飨，孑立择奠，顾盼无后继者……摧心伤骨，若受锋刃。（《寄许京兆孟容书》）

此时的柳宗元，户口本上婚姻状态一栏，触目惊心地写着两个字：“丧偶”。从二十七岁原配病逝，他已经单身太久了，是时候给生命的网页，打开一个新窗口了。

然而问题来了，以他现在的身份，正经人家的闺女谁会愿意跳这个火坑？

正经人家的闺女不行，那咱换个不正经人家……哦不，咱换个普通人家的行不？

残酷的是，不行。

唐朝的法律把人分成官人、良人、贱人三等，不同等级之间禁止通婚，否则便要接受法律制裁。柳宗元的尴尬就在于，官人、良人看不上他，贱人又没资格嫁他。

正宫之位就只能虚悬在那里，找了几个贱人做同居女友，才终于实现了传宗接代的“小目标”。

五

刚到永州时，倔强的柳宗元满脑子都是京华烟云，十里长安。

时间一长，他才终于认清现实，在永州买地置业。门前潺潺流水，被他取名为愚溪。

门前愚溪水，溪上有愚人。

一晃，就是十年。

公元 815 年，一条锦鲤悄然游到愚溪，停在柳宗元家门前。

朝廷终于想起，在这蛮荒之地的垃圾堆里，还藏着几块闪着微光的金子。

当年因永贞革新一起被贬的难兄难弟都被召回京城，等待录用。

柳宗元的兴奋全写在了诗里：

> 投荒垂一纪，新诏下荆扉。
>
> 疑比庄周梦，情如苏武归。（《朗州窦常员外寄刘二十八诗见促行骑走笔酬赠》）

就算是埋葬过屈原冤魂的汨罗江，在他眼里也是一幅春风荡漾的图景：

> 南来不作楚臣悲，重入修门自有期。
>
> 为报春风汨罗道，莫将波浪枉明时。（《汨罗遇风》）

然而，在前方等着他的，真的是他十年来念念不忘的沉冤得雪，升职加薪吗？

六

恩怨一旦产生，很难自动消除。

十年前那场轰轰烈烈的改革，留下了很多无法消除的恩怨纠葛。

重返京城的柳宗元、刘禹锡们，沉浸在绝处逢生的狂喜之中，丝毫没有注意到那些藏在暗处的獠牙，正发出灼人的闪光。

在复杂局势中，诗豪刘禹锡用短短二十八个字，实力演绎了什么叫猪队友。他去郊区踏青，写了这么一首诗：

紫陌红尘拂面来，无人不道看花回。

玄都观里桃千树，尽是刘郎去后栽。（《元和十年自朗州至京戏赠看花诸君子》）

大意就是：我胡汉三又回来了！你们这些后来居上的家伙，还不快来请个安，叫一声前辈！

诗是好诗，政治觉悟却低到地幔里去了！

好不容易圣上开恩准你们回来，你多写几句“圣主如天万物春”之类的诗不就得了，非摆出一副前辈高人的样子，怕别人想不起来当年你是怎么搞改革，把大家搞得灰头土脸的吗？

皇帝本来就还在犹豫要不要原谅他们，这下好了，不知悔改的家伙，都给我滚！

于是，刚刚回京一个月，柳宗元、刘禹锡们就又被贬了出去，而且这次的手法相当巧妙。这些人原先都是司马，这回给他们升级成了刺史，上班的地方比之前偏远好几倍，可名义上却升了职——还能怎样？赶快谢主隆恩吧！

我不知道你平时都是怎么处理猪队友的，我反正肯定不会骂人，动手能解决的事何必动嘴？

柳宗元的选择和我一样，也是动手。只不过不是打人，而是给皇帝写信，帮刘禹锡求情——

“天啦噜，把刘禹锡贬去播州这么远、这么破的地方会不会太残忍，他母上大人八十多岁了，会吃不消的！要不这样，我的柳州挺好的，让刘禹锡去柳州，我去播州吧！”

不得不说，柳宗元实在是中国好哥们，自己都快饿毙了，还要把仅有的一个沾了屎的窝窝头让给别人……

原谅我用了这么不下饭的一个比喻。这件事的结果是柳宗元还去柳州，刘禹锡则改贬连州，条件比播州好了那么一点点。

七

如果说永州的柳宗元对未来还抱有一丝弱弱的期盼，到了柳州之后，他彻底认命了。

他才四十四岁，头发已经白得像个垂暮老人。

恶疾和怪病，像两条疯狗，伸出咸湿的舌头撕咬他全身。

刘禹锡是诗豪，他可以“自古逢秋悲寂寥，我言秋日胜春朝”，可以“沉舟侧畔千帆过，病树前头万木春”。

柳宗元做不到。

> 海畔尖山似剑芒，秋来处处割愁肠。
>
> 若为化得身千亿，散上峰头望故乡。（《与浩初上人同看山寄京华亲故》）

想家想得愁肠百结，想家想得四分五裂。

本以为从难兄难弟那儿能得到点安慰，结果就连这点安慰也找不到地方落脚。

> 城上高楼接大荒，海天愁思正茫茫。
>
> 惊风乱飐（zhǎn）芙蓉水，密雨斜侵薜荔墙。

岭树重遮千里目，江流曲似九回肠。

共来百越文身地，犹自音书滞一乡。（《登柳州城楼寄漳汀封连四州刺史》）

一起贬官的刘禹锡等人，彼此天各一方，写封信能等好几个月，互动起来太不方便了。

就算是朋友路过，也未必就有机会见上一面。

破额山前碧玉流，骚人遥驻木兰舟。

春风无限潇湘意，欲采蘋花不自由。（《酬曹侍御过象县见寄》）

名义上是一州长官，其实不过是个高阶囚徒。

在柳州，他解放奴婢，打击人贩子，教年轻人读书考进士。帮别人去往那光亮更多的地方，他自己却龟缩在黑暗深处。

这一辈子，那么努力，万万没想到，人生巅峰来得太早，又去得太快。

灿烂喧哗不过转瞬，剩下的是无尽的空虚寂寞冷。

上一幕还是“等闲识得东风面，万紫千红总是春”，下一幕就变成“千山鸟飞绝，万径人踪灭”。

上一幕还是“陌上人如玉，公子世无双”，下一幕就变成“孤舟蓑笠翁，独钓寒江雪”。

八

公元819年，最后一条锦鲤游到柳宗元的门前。

朝中有人极力推荐，唐宪宗决定尽释前嫌，召回柳宗元。

只可惜，当时没有顺丰快递，诏书走得太慢了。

接到诏书时，四十七岁的柳宗元已经是一具冰冷的尸体。

他身后留下两子两女（当年的“小目标”完成得很给力），丧葬费是朋友赞助的。灵柩在柳州滞留了一年多，才终于运回长安，和父母葬在一起。

千秋万岁名，寂寞身后事。

作为政治家的柳宗元，不过昙花一现。

作为文人，足可称王者。

生前，被弃如敝屣。

死后，荣宠却接踵而至——

柳宗元死后两百七十三年，宋哲宗专门下诏表彰。

柳宗元死后两百八十五年，宋徽宗封他为文惠侯。

柳宗元死后三百三十九年，宋高宗加封他为文惠昭灵侯。

求才若渴的皇帝们，大概会一声长叹：“恨不与君生同时呀。”

类似的话，唐宪宗也可以说：“你怎么就走得这么早！”

只是这一切，已和柳宗元无关了。

他攀登过青云梯，也钓过了寒江雪。

如今，他已安然归去——

> 烟销日出不见人，欸（ǎi）乃一声山水绿。
>
> 回看天际下中流，岩上无心云相逐。（《渔翁》）

杜牧

心有猛虎，细嗅蔷薇

一

璀璨的扬州城，称得上唐时的上海。

这里商旅辐辏，勾栏瓦舍俯拾即是，是无与伦比的剁手天堂，也是纸醉金迷的浪子乐园。

是日，一个年轻人恋恋不舍向自己的领导告别。马上，他就要离开扬州，去京城任职了。

领导用宠溺的语气谆谆教导："小伙子前途无量啊！就有一点，别玩太疯，当心伤了身体！"

年轻人立即回怼："领导你在说啥？我平时可乖着呢！不要诬蔑老实人！"

领导微笑不语，一招手，有人呈上来一只锦盒。盒子里一堆小纸条让年轻人哑口无言——

某月某日，杜才子夜宿怡红院，屋内人影交叠，窗前灯火彻夜通明。某月某日，杜才子大摆筵席，莺歌燕舞沸反盈天。某月某日，杜才子痛饮达旦，嬉笑怒骂，人事不省……

原来，领导担心年轻人遭遇不测，一直派人暗中保护，整个团队达三十人之多。年轻人的一举一动，领导都了如指掌。

这样的领导，该说他暖心呢，还是可怕？

年轻人当场就流下了心情复杂的泪水，终身，都对这位领导俯首低眉，高山仰止。

二

一提起晚唐诗人杜牧，上面这个故事出镜率超高。

没办法，贴标签，一向是人们认识世界最有效的方式。一提起李白，我们就想到“潇洒”；一提起杜甫，我们就想到“沉郁”；一提起李商隐我们想到“深情”；而一提起杜牧，我们脑子里蹦出的第一个词通常是——“风流”。

事实上，杜牧的许多诗和生活轨迹，确实兢兢业业地诠释了他对“风流”这种生活方式的偏爱。这种生活方式，又和杜牧的原生家庭大有关联。

唐代著名诗人大多出身白屋寒门，有的干脆连门都没有。杜牧正相反，“城南韦杜去天尺五”，杜家在长安是尊贵煊赫的存在。

杜牧的爷爷杜佑，官至宰相，荣宠一时。到杜牧父亲叔伯这一代，虽然筋骨不存但皮肉犹在，对长安城的浮华侈靡耳濡目染，浸淫很深。

作为官三代的杜牧，本来还指望父亲升职加薪，方便他继续做风流公子。哪承想父亲是个急性子，在杜牧十来岁时便染病离世了。

没有经历过的人很难想象，一个缺少了主心骨的家庭的崩塌，能迅疾到什么程度。

宰相孙子很快背上了如山的债务，家中房产也不断流失。终于发展到了晚上点不起蜡烛，甚至不时要靠乱七八糟的野菜来充饥的程度。

昔日的玩伴仍在家族的荫庇下醉生梦死，杜牧和他们盛大的车队擦肩而过时，只能黯然低头，掩面遁走。

凉薄的世态在少年杜牧的心里留下千疮百孔，也促使他发扬蹈厉。当所有人都认为这个少年将要一蹶不振时，杜牧从万卷书中昂起了倔强的头颅。

在别人的声色犬马夜夜笙歌中，杜牧的诗文声名鹊起。

现在，他离重振家声就只差一张金光灿灿的进士文凭了。

三

唐代进士考试和我们今天的想象大相径庭。一个神奇的现象非常普遍：许多录取名额早在考试之前，便被各路人马提前认领了。谁能找到一言九鼎的人做推荐，谁金榜题名的概率就直线飙升。

这当然并不公平，但另一个神奇的现象发生了：很多我们非常熟悉的大诗人，竟然也各显神通，凭才华、也凭人脉一举中第。

比如：王维、韩愈、李商隐，以及杜牧。

杜牧的考前运营团队，可以用“铺天盖地”来形容。一般考生能找到三五个人去主考官那边吹风说项，就已称得上阵容豪华，帮着杜牧去运作录取名额的，竟然达到了二十几人！（杜牧：虽然在下才华横溢，但还是感谢一下爷爷吧……）

最终，太学博士吴武陵（还记得柳宗元《小石潭记》最后一段话吗？“同游者：吴武陵……”，没错，就是这位），敲定了最后一锤。因为，他向主考官甩出去的是一副王炸——杜牧的代表作《阿房宫赋》。

在以诗赋取士的进士考试中，再眼瞎的主考官也无法忽视这篇文章的伟大。可让人略感无奈的是，那一届的状元乃至前几名，早已被人提前预订且无可撼动，最后杜牧同学只能屈居第五。

四

从落魄官三代到进士、官员，杜牧同学的风流公子之路，终于又得以延续下去了。公务之余，歌筵酒席就是他的“快乐老家”，酒酣耳热，随口吟几句诗词，就要倾倒一大片歌女迷妹。

在风骚百态的莺莺燕燕当中，一个眼神略显深沉忧郁的女子引起了杜牧的注意。和大多数持此为业的歌女一样，她有一个叫起来相当可爱的名字：张好好。

娉娉袅袅十三余，豆蔻梢头二月初。（《赠别》）

在平均寿命低下的古代，一个十三岁的女孩早已具备了成熟女性的全部风情。一展歌喉时，响遏行云；回眸一笑时，百媚丛生。

杜牧的眼光再也离不开这个迷人的身影。只是，情场也是权力纵横驰骋的场所，年轻的杜牧能够发出的声音十分微弱。

尽管张好好流动的秋波，总也缠绕在杜牧身侧，最终，她还是变成了杜牧顶头上司的亲弟弟的又一房小妾。

杜牧又能做什么呢？或许，这已是她最好的归宿了吧。

此后多年，江湖烟水，关山睽隔。再相见时，是在东都洛阳车水马龙的大街上。他满面风尘书剑飘摇，她蓬鬓荆钗吆三喝四。

昔日一曲菱歌敌万金的女神，如今，是当垆卖酒的弃妇。

多少人想将她捧在掌心，看玉壶光转，那个狠心的男人却将她弃如敝屣。

那一日，斜日挂衰柳，凉风生座隅。纵然杜牧的眼神仍然热烈如初，张好好的脸上却写满了闪烁与逃避。

是啊，又有哪个女子能接受当年"玉质随月满，艳态逐春舒"的自己，如今月缺春残地出现在曾经惺惺相惜的公子面前？

就这样，金风玉露一相逢，人间别久不成悲。只有一首《张好好诗》在人世间流传，让他们的故事长出翅膀，飞向千门万户，飞上伤春女子紧锁的眉头，也飞上落魄才子日益稀疏的鬓发。

直到沧桑的半生倏忽而过，年已不惑的张好好终于还是等来了杜牧去世的消息。

有人说，他是抑郁而死。

这一生，他终究没能一展青云抱负，只留下几许风流情事。

她不顾家人劝阻，星夜赶到他的坟前。在满天的繁星枯草里，默念那首《张好好诗》，结束了自己的生命。

五

折戟沉沙铁未销，自将磨洗认前朝。

东风不与周郎便，铜雀春深锁二乔。（《赤壁》）

杜牧咏史诗的洞见深察，常常让他的形象显得颇为分裂。

你以为他每天惦记的是"二十四桥明月夜，玉人何处教吹箫"，其实，他举杯痛饮时可能还在思考"一骑红尘妃子笑，无人知是荔枝来"。

你以为他生活的重心是"十年一觉扬州梦，赢得青楼薄幸名"，其实，他倚翠偎红时，思绪还停留在"江东子弟多才俊，卷土重来未可知"。

很多诗人在标签化的脸谱下，都藏着你意想不到的别样面孔。

声色犬马不假，风流不羁也是真。但读着圣贤书长大，又对家世门风颇为自得的杜牧，又怎可能只沉溺于这些肤浅的享乐？

公元748年，三十七岁的诗人杜甫在长安写下千古名句"致君尧舜上，再使风俗淳"，无论生活如何艰辛，他梦想的天平上，始终放着整个天下。

和杜甫共享同一个远祖的杜牧，对未来同样怀着远超个人功名的热望——

平生五色线，愿补舜衣裳。（《郡斋独酌》）

真实的杜牧，其实是个典型的儒家知识分子，同时又有着一般文人所欠缺的英武之气。他自小喜欢谈武论兵，不仅精研、注解过十三篇《孙子兵法》，还货真价实地给宰相上书，提出了许多建设性的用兵方略。这些方略也绝非书生空谈，而是疗效显著，在前线起到了不小的作用。

只可惜命运的橄榄枝终究限量，才华再高，想挤到金銮殿前指点江山，又谈何容易？更何况，彼时的历史境遇，留给有识之士纵情发挥的空间，已然不多。

众所周知，进入中晚唐，皇权衰落，宦官群魔乱舞。晚唐诸帝大多是宦官所立，又常常死于宦官之手。

当然会有人心怀不甘。公元835年，二十七岁的唐文宗设下陷阱，试图诛杀宦官，结果计划失败，反被宦官所制，连累宰相等一大批官员喋血朝堂，史称“甘露之变”。

自此，白色恐怖如浓雾翻卷，天地阔远，却万马齐喑。

甘露之变对杜牧一生影响巨大。他曾以为眼前万里江山，脚下无边风景，哪想到狰狞的现实不作预告，突然就扯下了脸上温柔的面纱。从此，仗剑江湖是危险的，指点江山是危险的，正身直行也是危险的。那么好吧，声色犬马总没有问题，倚翠偎红，总不会惹麻烦吧？

唉，让风流韵事来得更猛烈些吧！

六

自小刺头深草里，而今渐觉出蓬蒿。

时人不识凌云木，直待凌云始道高。

这首英气逼人的《小松》，出自晚唐诗人杜荀鹤之手。据说，杜牧的一个小妾怀着身孕，从杜府改嫁他处（赠送如此大礼，实在慷慨过头），肚子里那个孩子，正是杜荀鹤。

虽然有学者力证此事纯属子虚乌有，但无可否认类似的八卦小料，对杜牧来说实属家常便饭，其中真假大可存而不论。毕竟，若把所有眉眼俱全，但很可能出于杜撰的故事，都从诗人的生平中剔除净尽，这诗人在我们心目中就该变得面目模糊，甚至干脆就是个无脸之人了。

试想：倘若李白不曾让力士脱靴、贵妃捧砚，王维不曾以一曲《郁轮袍》公关玉真公主，白居易不曾凭“野火烧不尽，春风吹又生”让前辈诗人顾况收回“长安米贵居大不易”的玩笑话，唐诗的天空要丢失多少光彩！

杜牧最著名的风流故事，发生在今天的浙江湖州。

杜牧的好友当时任湖州刺史，他叫了一打名妓招待杜牧，杜牧却都没有看入眼。刺史大人急了，干脆来了个大手笔——搞一个划船比赛，引得全城万人空巷都来围观。平日里那些养在深闺无人识的俏佳人，一时间也云集江边，一个个花枝招展，尽态极妍。

你站在桥上看风景，看风景的人在楼上看你。（卞之琳《断章》）

就这样，刺史大人带着杜牧春风十里湖州路，众里寻她千百度。终于，一个绚烂芳华的身影，让杜牧眼里放出了别样的光泽。

就是她了！

天不作美的是，这个女孩年纪实在太小，即便不羁如杜牧，大概也觉得下不去手。于是，和女孩家长定下了十年之约。待他日，女孩嫩蕊全开，杜牧当来琴瑟友之。

可惜由于种种原因，杜牧迟到了，而且迟到了四年。一个女孩的青春能有多少个四年？所以杜牧只得到了女孩已经嫁为人妇，且育有二子的消息。

自恨寻芳到已迟，往年曾见未开时。
如今风摆花狼藉，绿叶成阴子满枝。（《叹花》）

许多诗词都要放在其原有的情境中来读，所以解读诗词时需要不厌其烦地介绍其创作背景。能够跳出原有情境，而变成人同此心乃至百姓日用的习语，是极少数。

绿叶成阴子满枝，常常会让很多男子心有戚戚，当看到曾经心仪的女子如今嫁作人妇，开枝散叶，他们心头往往就会油然浮现出这一诗句。

这种错过的遗憾，在男子是“绿叶成阴子满枝”，在女子，则是“恨不相逢未嫁时”。

七

在伟大的盛唐，名家辈出，大师云集，相互之间切磋琢磨，留下许多佳话，令人心驰神往。比如，李白和杜甫，李白和王昌龄，王维和孟浩然，李白和孟浩然，李白和高适（看晕了吗？没晕我再加上几个）……杜甫和高适，孟浩然和王昌龄，杜甫和岑参……

杜牧生活的时代同样群星璀璨。其中最亮的几颗，无疑要属李商隐和元稹、白居易。杜牧和他们之间，是否也曾上演“醉眠秋共被，携手日同行”的激情戏码呢？

很遗憾，剧情要让CP粉们大失所望了。

杜牧和李商隐虽然合称“小李杜”，俩人关系可真是不咋地。就连在媒体镜头前装装样子，杜牧也表示“臣妾做不到”。李商隐曾向杜牧主动示好，献过两首诗，杜牧的回应竟然是——已读不回。

为何如此绝情呢？

有可能是两人分属不同的政治派别，也有可能，李商隐在诗里说错了话——众所周知，李商隐在男性面前就是这么不善言辞。

杜牧和元稹、白居易之间，就更是360度全方位无死角的“老子跟你没完”了。

想当年，杜牧的爷爷杜佑年过七十还赖在宰相的位子上不肯退休，这事本来和白居易八竿子打不着，“正义感”爆棚的他却专门写了首《不致仕》，对杜佑展开了不点名的狂怼：

七十而致仕，礼法有明文。

何乃贪荣者，斯言如不闻。

可怜八九十，齿堕双眸昏。

朝露贪名利，夕阳忧子孙……

七十岁是法定退休年龄，大爷您没听说过吗？大爷您没听说过吗？大爷您没听说过吗？好的终于听清楚了是吧？那我继续。一把年纪还贪恋富贵权位，您就不脸红吗？

谁不爱富贵，谁不恋君恩。

年高须告老，名遂合退身。

该下台就下台，后面年轻人都等着呢！

如果你是杜牧，如果你从小把爷爷当太阳，你长大之后想不想捏爆白居易的小脑瓜？

这还没完。杜牧有个最铁的朋友张祜（hù），就是写“故国三千里，深宫二十年。一声何满子，双泪落君前”的那位。张祜出身寒微，一生中有过两次改变命运的机会。结果你猜怎么着？

都落到元稹、白居易这两兄弟手里了。

张祜好不容易在诗坛闯出点名堂，被前宰相直接推荐到了皇帝那里。皇帝问现任宰相元稹："这人能用吗？"

元稹："这人也就会点儿雕虫小技，而且我听说他生活作风不好（是的，张祜和杜牧一样，是个风流才子），陛下您慎重啊！"

好了，后门走不通了，就老老实实去挤独木桥，参加科举考试吧。张祜选择了在杭州报考，在他看来，以自己的才华，勇夺杭州地区第一名，应该是板上钉钉的事。可他千算万算，算漏了一件事：当时的杭州刺史，正是元稹的好兄弟白居易。

在比较了所有考生的诗作后，白居易拍板决定：徐凝该得第一，张祜只能屈居次席。

在唐诗江湖上，徐凝的咖位比张祜差了一大截，他唯一还能让人记住的，也就只有给扬州写的广告词"天下三分明月夜，二分无赖是扬州"了。那么，这首让徐凝力压张祜摘得省状元的诗，究竟什么水平？

虚空落泉千仞直，雷奔入江不暂息。
今古长如白练飞，一条界破青山色。

有形无神，写得热闹但缺少韵味，不算太好，也不算太坏，更大的问题出在题材上——这首诗，写的是庐山瀑布。

在李白写过"飞流直下三千尺，疑是银河落九天"的地方再写这么一首诗，真真是班门弄斧，杨丽萍面前跳孔雀舞——自己找差评来了！由于后世的差评实在太多，咱就看看点赞最高的一条吧：

帝遣银河一派垂，古来惟有谪仙辞。

飞流溅沫知多少？不与徐凝洗恶诗。

意思是：这诗太差了，庐山瀑布天天加班，也洗不干净啊。

如此毒舌的差评是谁发的呢？

苏轼。

就是这么一首“恶诗”压倒张祜，得到了白居易的首荐，而张祜当时参赛的作品，却是他的代表作之一《题润州金山寺》：

一宿金山寺，超然离世群。

僧归夜船月，龙出晓堂云。

树色中流见，钟声两岸闻。

翻思在朝市，终日醉醺醺。

古人对此诗的评价是：“金山绝唱”，“后人不复能措手，几同崔颢《黄鹤楼》矣”。

你说，这事气不气人？

后门没走通，考试又遭“压番”，张祜一辈子终于穷愁潦倒，郁郁而终。作为好朋友，杜牧自然为他深感不平。

在《登池州九峰楼寄张祜》一诗中，杜牧不动声色地“内涵”了白居易一把：“睫在眼前长不见，道非身外更何求！”

翻译过来就是：“什么诗魔诗王，我看你是瞎！”

众所周知，骂人不点名，非常不过瘾。于是，在杜牧文集里我们还看到了这样一段话：

有元、白诗者，纤艳不逞，非庄士雅人，多为其所破坏，流于民间，疏于屏壁，子父女母，交口教授，淫言媟（xiè）语，冬寒夏热，入人肌骨，不可除去。（《唐故平卢军节度巡官陇西李府君墓志铭》）

意思是：元稹、白居易的诗，格调这么低，偏偏还这么火，有没有天理！

元稹比杜牧大二十四岁，白居易比杜牧大三十一岁。如此直白地怒怼两位名满天下的前辈，杜牧真是太刚了！

八

杜牧一生做过数州刺史，主政一方，晚年官至中书舍人，是个相当重要的五品官。

对于杜甫、王昌龄、王之涣、李商隐这些一生潦倒的诗人来说，杜牧在政治上所达到的高度已然是高山仰止。但对杜牧来说，却还远远不够。毕竟，他的参照系和杜甫们不在一个层次。

在一个“去天尺五”的大家族里，中书舍人能有几斤几两？和杜牧从小玩到大的堂兄杜悰，就娶了公主还当上了宰相。

更何况，杜牧对自己的期待是“平生五色线，愿补舜衣裳”，老子是王佐之才！

人生有太多痛苦，就来源于对自己的无尽苛求，而杜牧不仅在政治上苛求自己，在文学上也不例外。

渐入垂暮之年的杜牧，拖着病体重读了自己一生的诗文。一边读，一边摇头，最终他点起一把火，烧掉了大部分作品，只留下十之二三。

杜牧只想给后世留下最完美的身姿，却忘了自己还有个不经意的习惯：每有创作，都会抄录一份寄给远方的外甥。

感谢杜牧外甥没有将这些稿子随手丢弃，否则我们今天看到的杜牧将会多么残缺不全！

好的时代让弱鸡也梦想自己能当英雄，坏的时代，让英雄活成狗熊，让心有猛虎的人只能细嗅蔷薇，还给他们的遗容加上风流不羁的蕾丝滤镜。

虽然李白、孟浩然、王昌龄活在盛唐仍旧抑郁不达，虽然在汉文帝的治下也有贾谊这样的倒霉蛋，但我总觉得，如果转换了时空，换一种政治环境，杜牧的一生一定会活得更贴近他的英雄属性。

在历史的舞台上，太多因素不确定，悲哀的是，很多时候正是它们在起着决定性作用。

对此，杜牧自己也洞若观火：

东风不与周郎便，铜雀春深锁二乔。

杜牧没有周郎幸运，他人生中的那一场东风，终究没能如约而至。令人庆幸的是，一场文学的东风却在他笔端流连舒卷，吹了千年。

借问东风何处有？

在秦淮商女的歌喉里，在红尘妃子的浅笑中，在二十四桥明月夜，在水村山郭酒旗上。

小李杜

这世上总有你嗑不到的CP

一

很多人喜欢组CP，嗑CP。有北乔峰，就必定有南慕容，怕李白太孤单，一定要给他匹配一个杜甫。其他像王孟（王维、孟浩然）、刘柳（刘禹锡、柳宗元）、韩孟（韩愈、孟郊）、元白（元稹、白居易）、苏黄（苏轼、黄庭坚）之类的，文学史上一抓一大把。

特别神奇的是，这些人彼此竟然还都是好朋友，好到你忍不住怀疑他们取向的那种。

比如李白、杜甫的甜蜜日常："醉眠秋共被，携手日同行。"你就说吧，你和你对象谈了三年以后，还有没有这个亲密度？

比如韩愈表白孟郊："我愿身为云，东野（孟郊字东野）变为龙。四方上下逐东野，虽有离别无由逢。"哥哥你狂浪去飞，弟弟我放肆地追，终究，要把你包围。

至于元稹、白居易，实锤更是多到爆！"是夕远思君，思君瘦如削”、“梦中握君手，问君意何如”，还有“我今因病魂颠倒，唯梦闲人不梦君”，这样的常规操作显然没法让他们烈火如歌的内心得到满足，于是——

愿为云与雨，会合天之垂。

以及——

好去鸳鸾侣，冲天便不还。

“云雨”“鸳鸾侣”这样的词竟然可以用在同性之间，让人不禁感叹，古代汉语真是没啥规范！（王维：差不多得了，我给李龟年写的“愿君多采撷，此物最相思”说啥了吗？）

然而，有这么一对 CP，首先拐弯抹角有点儿亲戚关系，其次明明双方都是多情种子风流郎君，到青楼消费、向道姑求签，都要忍不住动真情，却偏偏对彼此没！有！感！觉！别人家的 CP 热搜满天飞，人证、物证一大堆，这两位呢？连个同框照都没有，点赞之交都算不上！你说粉丝们气不气！

好了，该揭晓答案了，这对貌不合、神也离的 CP，正是晚唐诗歌双巨头：有“小李杜”之称的李商隐和杜牧。

二

大佬之间的冷漠，通常不会没有来由。

比如王安石和司马光，一个要变法，一个不许变法，于是闹到水火不容，当面拉黑。李白和王维，一山不能容二虎，何况中间还夹着个玉真公主。

而李商隐比杜牧小了九岁，能有什么竞争关系？杜牧的势力范围是青楼，李商隐的主场是道观，妥妥的井水不犯河水。至于文学上，杜牧收了李商隐这个小弟不就得了，作为诗坛巨擘，哪能没几个帮着抬轿子的？

问题出就出在这里。

在遇到杜牧之前，李商隐已经认了一个大哥。此人的腕儿比杜牧还大，他栽培小弟的方式，让人大跌眼镜："那个，下辈子投胎我可以管你叫爸爸吗？"（李商隐也没跟大哥客气，生娃后真用大哥的名字冠名：李白老。但没想到喝过孟婆汤的大哥一身功力都散尽了，李白老一辈子都是个没什么出息的小笨蛋。）

巧的是，此人和杜牧正是死对头。原因有三：他嘲笑过杜牧的爷爷杜佑七老八十还不肯退休不肯给年轻人让路，他打压过杜牧的好友张祜，他的诗像《爱情买卖》一样俗不拉几却无处不在，这些都让杜牧超不爽。

猜到了吗？此人正是唐诗光荣榜上仅次于李白、杜甫的"阿三"——白居易。

老白同志对李商隐的"虐爱"，本就在李商隐和杜牧之间施放了一片难以逾越的结界，而李商隐同学不过脑子的职场选择，又给这片结界添加了一层钢化膜。

是这样的，晚唐政坛上有三件事让皇帝头大：藩镇割据、宦官专权，还有牛李党争。党争这事，说白了就是利益集团互殴，你方唱罢我登场。因为受过牛党领袖牛僧孺的厚待，杜牧立场鲜明，一直是牛党。而李商隐呢？跟着牛党头面人物令狐楚混了八年，就连中进士也全仗着老爷子的面子（虽然是由令狐楚的儿子令狐绹出面）。然而！老爷子刚一"升仙"，尸骨未寒，他就跑去李党那边找了份新工作，还成了李党成员王茂元的女婿！

先牛后李，放利偷合。你就说牛党这边还容不容得下他吧！

即便如此，李商隐还嫌事情不够糟心，费劲巴力又做了一件雪上加霜的事。正是这件事，让“小李杜”之间的交流沟通彻底绝缘，再无可能。

三

公元849年，杜牧四十七岁，李商隐三十八岁，两人首次同居一城——伟大的长安。

“小李杜”之间唯一的一次交集就这样发生了。作为晚辈，李商隐顺理成章居于主动的一方，他给杜牧快递过去一首诗，表达仰慕之情。

是的，这俩人并非毫无交集，只不过这次交集带来的后果，就是没有后果。

来看李商隐的诗吧：

《杜司勋》（杜牧当时的官职是司勋员外郎）

高楼风雨感斯文，短翼差池不及群。
刻意伤春复伤别，人间惟有杜司勋。

看上去，这首诗写得中规中矩。用“伤春伤别”来概括杜牧的诗风，用“高楼风雨”来烘托自己阅读的环境，用“短翼差池不及群”来渲染自己潦倒的境遇。

也拍了马屁，也装了可怜，也表了忠心。

换了别人，可能会被感动得眼泪汪汪：这个小迷弟真可怜，要不以后把妹哦不诗酒高会的时候，就叫上他一起吧！

可是不要忘了，杜牧跟这个小迷弟中间，还杵着个白居易和牛李党争！哪能这么容易就接受你！

和我们今天发微信一样，面对别人的已读不回，我们很难轻易死心，总忍不住再发一条。

于是很快，杜牧就收到了李商隐的第二首诗：

《赠司勋杜十三员外》

杜牧司勋字牧之，清秋一首杜秋诗。
前身应是梁江总，名总还曾字总持。
心铁已从干镆利，鬓丝休叹雪霜垂。
汉江远吊西江水，羊祜韦丹尽有碑。

用典故，搞一堆不常见的人名，可以说是一首非常典型的李商隐诗歌了。相比于之前那首《杜司勋》，这首诗的主要特点有二：

一、加大了马屁的剂量。或明或暗地提到了江总、杜预（杜牧的远祖）、羊祜、韦丹这些历史名人，意思是，司勋大人，在我眼里，你可是和这些人一个高度、一个层次哒！

二、自来熟。和生人交往需要彬彬有礼，在熟人面前才插科打诨；和长辈交往需要彬彬有礼，在同龄人面前才插科打诨。而面对素未谋面的前辈杜司勋，李商隐同学却自作聪明地抖起了机灵："大人你看，你叫杜牧，字牧之，你知不知道从前有个人叫江总，字总持的！你说巧不巧！你爹给你取名的时候，是不是参考了这个人的名字！你是不是干脆就是这个人投胎转世来的！”

在这里，需要对江总这个人做点小小的介绍，要不然，你可能也搞不清李商隐是怎么“死”的。

江总，南朝著名文学家，红极一时（现在过气了），历仕梁、陈、隋三代，官至宰相。听起来很正常，甚至很人生赢家，对吧？

问题是，此人在历史上，可以用臭名昭著来形容。他做宰相时，皇帝是谁呢？大名鼎鼎的陈后主陈叔宝，写《玉树后庭花》的那位。

作为宰相，江总不好好工作，却天天陪着昏庸的陈后主在后宫喝酒泡妞，终于把国家给整灭亡了。这种时候，本来是忠臣义士展示自己铮铮铁骨的大好时机，怎么也该装模作样地投个水、跳个楼之类的。可江宰相却表示他毫无压力，把制服一换，立即就变成了新老板隋朝的员工。

好了，李商隐同学，现在你能不能解释解释，你把这样一个人说成是杜司勋的“前身”，到底几个意思？（李商隐：我再也不图口嗨玩文字游戏了……）

四

说起来，“情歌王子”李商隐在很多事情上，智商都好像不太高的样子。

他一生最被人诟病的大败笔，就是“先牛后李”，中途跳槽去了竞争对手的公司。

可问题是，他就一小喽啰，连原公司技术骨干都算不上，又能卖出个多好的价钱？最后果然受足了夹板气，两头不讨好。

李商隐的两次以诗会友，杜牧都闷声不理（当然也有可能他回复了，但诗没有流传下来，或者我们还没找到），不能不说是件十分遗憾的事。

毕竟，当我们仰望星空，看到最亮的两颗，当然希望他们彼此暗通款曲，甚至柔情蜜意。

所幸，文学史上我们能嗑的CP还挺多，小李杜这一对，缘分未到，暂不“催婚”吧。万一以后发现了什么新史料，其实杜牧也爱慕李商隐呢？

到时我就可以愉快地宣布：本文纯属无事生非，妖言惑众！立即启动原地打脸自爆程序！

李煜

可怜薄命作君王

一

这是一个前半生堪称锦鲤 Plus，后来却让人给油炸了的故事。

公元 974 年十月，大军如雷霆，北宋发动了对南唐的兼并战争。

次年正月，宋军推进至南唐国都金陵城下。

南唐后主李煜，生于深宫之中，长于妇人之手，对军事一窍不通，一应防务都交给大将皇甫继勋全权代理。

荒谬的事情来了：皇甫继勋临危受命，本应撑天拄地，可他骨子里却是个投降派，内心早就认定了南唐必亡，压根就没准备好好抵抗。

更让人抓狂的是，他就像一个收了北宋公关费的营销号，抓住一切机会吹爆宋军，长敌人志气。

有的将领气不过，组织了敢死队准备偷袭宋军，结果还没被宋军发现，先让皇甫继勋发现了。这哥们不但不鼓励、不嘉奖，还狠狠赏了大家一顿鞭子，然后就是没收作案工具，关禁闭。

南唐本就弱鸡，主帅又是这德性，仗还怎么打？

一时间，大厦将倾，狂澜欲倒，人人自危。

可就在此时，李煜本人的心情竟然相当不错。原因说出来很搞笑：自从金陵被围以来，李煜从前线得到的战报便是宋军高开低走，逐渐败退，我方以弱胜强，形势大好，上演惊天逆袭。

考虑到战争结束后国家将会蒸蒸日上，必定急需人才，李煜还未雨绸缪地举办了一次科举考试，录取了三十多名进士。

除此之外，便是在后宫谈谈恋爱，写写诗词。

五月里的一天，阳光正好，李煜心血来潮，跑到城楼处登高远眺，扑入他眼帘的却不是无限江山，而是漫山遍野、杀气腾腾的北宋大军。

李煜这才知道，自己竟被骗得这么苦。他一声令下诛杀了皇甫继勋，但终究为时已晚。

金陵王气黯淡，前尘往事，还如一梦。

二

李煜出生时，嘴里含的还是把银钥匙，爷爷李昪（biàn）在吴国担任高官。三个月后，李昪谋朝篡位，建立南唐国，把李煜嘴里的银钥匙换成了金钥匙。

李昪在位七年，死后由长子李璟继位，史称南唐中主。

爷爷和父亲当上皇帝，极大地扭转了李煜的人生走向。

曾经，李煜的人生理想再简单不过：做个优哉游哉的富贵闲人。

但命运何其吊诡，一股神秘力量不断把他朝龙椅上推。

原本，作为李璟的第六个儿子，他一生注定与皇位无缘。

可就在他成长过程中，他的二哥、三哥、四哥、五哥竟然接二连三英年早逝。当大哥李弘冀被立为太子，李煜，已经是事实上的二皇子。

古往今来，太子，大概是最没有安全感和稳定性的一份工作。当上太子却没能当上皇帝的，比比皆是，下场还都很惨。

也正因此，任何可能威胁到自己职业前景的人，就都成了李弘冀的眼中钉肉中刺。

为了免遭猜忌，李煜绞尽脑汁，立各种安全人设。

> 浪花有意千重雪，桃李无言一队春。
> 一壶酒，一竿身，世上如侬有几人。
>
> 一棹春风一叶舟，一纶茧缕一轻钩。
> 花满渚，酒满瓯，万顷波中得自由。（《渔父》）

他写各种风花雪月的诗词，把自己活成寄情山水的大内隐士，沉迷剁手的购物狂人，以及埋在故纸堆里的书呆子。

一切都是为了告诉李弘冀："哥，我这人没啥出息的，你别整天盯着我了……"

可无论李煜再怎么努力，他天生自带的一个被动技能，让李弘冀没法不盯着他。那就是："一目重瞳子"，一只眼睛里，有两个瞳仁。

如果今天有谁出现了这种症状，他只要随便找一家医院看一下眼科，医生就会告诉他："你的瞳仁发生了一点粘连畸变而已，不是多大的病。医保还是自费？"

可是古人的医学达不到这个水平，他们只会认为，此乃天选之子，帝王之相（逻辑满分）。更惨的是，历史上还真有活生生的例子：三皇五帝中的舜帝，还有西楚霸王项羽，这两个赫赫有名的帝王级病友，就是“一目重瞳子”。

属于跳进全自动滚筒洗衣机也洗不清了。

李弘冀采取了哪些手段防范、敲打李煜，史书上没有直接记载。但从李弘冀对叔叔李景遂有多狠，不难想见李煜的处境有多凶险。

是这样的：古代皇位除了传子也可以传给弟弟，李璟就曾动过这个心思。有一次李弘冀惹恼了李璟，李璟拿起打马球的杆子就是一顿胖揍，揍完还放狠话：“狗东西，你以为你皇位已经坐稳了是吧？当心我把皇位传给你景遂叔叔！”

那一刻，从李璟的眼神中李弘冀看出来他并不是在开玩笑。为了防止景遂叔叔抢走自己嘴边的肥肉，李弘冀做了一个大胆的决定：下毒。

一日，李景遂打球口渴，喝了一杯饮料，然后，就毒发身亡了。当医生背着小药箱赶过来，看到的，只有一堆血污狼藉的烂肉。哪怕是放到超市里打上“特价”的标签，也卖不出去那种。

那么，李弘冀从此就高枕无忧了吗？

万万没想到，此君手段如此狠毒，可心理素质居然很渣。从那以后，他整天做噩梦，七窍流血没有人样的景遂叔叔，隔三差五就到梦里跟他展开“友好交流”。

然后李弘冀就一病不起，迅速领了盒饭。

原本对至高权力敬而远之，没多大兴趣的李煜，成了新一任的太子。李璟死后，李弘冀机关算尽却触不可及的皇位，被李煜轻松收入囊中，史称南唐后主。

这运气，只能说，没谁了。

三

二十五岁那年，李煜阴错阳差当上了南唐的皇帝，但这份工作对他来说有点刺激。

乃父李璟在位期间，也曾试图开疆拓土，壮我国威。结果折腾半天，南唐国力反而江河日下，挨了一顿修理后，生生沦为后周的附属国，各种卑躬屈膝，交保护费。

李煜登基时，后周已被赵匡胤黄袍加身借壳上市，变成北宋，李煜为君十五年，都在北宋铁甲精骑的阴影里瑟瑟发抖。

当时天下豆剖瓜分，诸多小国割据一方。其中，南唐之所以能苟延残喘这么久，只是因为在赵匡胤统一天下的日程表里，南唐排位比较靠后。

当然，伸手不打笑脸人，李煜自己足够温顺乖巧，也是重要原因。刚上台他就赌咒发誓，给赵匡胤发了一条长长的微信表忠心，还无师自通地玩起了一个趣味游戏：变装。

众所周知皇帝应该穿黄袍，可赵匡胤南征北战，干的就是“扫黄”的工作。故而每逢北宋派来使者，李煜就会乖乖脱掉黄袍，换上臣子才穿的紫袍，使者走了，再暗戳戳黄回去。

跟着大哥混，难免有时要充当大哥的狗腿子。

当时南汉的皇帝刘𬬮（chǎng）是个硬茬，非但不买赵匡胤的帐，还主动发兵挑衅北宋。赵匡胤认为，李煜作为班里的尖子生，有义务帮助落后的同学共同进步，就让他现身说法，写信去招安。

李煜不敢怠慢，洋洋洒洒发过去一条长长的微信，大意是：

“刘同学你醒醒，别再犯糊涂了！低头认个错交点保护费能解决的事儿，何必非逼着人家抄家伙上门揍你一顿？你以为你自个儿头铁，你看清楚人家手里拿的是火箭炮好吗！而且你看看我，除了偶尔要玩玩变装游戏之外，我有什么损失？我小日子过得多滋润！快和我一起愉快地玩耍吧！”

然后李煜就被刘铱一顿臭骂，拉黑了。

刘铱发给李煜的最后一个表情包，是“我从未见过如此厚颜无耻之人”！

国事如此，原本应该发愤图强，争取逆天改命。可李煜能有什么办法？他从小就没有受过相关的职业技能培训，长大后更是刻意和公司主营业务保持距离。突然让他当董事长兼总经理，他能不一脸懵？

李煜也努力过。

可每次他眼含热泪在股东大会上慷慨陈词：“我有一个梦想……”

那些元老重臣就面无表情地鼓掌：“这个梦想不错，换下一个梦想吧。”

每次他熬夜做出五十页的工作方案，就会有一堆人跳出来点赞：“陛下这个方案不能更完美！但也有两个地方不太对，这也不对，那也不对。”

久而久之李煜就怒了：“别净给我整这些老掉牙的网络段子！”

怒归怒，正经八百的治国理政之道，他也确实是不会。

有位思想家曾说：当国家首脑的首要条件，便是做一个好的屠夫。而我们的李煜同学，却是一个虔诚的佛教徒。

其实，国君也不是不可以信佛，但若到了过度沉迷的地步，对国家往往不是什么好事。在这点上，梁武帝和唐宪宗殷鉴在前，而我们的李煜同学则似乎有过之而无不及。

爱一个人，就会忍不住给他花钱。向佛祖表达爱意，也不例外。李煜在南唐境内大兴土木，广修佛寺，试图用房地产来拉动国民信仰。

为了壮大佛祖的运营团队，和尚尼姑也疯狂扩招，无须看破红尘，即可落发出家，从此不用缴税，吃饭穿衣都由国家财政拨款。

佛门就这样热闹了起来。但许多并未开悟的普通男女“遁入空门”，也导致了一个灾难性的后果：和尚和尼姑一言不合就通奸的案件，频频发生。

按照惯例，要把他们打一顿板子，勒令还俗。但李煜同学却十分机智地发现了其中的bug：这样处理会不会恰好遂了他们的心愿？有没有可能人家一还俗，就大摇大摆入洞房潇洒去了？我觉得应该罚他们去庙里拜三百次菩萨，不信他们不羞愧难当，翻然改悔！

考虑到闲杂人等对僧尼队伍的纯洁性所造成的伤害，李煜同学终于意识到信仰在团队建设中的重要性。于是他提出了一个创造性的解决方案：募道士为僧者，予二金。

只要道士愿意改行当和尚，国家奖励二两银子。

在中国历史上，佛道两家曾经展开过许多激烈的宗教竞争，大家都拿出看家的本领来争夺信众。但李煜的这项政策，在我看来，无疑已涉嫌不正当竞争。

事实证明，金钱的诱惑即便对于出家人，也颇为致命，南唐的僧人数量因此更进一步地膨胀起来。许多道观则变得空空荡荡，门庭冷落。

作为一个虔诚的信徒，李煜经常戴着和尚帽子，披着拖地的袈裟，在幽深的佛堂中参禅念经，磕头不止。

由于磕头时太过虔诚，天长日久，李煜的额头上甚至长出了一个瘤子，久久不能消去。

而更让人感动的还在后面。

古人上大厕没有手纸，用的是小竹片，学名叫“厕简”。为了让僧人们用得舒心，李煜竟以九五之尊，亲自加入到专供寺庙的厕简的生产程序中来。

本着精益求精的工匠精神，每制作完一枚厕简，他就在自己脸上刮一刮，测试其光滑程度。只要感觉稍有芒刺，就继续修整加工，直到极度舒爽为止。

佛祖以慈悲为怀，这种精神自然也要纳入日常政务中来。

如果朝廷上报死刑犯那天恰好赶上佛教的“斋日”（这一天信徒必须吃斋且不得杀生），李煜就会法外开恩，让人在佛像前点起一盏“命灯”，倘若命灯能够坚持燃烧到天亮，犯人就可以免死。

这下子可给有钱人家提供了钻空子的机会。他们只要买通宫中太监，朝灯里多放点油，一条“该死”的人命就保住了。

至于家里没钱的死刑犯，自然是照程序明正典刑。

南唐之所以亡国，原因是多方面的。过度崇佛佞佛，掏空了本已千疮百孔的家底，导致朝政浮华紊乱，也是重要原因。

对一般人而言，信佛主要图一个心理安慰，但李煜不是。他似乎真心诚意地相信，佛祖的神通是可以作用于人事，赐福于信徒的。

公元975年冬，在金陵被围的最后时刻，一切政治、军事的手段都已经无力回天，李煜竟然还把佛祖当成救命稻草，做了两件让人哭笑不得的事。

第一，写出一篇情辞恳切的文章，向佛祖祈愿。如若帮我击退敌军，将来给您老人家修多少庙，造多少佛像，扩招多少僧尼。情急之下顾不得计算成本，全都是些天文数字。

第二，请出他信奉已久的一位高僧，号召全城军民跟着这位大师齐声念诵救苦救难菩萨。

在响遏行云的念诵声中，宋军攻破了金陵城。而李煜是在后来才得知，那位高僧的另一个身份——北宋的间谍。

作为亡国之君的李煜，终于被大队人马扭送到了宋都汴梁。途中，经过了著名寺庙普光寺。

李煜不顾此前佛祖对他的不闻不问，坚持要去寺中拜佛。

面对渺不可知的未来，李煜求佛祖保佑他平安吉祥。

而这一次，大概他自己也不敢确定，佛祖到底听没听进去。

四

仓央嘉措有几句诗很有名：

> 曾虑多情损梵行，入山又恐别倾城。
>
> 世间安得双全法，不负如来不负卿。

夹在爱情和对佛祖的信仰中间，仓央嘉措感到左右为难，怎么取舍都是错。而李煜就不存在这个问题，他可以堂堂正正带着各种女朋友一起去信佛拜佛。

狗血的风流韵事对文人才子是美丽的点缀，但若发生在一位国君身上，多多少少会显得有几分昏庸。

是的，李煜和大周后、小周后这一对国色天香的姐妹花，都曾经情深意笃，浪漫满屋。但到最后，李煜带给她们的，却都是销魂蚀骨的痛楚。

大小周后出身显赫，是开国元勋周宗之女。大周后大李煜一岁，在十九岁那年成为李煜的妻子。

史载，大周后“通书史，善歌舞，尤工琵琶……至于采戏弈棋，靡不妙绝”。从这份简历不难看出，她和李煜，能玩到一块去。

> 渔阳鼙鼓动地来，惊破霓裳（cháng）羽衣曲。（白居易《长恨歌》）

大唐名曲《霓裳羽衣曲》见证了唐玄宗和杨贵妃的爱情，也在醉生梦死中助推了安史之乱的爆发。

繁华与丧乱，尽付东流水。

此后，《霓裳羽衣曲》失传了两百多年，李煜却在无意中得到了一卷残谱。小两口都激动得不行，大周后甚至亲自出马，按照自己的理解把曲谱补齐，让大唐风华重新绽放在南唐的宫廷舞台上。

在和大周后一起欣赏《霓裳羽衣曲》的表演后，李煜写出了他早期的代表作《玉楼春》：

> 晚妆初了明肌雪，春殿嫔（pín）娥鱼贯列。
> 笙箫吹断水云闲，重按霓裳歌遍彻。
>
> 临春谁更飘香屑，醉拍阑干情味切。
> 归时休放烛花红，待踏马蹄清夜月。

细心的朋友会发现，我们今天看到的《玉楼春》，第五句是“临风谁更飘香屑”。据说，李煜的原版写出来后，是大周后指出，“临春”不如“临风”贴切，更何况第二句已经有“春”字了，在短短八句当中同一个字不宜出现两次。

皇帝身边美女如云，皇后再受宠，时间长了也容易色衰爱弛，这样的例子历史上数不胜数。李煜对大周后却相当长情，结婚十年，仍恩爱如初。

可命运却像个毫无创意的韩剧导演，一言不合就让女主身染沉疴。

二十九岁那年，大周后卧床不起，李煜以帝王之尊竟然做到昏定晨省，亲尝汤药，有时甚至整夜整夜衣不解带地守候在病床前，完全就是侍奉亲妈的节奏。

事情进展到这里，仍然是一个令单身狗不忍直视的浪漫爱情故事。

但当十五岁的小周后得到消息，进宫来探病，剧情就开始跑偏了。

李煜和大周后成亲时，小周后才五岁。李煜不止一次见过这个活泼可爱的小姨子，但彼时显然不会产生任何异样的想法。毕竟，李煜只是多情，并非禽兽。

可几乎是在突然之间，小周后长大了，长成了一个风华绝代而又不失天真烂漫的女子。

像春风中的一株樱桃树，每一阵摇晃都令人目眩神驰。

当大周后缠绵病榻，不时因高烧而昏迷，李煜和小周后一眼万年，双双坠入爱河。

一开始两人也畏惧世俗眼光，只能偷偷摸摸地幽会。李煜还把幽会的情景形诸笔端，就是那首著名的《菩萨蛮》：

> 花明月暗笼轻雾，今宵好向郎边去。
> 刬（chǎn，仅、只；刬袜，只穿着袜子）袜步香阶，手提金缕鞋。
>
> 画堂南畔见，一晌偎人颤。
> 奴为出来难，教君恣意怜。

整首词从小周后的视角来写，结尾那句“教君恣意怜”是如此的直白，让我想起一首曾经很火的歌词：（只盼日头它落西山沟哇）让你亲个够！噢噢噢噢噢，噢噢噢噢噢……（《纤夫的爱》）

当最初的歉疚逐渐退潮，李煜甚至明目张胆地把小周后接到了皇宫里。

而也正是这个决定，让李煜追悔莫及。

一天，小周后再次来到大周后的病床前，恰好赶上大周后正清醒，随口问了一句：“妹妹你几时来的呀？”

小周后毕竟还是太年轻，也不知道做贼心虚，竟然不假思索地答道：“来了好几天了。”

聪慧过人的大周后，一下子就明白发生了什么。

李煜你大爷的，老娘都快挂了，你居然有闲心睡我妹！

根据陆游《南唐书》的记载，大周后是如此的急火攻心怒不可遏，她当即就翻身把脸转向了墙壁，无论后来李煜如何赔礼道歉、软语相劝，一直到死，也没有再回过头〔恚（huì）怒，至死面不外向〕。

病人最怕就是受刺激，偏偏在这当口，大周后的宝贝儿子又出事了。

这孩子叫仲宣，当时才四岁，在佛堂中玩耍。

一只猫上蹿下跳，跳上了高处的琉璃灯。巨大的琉璃灯失去平衡，咵嚓一声巨响，在小仲宣面前摔了个粉碎。

小家伙无端受惊，竟突发癫痫，弯道超车，死在了大周后的前面。

双重打击之下，大周后本就尸居余气的生命，终于走到了尽头。

根据吴任臣《十国春秋》的记载，大周后在临终前放下心结，原谅了李煜。

> “婢子多幸，托质君门，窃冒华宠十载矣。女子之荣，莫过于此。所不足者，子殇身殁，无以报德。”

这段温情脉脉、感恩戴德的遗言，和《南唐书》“至死面不外向”的记载显然是矛盾的。

是《南唐书》过甚其词，还是《十国春秋》虚言粉饰？

也许答案没那么重要，毕竟其他的事实已经硬邦邦摆在那里。

大周后之死，李煜“哀苦骨立，杖而后起”，一连写下八首悼亡诗（李煜存诗一共才十六首），还有一篇字字血泪的《昭惠周后诔（lěi）》。

什么“前哀将后感，无泪可沾巾”，什么“凭栏惆怅人谁会，不觉潸然泪眼低”，以及“空有当年旧烟月，芙蓉城上哭蛾眉”，这哪是君临小半个天下的皇帝，简直就一幼稚好哭鬼！

毋庸讳言，作为一个予取予求的帝王，李煜有纵欲荒淫的一面，这是绝对权力对人的一种异化。但与此同时，李煜性格中真纯善良的部分，又让他对女性所采取的态度，远高于一般的帝王。

他从不曾试图玩弄女性，而是始终抱有尊重、理解、羁绊和真心。

在这点上，李煜有点像《天龙八部》中段誉他爹段正淳，身体永远在骚动，但灵魂也从未缺席。

五

四十年来家国，三千里地山河。

凤阁龙楼连霄汉，玉树琼枝作烟萝，几曾识干戈？

一旦归为臣虏，沈腰潘鬓消磨。

最是仓皇辞庙日，教坊犹奏别离歌，垂泪对宫娥。（《破阵子》）

当李煜沉迷于求神拜佛和谈情说爱，赵匡胤一直在厉兵秣马，朝李煜的"三千里地山河"瞪大了眼睛虎视眈眈。

赵匡胤曾试着通过和平手段解决问题，隔三差五就给李煜发微信：汴京最近有个活动很不错，你过来参加一下呗。差旅费全包，不亏待你。

李煜知道自己去了肯定回不来，每次都找借口推掉。

赵匡胤心想舍不得孩子套不着狼，就斥巨资修了一座江南园林风格的豪宅，然后把李煜和吴越王钱俶（chù）拉到一个群里，扔进去一堆高清无码大图，说：不废话了，你俩谁先来，房产证就写谁的名字！永久产权哦。

李煜和钱俶打着哈哈退出了群聊。

赵匡胤不得已，动起了歪心思。他派使者到南唐出差，按照惯例差事办完时李煜应该上船送别。赵匡胤暗中吩咐使者：李煜一上船，你们开船就跑，不算你们拐卖人口。

没想到李煜事先听到了风声，各种依依惜别，但就是不上船。

种种手段用尽，最后还是只能重拳出击。

公元974年十月，宋军出发了。全军统帅名叫曹彬，此人一生战功赫赫，也颇有些文化素养，难怪几百年后他的子孙当中会出一个文豪，腕儿比李煜还大，名叫曹雪芹。

战争持续了一年多。和后蜀、北汉、南汉比起来，南唐已经很经揍了。

随着大局逐渐糜烂，佛祖他老人家又袖手旁观，李煜还剩最后一根救命稻草，就是驻守洪州（今南昌）的大将朱令赟（yūn）。这位爷骁勇善战，手握十五万雄兵，接到李煜的求救信息后，立即率领庞大的舰队沿长江东下，声动日月，气壮山河。

一场决定无数人命运的对决，即将上演。

俗话说，读史使人明智。朱令赟和曹彬作为武将，对赤壁之战的历史，显然都不会陌生。两人因此不约而同地想到了同一条破敌之策：火攻。

具体操作方法十分简单：准备好一批船只，满载各种易燃物，只需天公作美，就放火烧船朝敌阵猛冲。

当时朱军在西南，曹军在东北，上帝似乎站在朱军这边，非常爽快地刮起了西南风。朱令赟一声令下，一条条熊熊燃烧的木船，带着死亡的温度，顺风顺水地撞入曹军阵营，所过之处，船毁人亡，嚎哭震天。

可就在朱军额手称庆准备乘势进击时，诡异的事情发生了。

几乎是在突然之间，风向逆转，火船掉头直扑朱军。而曹军也迅速稳住阵脚，把他们准备好的火船也一并释放出来。

就这样，朱军水师在顷刻间化为乌有。

李煜天空中最后一颗星，熄灭了。南唐灭亡，已成定局。

公元975年十一月二十七日夜，宋军攻破金陵，李煜光着膀子来到城外，向曹彬投降。他用了十五年的皇帝体验卡，终于到期了。

作为战胜方，曹彬对李煜很是厚道，不仅以礼相待，还十分贴心地为他规划未来：

“亲，将来到了汴京，生活还要继续。我给你准备了五百人的搬家公司，你宫里那些金银财宝，能搬多少，都是你的。不用客气！”

做不了皇帝做富家翁，原本也是不错的选择。可彼时的李煜，万念俱灰，唯一还能胜任的事就是“垂泪对宫娥”，根本没把曹彬的话听进去。

于是，当南唐、吴越、南汉、后蜀这些亡国之君们终于在汴京济济一堂，李煜就成了他们当中最穷的一个。当所有人都浑身名牌，开着限量版超跑，只有李煜还在苦哈哈地给朝廷打报告：

那个，最近物价涨这么凶，工资是不是也能涨点？

六

人生最大的痛苦，也许便是命运曾经把什么都给了你，却又一样样收了回去。

余生，只能在悔恨中虚度。

公元976年，李煜四十岁，在汴京城，他见到了那个联系多年的笔友——赵匡胤。从此他不再是江南国主，而是免费领取了一个新头衔：违命侯，意思是，一个不听话不乖的侯。

从威仪赫赫的君主，到被软禁的囚徒，李煜努力调整自己，命运的千磨万击，他都试着虚心接受。

可纵然他终日借酒消愁，却仍不免长年以泪洗面。

他终究不是一个内心强壮之人。

在重门深锁的院落中，他一遍遍清算着如烟的往事，试图从中找到一些关键节点，如若那时自己做出了别样的选择，今日可否会是另一种光景？

面对风雨飘摇的时局，不是没有忠臣舍身进谏，可那时的李煜鬼迷心窍，不是将他们束之高阁，便是横加斧钺。如今悔不当初，终究于事无补。

回忆如刀头舐蜜，有多少甘甜，就有多少煎熬刺痛。

落日烟花，春风丝管；小苑莺歌，深殿蛾眉。

为何要到失去之后才知，曾经拥有过的一切，竟是那么的珍贵美好，惹人清梦。

当时天气，当时明月，似无半分不同，憔悴的只是某个人的往事与朱颜罢了。

对于亡国之君的屈辱生活，李煜以为自己已然做好了全部心理准备，可在一番斧声烛影过后，宅心仁厚的赵匡胤龙驭宾天，李煜真正的噩梦，开始了。

南唐灭亡后，小周后随李煜一同来到汴京落户（不来不行），苟且的生活原本尚能继续。然而自古美貌如权力，既能带来无上的荣宠，也容易招致不测的灾殃。

以小周后的风华绝代，初到汴京便收获了一大波颜粉。其中有一人的目光格外炽热，只是暂时没找到下手的机会。

仅仅在数月之后，机会来了。赵匡胤一死，此人的权势一步登天，隔三差五便借着种种冠冕堂皇的幌子，将小周后召入宫中，热情留宿好几日。在一些野史传说里，此人和陈老师算是千古知音，竟然喜欢在使出全身力气对小周后倾吐衷肠时，派画师在一旁观摩，把当时激烈的场景和自己英武的表现画成丹青，方便事后回味纪念。

小周后每次出宫回家，都会哭得天塌地陷，指着李煜的鼻子骂到歇斯底里。而李煜纵然心如刀绞，也只能忍泪吞声，宛转逃避。

因为那个对小周后“照顾有加”的人，正是接替赵匡胤登上帝位的大宋第二位国君——宋太宗赵光义。

生死由人，荣辱在彼，鱼肉刀俎，夫复何言？

现实的世界既然已经再看不到一丝光亮，那便只能抽身逃向温柔醉乡。

昨夜风兼雨，帘帏飒飒秋声。
烛残漏断频欹（qī）枕，起坐不能平。

世事漫随流水，算来一梦浮生。
醉乡路稳宜频到，此外不堪行。（《乌夜啼》）

在无数个夜雨搅扰梦魂的夜里，偶尔会回到他心心念念的故国。

帘外雨潺潺，春意阑珊。罗衾不耐五更寒。

梦里不知身是客，一晌贪欢。

独自莫凭栏，无限江山，别时容易见时难。

流水落花春去也，天上人间。（《浪淘沙》）

有位诗人说，醒来，是从梦中往外跳伞。李煜每次在现实中落地，都仿佛身上无伞，两手空空。

苦难让他重新认识了一次这个世界。在无尽人生的坠落中，他全身的皮肤筋骨都在土崩瓦解，有一部分肌肉效能却变得极为灵敏，那便是他的灵魂。

那个曾经蓄满风花雪月的小灵魂。

从高高在上的殿阁，到烟火满身的人间，他灵魂的触角被打磨得无比纤细。虽然每一次触碰都会长出层层叠叠的伤口，那些曾经华丽但空洞的词句，却都借此获得了灿烂的新生。

他本会是个略谙风雅的平庸君主，命运却偏要他做“叱咤风云”的千古词帝。

文章憎命达，魑魅喜人过。（杜甫《旅夜书怀》）

尽管那些锦绣华章已是他在人生杂货铺里能够企及的最后一件商品，结账时，命运这个奸商，仍冷冷地收了他一个天文数字。

公元978年七月初七，李煜的四十二岁生日。

李煜在家中庆生，让南唐故伎演唱他的得意之作——《虞美人》。

春花秋月何时了，往事知多少？

小楼昨夜又东风，故国不堪回首月明中。

雕栏玉砌应犹在，只是朱颜改。

问君能有几多愁？恰似一江春水向东流。

词很伟大，却很要命。

赵光义一直知道李煜眷恋故国，这下又算抓了个正着。

灭人之国，最怕就是有人包藏二心，妄图复辟（bì）。李煜作为亡国之君，不好好学习后主刘禅（shàn）乐不思蜀的先进事迹，竟敢公然创作传播这样的反动歌曲，这是存的什么心？他不知道自己的几乎每一首词作，都会在天下尤其在他的南唐故国风行一时吗？就算他李煜只是发发牢骚，一旦被别有用心的人利用起来，可也麻烦得很。

在赵光义心里那张劈啪作响的算盘上，李煜被打上了危险人物的标签。而对这类人，赵光义是从不手软的。

当天夜里，赵光义就派李煜的一位好友赵廷美（同时也是赵光义的弟弟）给李煜送去了一杯美酒，李煜不疑有他，喝下去痛苦挣扎了好几个钟头，死在了自己的生日宴上。

由于毒药的作用，李煜死时浑身抽搐蜷曲，像一只瘦弱的虾米。

三个月后，二十九岁的小周后也郁郁而终，与李煜合葬于洛阳北邙（máng）山上。

七

诗词，代表了中国古典文学的最高成就。

但在诞生之初，词曾经像狗肉一样，上不了台面。

毕竟，诗是文人士大夫表情达意、礼尚往来的工具，甚至是高考必考科目，身份十分尊贵。而词，通俗来讲就是流行歌曲的歌词，主要用于歌筵酒席甚至秦楼楚馆这些娱乐场所，作用就是佐欢助兴，内容翻来覆去就是男欢女爱花柳风月那些事儿，格调相当不高。

如果诗是一位雅正端方的大家闺秀，词便是浮华妖娆的烟花女子。虽说后者人们也未必不喜爱，但无疑有损岸然道貌，故而只能遮遮掩掩，不敢明目张胆。

所以文人自编文集，常常要把词排除在外，就算勉强收进去，也是作为无关紧要的点缀放在最后，或者干脆另编一册，以示纯属娱乐，并不走心。

而李煜的出现，大大扭转了这一状况。

王国维在《人间词话》中说：

> 词至李后主而眼界始大，感慨遂深，遂变伶工之词而为士大夫之词。

简单来讲，李煜扩大了词的表现领域，把很多原来属于诗的情感、价值注入词中，极大地提高了词的地位。原先只能在乌烟瘴气的娱乐场所，被伶人歌女捏着鼻子哼哼唧唧演唱的词，现在登堂入室，在文人士大夫的书房案头拥有了一席之地。

词，在李煜的助力之下，华丽逆袭了。

在李煜之前，词的历史还非常不悠久，主流的创作倾向便是以温庭筠和韦庄为代表的“花间词”。

小山重叠金明灭，鬓云欲度香腮雪。
懒起画峨眉，浓妆梳洗迟。

照花前后镜，花面交相映。
新帖绣罗襦（rú），双双金鹧鸪。（温庭筠《菩萨蛮》）

四月十七，正是去年今日，别君时。
忍泪佯低面，含羞半敛眉。

不知魂已断，空有梦相随。
除却天边月，没人知。（韦庄《女冠子》）

温、韦之词，不可谓不深情秾丽，但满屏的裙裾（jū）脂粉气，境界不免狭窄单一。而且词中的悲欢离合，往往都是第三人称，看不到作者本人的性情怀抱。只有到了李煜手里，词才打破了原先的封闭，向辽阔的世界人生完全敞开，和词人自身的命运遭际血肉勾连起来。

林花谢了春红，太匆匆，无奈朝来寒雨晚来风。
胭脂泪，相留醉，几时重。
自是人生长恨水长东。

无言独上西楼，月如钩，寂寞梧桐深院锁清秋。

剪不断，理还乱，是离愁。

别是一般滋味在心头。（《相见欢》）

读李煜，即便没有注释赏析，也几乎不会遇到什么障碍。他的一词一句，仿佛都是从胸臆间现场掏出来的。

无论是泪眼婆娑，还是血肉淋漓，都将那冒着热气的场景毫无遮拦地置于读者眼前。一片真心，不加雕饰，直来直往，寒光凛冽。

如果说温、韦之词是华服盛装，粉墨登场，那么李煜之词则是粗服乱头，跟下楼取快递似的。

王国维说温庭筠是“句秀”，韦庄是“骨秀”，都比不过李煜的“神秀”。

怎样才算“神秀”？何须浅碧深红，自然风华绝代。别人羡慕不来。

李煜的“神秀”，有一个重要前提，便是他的独特性情。还是王国维说的：

> 词人者，不失其赤子之心者也。故生于深宫之中，长于妇人之手，是后主为人君所短处，亦即为词人所长处。（《人间词话》）

李煜一生，是赤子的一生。

五六岁、七八岁的赤子挺可爱，但二十五岁以上的赤子，有点要人老命。南唐就是这么没的。

后来亡国破家软禁汴京，若不是他“赤子气”，毫不掩饰自己的悲痛后悔，原本也有希望寿终正寝。

赤子之心，害李煜多矣。

可也正是这份纯真无遮的赤子之心，让李煜在艺术的世界里满载而归，登临神位。

人生得失，一言难尽。上帝关门开窗，凡人也只能默默承受。

在人事纷纭的中国历史上，像南唐这样国祚（zuò）短浅的地方割据政权多如牛毛。大多，都消失在滚滚烟尘中，被人们无情地遗忘。

可由于李煜的存在，千秋万代的中国人牢牢记住了南唐这个国家，而且是带着思慕与感念的情绪。

生而为君，智力不足守社稷，才华乃可传江山。也许，他只是投错了胎而已。

清人评价李煜：作个才人真绝代，可怜薄命作君王。

倘若人生真有轮回，但愿生生世世，勿再生帝王家吧。

范仲淹

先生之风，山高水长

一

众所周知，大宋王朝重文轻武，是文人的天堂。很多著名文人同时也是高官巨吏，一水的人生赢家（唐朝诗人哭晕在厕所）。

今天，我们就来说说其中自带万顷光芒的一位——范仲淹。

在中国，《岳阳楼记》家喻户晓，“先天下之忧而忧，后天下之乐而乐”的精神，堪称古代知识分子的人格典范。光是德行和文学出众也就罢了，偏偏此人还官至参知政事（副宰相），“庆历新政”威名赫赫，抗击西夏居功至伟，《左传》里所说的三不朽——立德、立功、立言，很多人只做到其中一项就已经名垂千古，而范仲淹把三个选项都包圆了！

简直豪横到了极点。面对这种人，我们脑海里往往会浮现出一行字：别人家的孩子。你还别说，范仲淹之所以如此优秀，还真和“别人家的孩子”有很大关系。

众所周知，在抚养孩子这件事情上，中国爸爸向来是甩手掌柜，中国妈妈“丧偶式带娃”。范仲淹他爸尤其“过分”，孩子才两岁，他就甩手西去，驾鹤不归。

本来，范爸爸留下的家产，也足够范仲淹茁壮成长，无奈范妈妈的身份只是小妾，范爸爸前脚进棺材，她后脚就被正房扫地出门了。没办法，范妈妈只好带着小范同学离开苏州，千里迢迢改嫁到山东长山一户朱姓人家，身份仍是小妾。范仲淹也在此后多年时间里，使用“朱说（yuè）”这个新名字。

作为一个“接盘侠”，朱爸爸对范仲淹竟然做到了视如己出，只能说是上天垂怜了。不出意外，在朱爸爸的庇护下，范仲淹应该会度过懵懂而幸福的一生。可当他年岁稍长，偶然发生的一件小事却彻底改变了他人生的走向。

生性节俭的范仲淹，发现他几个兄弟花起钱来大手大脚，就一再出言劝止。没想到哥儿几个不但置若罔闻，还冲范仲淹翻起了白眼：“我们用的是朱家的钱，关你屁事？”

范仲淹惊疑之下一打听，这才知道自己真正的身份——别人家的孩子。怪不得从前总感觉有哪里不对劲……

大丈夫生居天地之间，岂能仰人鼻息，看人眉眼！一气之下，只带着一张琴、一把剑，离家出走了。范妈妈听说后赶紧派人来追，范仲淹却去意已决：“十年之内我必考取进士，到时再来接娘亲享福！”

范仲淹来到北宋四大书院之一——应天书院（在今河南商丘）学习，此时的他没有退路。早年在某寺庙读书时，范仲淹就留下过“划粥断齑（jī）”（就着腌菜吃凝结后切成块状的粥）的苦读故事，这一次，他学习起来更是没日没夜，太晚了犯困，就用凉水突脸，而伙食方面仍然以粥为主。

这样的作息和饮食习惯，对身体自然伤害极大。同学中一个官二代看不下去，通过当官的老爸给范仲淹准备了一份丰盛的饭菜，却被范仲淹断然拒绝："今天吃了这么好吃的饭菜，以后我还怎么继续愉快地喝粥？"

自律和专注，是读书学习的不二法门。汉代董仲舒读书，曾经三年目不窥园，范仲淹的专注程度也不遑多让。有一次当朝皇帝宋真宗到应天府办事，全城百姓万人空巷去围观，应天书院的学子也未能免俗，只有范仲淹端坐不动。

旁人很好奇："人一辈子也没几次机会看到活的皇帝，你心里就一点不痒痒？"

范仲淹淡然一笑："皇帝我迟早要见的，将来在金銮殿上近距离观察，可能会看得更清楚些。"

经过五年苦读，范仲淹学业大成，并在二十七岁那年一举登第，考中进士。殿试时，他终于见到了那个君临天下的男人。虽然他刻意压制着自己的面部表现，可内心深处早已澎湃万千。似乎有个声音在暗暗地喧响：

"幸会了陛下，你的江山，就交给我来照顾吧。"

二

年少时的范仲淹曾经发下宏愿，此生此世，要么当宰相，要么做良医。个人的荣辱升沉并不要紧，他感兴趣的，从来都是料理天下，经纬万民。

虽然仕途要从最基层做起，但一个真正有才华的人，就像锥处囊中，总要脱颖而出的。范仲淹对自己信心满满，他现在唯一等待的就是一位慧眼识珠的贵人了。不得不说，这个过程还是有点漫长的。

范仲淹知道母亲这一辈子的不容易，刚参加工作，就把母亲接到身边菽（shū）水承欢。只可惜母亲福薄，没等到儿子事业冲上云霄，便撒手西去。在为母亲守孝期间，年届不惑的范仲淹终于等来了生命中最重要的贵人——晏殊。

十四岁就以神童身份得到宋真宗激赏，成为朝廷命官，年纪轻轻就当上了枢密副使，后来更是荣登宰相之位——晏殊的履历，只能用逆天来形容。

公元 1027 年，晏殊遇到人生一个小小的挫折，从枢密副使的位子上掉下来，出守应天府。作为婉约词派的巨擘，晏殊向来对文化教育事业很是关注，恰好应天书院缺少一位主管，晏殊就向范仲淹递出了橄榄枝。

晏殊为什么突然找上了素不相识的范仲淹？大概是范仲淹的才华和人品，通过某种渠道传到了晏殊那里。当“无可奈何花落去，似曾相识燕归来”，遇到“先天下之忧而忧，后天下之乐而乐”，千年后追想起来，都觉得那一定是无比美好的场景。

有趣的是，范仲淹比晏殊大两岁，但他终生都对晏殊执门生礼，因为他事业的根基都是晏殊给的（没办法，晏殊出道太早了）。在晏殊的推荐下，他做了母校应天书院的主管，后来还获得了前途无量的秘阁校理之职。

不过让晏殊没有想到的是，范仲淹竟然是个特别擅长制造“惊喜”的人，他刚被晏殊推上秘阁校理的职位，反手就给晏殊惹了个惊天大麻烦。

三

当初真宗驾崩，仁宗年幼，刘太后垂帘，代为执政。结果君临天下的感觉实在太过美妙，刘太后无法自拔，不但拖着不让仁宗亲政，还摆起了天大的架子，过生日时竟然让仁宗挤在百官当中向她祝寿。

儿子向母亲祝寿当然再正常不过，但让皇帝和百官同列，君威何在？这显然不合规矩！范仲淹拍案而起，一篇义正辞严的奏章被呈到了禁中。

没等太后那边做出回应，晏殊先吓尿了。要知道在宋代官场，推荐别人做官可是要负连带责任的。

晏殊赶紧把范仲淹叫过去臭骂了一顿："这都是老子当年玩儿剩下的东西，往后不许再这样沽名钓誉了！"

让晏殊意外的是，范仲淹不但没有幡然改悔，还洋洋洒洒地写了封信过来"强词夺理"：在下"信圣人之书，师古人之行，上诚于君，下诚于民……"总结起来就是：何错之有？

范仲淹面红耳赤地据理力争，大概让晏殊想起了年少时血气方刚的自己（咦，从这个比自己还大两岁的哥哥身上，看到了年少时的自己？好像有哪里不对……）。历史记载，晏殊不但没有继续追究范仲淹的过错，反而自感惭愧，向范仲淹道了歉。

这下范仲淹更加理直气壮了，一不做二不休，太后违礼是小事，太后迟迟不让仁宗亲政，这才是最大的问题啊！于是他再度挥舞如椽大笔，又上了一道奏疏："请太后退居二线，把治国的权力交还给陛下！"

所有人都惊呆了。如果说前面那道奏章只是捋了太后的虎须，这次简直就是直接摸上了太后的老虎屁股！自从刘太后垂帘听政以来，还没遇到过这样的事！如果当时有媒体，那天各大媒体的头版头条就应该是：震惊！有人竟向太后提出这样的要求……

虽然文武百官当中，不少人暗地里敬范仲淹是条汉子，但显然不会有人站出来支持他一个字。

奏折递上去之后，太后并没有直接发动大规模杀伤性打击报复，但范仲淹很快就感觉到自己似乎闯入了无物之阵，在京城完全待不下去了。

就这样，已经四十一岁的范仲淹自请外放为河中府（今山西永济）通判，远离了大宋帝国的权力中心，看起来前途一片黯淡。

四

老子说："祸兮福之所倚，福兮祸之所伏。"要求太后还政虽然惹怒了太后，却让另一个人对范仲淹赞赏有加。这个人自然就是仁宗。

幸运的是，已入垂暮之年的刘太后不可能仙寿永昌，而仁宗却正富于春秋。

三年后，刘太后寿终正寝，范仲淹的好日子，来了。

范仲淹被仁宗召回朝廷，成为了一名光荣的谏官，本职工作就是给朝廷提意见。结果他提的一个意见，让仁宗陷入了迷思。

刘太后去世之后，仁宗对"太后党"搞了一波政治清算，包括晏殊在内的一大批高官被免了职。一朝天子一朝臣，仁宗需要建设自己的班子。

可在此过程中，一些投机分子看见有利可图，就大肆攻击已故的刘太后。仁宗一开始很高兴："太好了，都是忠臣！"准备给这些人升职加薪。

范仲淹却一语中的："您当这些人是真的对陛下忠心耿耿，

对太后义愤填膺吗？太后在世时，他们怎么不吭一声？太后或许有诸多不是，但仍然大大地有功于社稷，可不能一棒子打死啊！”

在这种时候说太后好话，无疑要冒巨大风险。幸运的是，仁宗竟然没有龙颜大怒，而是大度地接纳了范仲淹的建议，下诏禁止大臣再妄议太后垂帘旧事。

如果仁宗心里有杆秤，此时应该也已经明白，这个叫范仲淹的家伙，一言一行都是着眼于家国天下，要求刘太后还政和维护刘太后，看起来自相矛盾，其实是认的同一个理。仁宗对范仲淹的好感度再次增加。范仲淹能够一路做到参知政事并主持庆历新政，和仁宗对他的这种认同是分不开的。

很多人年轻时热血刚直，碰过不少钉子，年岁稍大，就学会了和光同尘，明哲保身。说白了，是把家国天下放在了个人名位之后，而范仲淹不然。他好像永远年轻，永远一片丹心，在时弊面前，在奸臣恶政面前，他就像一只讨人嫌的乌鸦：“宁鸣而死，不默而生。”（范仲淹《灵乌赋》）

后来仁宗要废郭皇后，宰相吕夷简、宦官头子阎文应祸乱朝纲，凡此种种，范仲淹都大马金刀地站出来发声，即便屡遭贬斥，依然不改初心。

五

说到范仲淹平生功业，抗击西夏自然首屈一指。其实在这件事情上，因为太有主见，范仲淹是遭受过诸多非议的。

当时的大宋王朝，正处在风华正茂、血气方刚的青年时代，面对西夏在边疆的挑衅，上上下下一片喊打之声，都想要速战速决，扬我国威（和靖康之变后的南宋形成鲜明对比）。

可范仲淹经过冷静分析后指出：大军出动，关系到千百万人的性命，不可不慎重。西夏军战斗力强过宋军，积极防御才是制胜之道。具体说来就是坚守不出，防止正面硬刚。必要时，甚至可以像对待契丹一样，每年给西夏送去一堆“岁币”，用金钱换和平。

作为西北边帅之一，却抛出如此认怂的主张，显然会为时论所鄙，微博底下一片骂声。公元1041年春，宋军终于还是拔剑张弩，准备和西夏决一死战。

开战前，主帅夏竦派人过来苦口婆心游说了二十天，又请求朝廷差专员监督范仲淹出兵，最后范仲淹仍然选择了按兵不动。

在众人鄙视的目光中，范仲淹等来了宋军大败亏输的消息。

一万多人阵亡，大批州县遭到烧杀抢掠。没有出兵的范仲淹还收到了西夏国主李元昊寄来的信件，其语气之傲慢狂悖，若让仁宗看到，无疑是奇耻大辱。范仲淹只好自作主张，将信件付之一炬，只挑选其中语调平缓的部分上奏朝廷。

经此一役，范仲淹积极防御的战略思想，终于得以在西北边境推而广之。这说出来虽然不够扬我国威，疗效却极为显著。经过范仲淹和好友韩琦的共同努力，西北边境一扫颓势，逐渐变得固若金汤。西夏军虽然亡我之心不死，却没能再讨到多少便宜。

西北人民感恩戴德，创作出如下歌谣：“军中有一韩，西贼闻之心胆寒；军中有一范，西贼闻之惊破胆。”

最终，国小民穷的西夏扛不住连年征战造成的巨大消耗，经济陷于崩溃，只能与大宋议和。范仲淹不战而屈人之兵，被仁宗提拔为参知政事。

虽然西北边塞让范仲淹建功立业，走向人生巅峰，但他内心对战争这个不祥之物，显然持排斥态度。

“男儿何不带吴钩，收取关山五十州。”（李贺《南园十三首·其五》）很多诗人、书生都对边塞和战争充满雄奇浪漫的想象。可作为边帅，范仲淹却留下一首《渔家傲·秋思》，既不燃，也不正能量，读了之后只会让人皱眉深思——

塞下秋来风景异，衡阳雁去无留意。
四面边声连角起。千嶂里，长烟落日孤城闭。

浊酒一杯家万里，燕然未勒归无计。
羌管悠悠霜满地。人不寐，将军白发征夫泪。

六

公元1044年，庆州（今甘肃庆阳）知州滕宗谅为政敌所诬，以滥用公款的罪名贬官岳州（今湖南岳阳）。此人生性豪纵不羁，为官多年没少得罪人，有此一贬并不意外。

到了岳州，虽然心境颓唐，政事却并不耽误。仅仅一年多，政通人和，百废俱兴。

岳州城紧靠洞庭湖，湖边有一座千古名楼岳阳楼，其历史可以追溯到东汉末年，相传是东吴大将鲁肃的阅军楼，包括李白、杜甫、白居易、孟浩然在内，唐代诸多诗人都曾登楼赋诗，说不尽的风流清雅。

因年久失修，此时的岳阳楼已经不复当年雄姿。滕宗谅虽有心修缮，无奈殷鉴不远，他可再也不敢乱花公款了。

既然如此，钱从哪来呢？

眉头皱成麻花的滕宗谅注意到一件事：当时民间的金融往

来十分兴盛，由此产生的一些坏账、烂账，往往年深日久，无法收回。他灵机一动，大张旗鼓地发布了一个告示：凡有此类债权者，可以捐献给官府，由官府代为催讨。

这个方法可以说相当“鬼才”了。对债权人来说，这笔账反正收不回来，捐给官府修楼，博个善名，何乐不为？所以告示发布没多久，民间捐“钱”就直逼一万缗（一千枚铜钱叫一缗或一贯）。

而那些欠钱不还的老赖，一看债权人变成了官府，显然只能乖乖还钱。

就这样，本已破败不堪的岳阳楼面目一新。现在，就只差一篇大手笔的雄文，来好好说道说道这件事了。

滕宗谅想到了和自己同一年考中进士的好朋友，此时正在邓州（在今河南）做知州。事不宜迟，他赶紧去信请好友出马，而对方也慨然应允。考虑到好友从未到过岳州（也有学者认为他到过岳州），滕宗谅不仅在信中好好介绍了一番洞庭湖和岳阳楼的江山胜景，还随信附上一幅《洞庭秋晚图》。

十五个月过后，文章寄了过来，仅有360字，却字字珠玑。这就是中国学生都能背诵并默写全文的《岳阳楼记》。滕宗谅，就是文章一开头所说的那个“滕子京”（怪不得看《庆余年》的时候，总觉得范闲的好朋友滕梓荆这个名字有点儿耳熟）。

七

自古文人士大夫以天下为己任，留下了许多正能量爆棚的名句。不过人品和文品不能混为一谈，说一套做一套的大有人在。比如：

锄禾日当午，汗滴禾下土。
谁知盘中餐，粒粒皆辛苦。

春种一粒粟，秋收万颗子。
四海无闲田，农夫犹饿死。

这两首《悯农诗》在中国家喻户晓，但其作者李绅却并不如诗歌所展现的那般爱民如子，反倒留下了许多擅作威福屡行苛政的记录。为了活命，他治下的老百姓不得不纷纷外逃，而他却满不在乎。

倡导“先忧后乐”精神的范仲淹，在这方面表现如何呢？有个故事很有名。

中国历史上很多改革都把整顿吏治、建设高素质的官僚队伍作为重要工作来抓，范仲淹领导的庆历新政也不例外。

在淘汰不称职官员时，范仲淹简直就是一台没有感情的机器。他常常大笔一挥，一个叱咤风云的地方大员就被轻松除名了。

而从传统眼光来看，这人似乎也不算什么贪官污吏，只是才不配位而已。

范仲淹的搭档富弼有时都看不下去：“大哥，你这样是不是太严厉了？你知道这人丢官之后，他全家会哭成啥样吗？”

范仲淹的回答掷地作金石声：“一家人哭，总好过全省的百姓都哭吧？”

在争名逐利的官场，大部分人只在意个人的荣华富贵，只有极少数人真正关心老百姓的权利福祉。

前者可以叫作官员，而后者才是真正的政治家。

范仲淹一生曾在许多地方州县为官，所到之处无不政绩斐然。

古代天灾频繁，最让地方官头疼的工作，便是救灾了。在这方面，范仲淹绝对是与民同心，天纵奇才。

早前在京城做谏官时，江淮地区蝗旱交织酿成大灾荒，饿殍遍野。范仲淹就曾主动请缨，到地方救灾，还专程把当地灾民借以充饥的野草送到朝廷，做了一次别开生面的展览。许多后宫嫔妃和皇亲国戚看了展览之后都深感羞惭，铺张浪费的风气很是收敛了一阵。

公元1050年，又一场大灾荒席卷了两浙地区，老百姓流离失所，道路上尸骨枕藉。当时范仲淹六十二岁，在杭州做知州。当常规的赈灾手段都已经用尽，范仲淹的脑子里又蹦出了不少奇思异想，总结起来就是：盘活多余资金，拉动内需。

太平年月的杭州城，盛行舟船竞渡活动（类似于赛龙舟）。一遇灾情，自然偃旗息鼓。

范仲淹却下令：灾情归灾情，该娱乐还得娱乐，今年的竞渡不能停！

于是杭州城出现了神奇的一幕：到处都还哀鸿遍野，西湖上却开始日日笙歌，热闹非凡。在他的号召下，当地权贵土豪不顾灾情酷烈，疯狂砸钱竞渡饮宴，引起居民空巷围观。

有人批评范仲淹："你怎么能在丧礼上搞联欢！你看不见那些正处在水深火热之中的灾民吗？"

范仲淹却一笑置之，我行我素。虽然在灾民大批病饿而死时有人还在狂欢，的确好像有亏于道义，但也正是这些狂欢和消费，创造出数以万计的工作机会，朝奄奄一息的饥民手里递出了许多救命的馒头。

顺着这个思路，范仲淹不仅以官府的名义大兴土木，还怂恿各大寺庙如法炮制，种种住宅、仓库、僧舍、佛堂，如雨后春笋拔地而起。

灾荒年月，最无情便是粮价飞涨，穷人无米下锅。眼看江浙地区一斗米卖到了一百二十贯钱，各地官府都屡发公文，抑制涨价。范仲淹却别出心裁，宣布杭州斗米的价格可以卖一百八十贯钱。

公文张榜发出后，范仲淹的僚属们都疯了："大人，您这是杭州版'人类清除计划'吗……"

他们不知道的是，同样的布告范仲淹已经派人沿江张贴，晓谕四方。在利润的驱使下，大批商人闻风而至，日夜兼程朝杭州运粮。

没多久，杭州粮食从短缺转为过剩，价格自然一落千丈。这个方法鬼斧神工，后来范仲淹同时代的一位大名人在庐州（今安徽合肥）为官，遇到灾荒，就依样画葫芦，抑制住了当地的粮价。这个人就是包青天包拯。

正如当年面对西夏挑衅时龟缩不战，范仲淹在杭州灾情中的种种"迷惑行为"，也招致了许多非议，甚至是朝廷纪律部门的弹劾。

只有当大潮退去，人们才惊讶地发现，在本轮灾情中，两浙地区百姓流离，骚乱频发，只有范仲淹治下的杭州平安无事，受害最轻。

八

公元1052年春，范仲淹因工作调动途经徐州，没想到因病滞留，一病不起，享年六十四岁。

按照常理，这样一位风云人物，理应享有一个无比风光乃至奢靡的葬礼。可实际情况却是，下葬时死者连一件像样的新衣服都没有，丧葬费全靠朋友集资。

不是说好北宋公务员工资待遇千古第一，是其他朝代多少倍吗？怎么一个当过副宰相的领导，就穷成了这样？

这事儿还真不赖国家。国家发钱虽然大刀阔斧，可架不住范仲淹花钱“鬼斧神工”呀。

《宋史》记载，范仲淹一辈子生活十分节（抠）俭（门），全家衣食勉强算是温饱。如果家里不来客人，别指望餐桌上出现两道以上的肉菜。次子范纯仁（后来官至宰相）结婚时，新娘子爱美，用了点好料子做帷幔，范仲淹听说后大为光火，差点儿没冲进屋把帷幔给烧了。到了晚年，每天精打细算更是到了多花几个铜板，都能睡不了安稳觉的地步。

好了问题来了：范仲淹家里是有几千口人还怎么着？这么勤俭节约，离世时居然也没存下来钱？

答案可以入选感动大宋十大人物：范仲淹如此俭约自奉，其实是为了慈善四方。关于这一点，有个故事十分有名。

范仲淹做越州（今浙江绍兴）知州时，派次子范纯仁回苏州老家搬运粮食五百斛（十升为一斗，五斗为一斛）。结果范纯仁途经丹阳（今江苏镇江），遇到了著名文人石延年。

此人现今已籍籍无名，但在当时也是大才子一枚。他曾以“月如无恨月长圆”，来对李贺的“天若有情天亦老”，一千多年来，给“天若有情天亦老”写对句的人虽多，至今无出其右。

石延年家里刚刚办完一场丧事，原本打算回到北方，但银行卡余额却全线告急，导致他负担不起路费，被困在了当地。

范纯仁当时只有十几岁，二话不说就把五百斛粮食全送给了石延年（有种熊孩子在网上氪金打赏的感觉）。

回家之后这孩子跟个没事人似的，站在父亲身旁一声不吭。范仲淹随口问他："此次回老家可曾碰到什么故人？"

范纯仁答："遇到石延年叔叔，因告贷无门滞留丹阳。"

范仲淹脸上浮起了责怪的神情："你这孩子可真是的，你就不会把咱家的粮食送给他吗？"

范纯仁赶紧申辩："报告父亲大人，已经送了。"

于是父子俩相视一笑，就是这么默契。

对石延年的大手笔资助只是范家慈善事业的九牛一毛，用《宋史》中的话来讲，叫作"推其奉以食四方游士"，哪怕素不相识，逢人之急范仲淹也会慷慨解囊。

范仲淹一生最大的慈善事业，是在家乡苏州购置千亩良田，设立义庄。相当于一个以农田产出为物质保障的基金会，周济对象是苏州的范姓宗族。

虽然范家早年对待范仲淹母子并不友善，但并不影响范仲淹回馈故乡。

由于制度设计十分完备，范仲淹义庄竟然绵延八百余年，到清朝末代皇帝溥仪在位期间，仍坐拥田产五千余亩，不得不说是世界慈善史上一大奇迹。

九

江上往来人，但爱鲈鱼美。

君看一叶舟，出没风波里。（《江上渔者》）

范仲淹不以诗歌闻名，但这首《江上渔者》妇孺皆知。简简单单二十个字，字里行间都是深切的悲悯。

从“先忧后乐”到“将军白发征夫泪”，再到“君看一叶舟，出没风波里”，在漫长的中国历史当中，范仲淹能成为千古不二的圣人、完人，最根本的原因无疑便是他身上这种超越了一己悲欢得失的悲悯精神。

正是这种悲悯，让杜甫怒斥“朱门酒肉臭，路有冻死骨”，让白居易感叹“一丛深色花，十户中人赋”，让韩愈即使被贬八千里，也要为灾民发声。

很多著名文人、风云高官，只过了几十年、上百年，其后人往往便湮没无闻，甚至血脉阻断。而范仲淹似乎蒙受着某种神秘的恩泽，不仅儿子当上了宰相，千年过去仍旧子孙昌盛，瓜瓞（dié）绵绵，英才辈出。

明洪武年间，还发生了一件非常有趣的事。

苏州人范文从在朝中做御史，因直言敢谏触怒明太祖朱元璋，被判死刑。后来朱元璋审核死刑犯名单，看到范文从的姓名籍贯，心中不由一动，把范文从叫过来提问：“你不会是范仲淹的后人吧？”

“是的，我是范仲淹的十二世子孙。”

范文从的回答让朱元璋有点恍然大悟：怪不得这货明知道老子杀人如麻，还敢来批逆鳞！来人，笔墨伺候！

左右赶紧呈上一幅锦帛，朱元璋大笔一挥，写下了范仲淹的名句：先天下之忧而忧，后天下之乐而乐。

朱元璋不仅向范文从赠送了这幅不太高明的书法，还附带了一份特别的礼物：免除五次死罪。除非刻意作死，五次免死够用好几辈子了。

这件事的有趣之处在于，是范仲淹不畏强御、仗义执言的精神，让范文从自蹈死地，同时也正是范仲淹的流风遗泽，让范文从置之死地而后生。

有后人如此，范氏家风真正是源远流长了。

对范仲淹的各种褒奖，历史上可谓众声喧哗。金代诗人元好问的评价是：

求之千百年间盖不一二见，非但为一代宗臣而已。

明代诗人高启则说：

有宋名臣谁第一？公为国家真辅翼。
丰功茂烈何煌煌？信与日月争辉赫。

不过，若论襟怀之深广、境界之高华，没有什么比得过下面这几句：

云山苍苍，江水泱泱，先生之风，山高水长！（范仲淹《严先生祠堂记》）

晏殊

老实人变“坏”，需要几个步骤？

一

一曲新词酒一杯，去年天气旧亭台。夕阳西下几时回？

无可奈何花落去，似曾相识燕归来。小园香径独徘徊。

“太平宰相”晏殊最著名的词，当属这首《浣溪沙》。其中，“无可奈何花落去，似曾相识燕归来”这两句，绝对称得上宋词中的“绝对”。

用“花落去”对“燕归来”，属于常规操作，难度不高，震撼不大，但用“无可奈何”对“似曾相识”，堪称惊才绝艳，神来之笔。历史上，一样东西一旦名声太大，就免不了有人会染翰操觚（gū），给它加戏。故而有个故事称：这两句非一人之力，乃是共同创作的结晶。

说有一年晏殊过扬州大明寺，寺里设置了不少诗板，供来来往往的游人题诗。扬州文风鼎盛，才子如云，晏殊就让随从把壁上题诗一一读来，他饶有兴致地侧耳倾听。

为了不被其他因素干扰，随从读诗时只读文本，不报作者姓名官职。但读了半天，晏殊却都不满意，常常只读了一两句，他就皱眉喊停。

终于，一首五言律诗让晏殊紧皱的眉头舒缓开来：

水调隋宫曲，当年亦九成。
哀音已亡国，废沼尚留名。
仪凤终陈迹，鸣蛙只沸羹。
凄凉不可问，落日下芜城。

一打听，诗的作者叫王琪，才华很高，但官职只是个小小的县尉。晏殊就把他叫来把酒言欢，漫步闲谈。

晏殊向王琪透露了自己一个特殊的“癖好”，每次灵光乍现得到一个好句子，他就写在家中墙壁上。可惜的是，其中有些句子竟然事过经年，仍旧形单影只，比如“无可奈何花落去”，晏殊想破脑袋也搞不出来对句。

然后就是见证奇迹的时刻了，王琪不假思索应声回答：“为什么不接‘似曾相识燕归来’？”

一联千古名句横空出世的同时，王琪的命运就此改变。晏殊轻轻吟诵着“无可奈何花落去，似曾相识燕归来”，他感觉自己眼前仿佛腾起了一道光幕，晃得他睁不开眼睛。从前呕心沥血才作出来的许多诗句，都在这光幕里变得黯淡不已。于是，他微笑着问了王琪一个问题：

“小伙子，有没有兴趣到首都闯一闯？以后我罩你！”

就这样，王琪成了晏殊的入幕之宾，在晏殊的提携下，晚年官至礼部侍郎。

这个故事是不是真的，也许没那么重要。回顾历史我们会发现，一个好故事，对于文艺作品的大众传播，作用极其巨大。

一百多年前，达芬奇的《蒙娜丽莎》，还只是一幅普通的名作，在群星璀璨的西方美术史上，远远称不上顶流。

可就在1911年，这幅画竟然在卢浮宫被偷了！一时间全世界的报纸争相报道，新闻炒得甚嚣尘上。而更神奇的是，两年后它居然又被完好无损地找了回来。其间种种曲折离奇，让它变得举世瞩目，再没有任何名画能够望其项背。

我们平时读诗词也是如此。正是有了李白在黄鹤楼搁笔的故事，才让崔颢的《黄鹤楼》更加名垂千古，正是有了顾况调侃白居易“长安米贵居大不易”的故事，才让“野火烧不尽，春风吹又生”越发的妇孺皆知。

当然，晏殊此人很有意思。大概是对“无可奈何花落去，似曾相识燕归来”太过得意，他竟然不嫌重复，又把它用在了自己的另一个作品里。

只可惜，再精彩的句子，也不是随便搁哪，都能金光闪闪。在那首七律当中，“无可奈何花落去，似曾相识燕归来”，可以说是相当的“水土不服”，故而千载而下，我们便只知《浣溪沙》，而无人知晓那首七律了。

二

众所周知，大宋王朝重文轻武，是文人的天堂。很多著名文人同时也是高官巨吏，一水的人生赢家。其中，最让人羡慕嫉妒恨的，要属“太平宰相”晏殊。

晏殊人生的起跑线非常不高，他父亲只是江西抚州一个小小的狱吏。小时候，小伙伴们围在电脑前看美剧《越狱》，大家都看得津津有味，只有晏殊不停翻着白眼："不可能！监狱里才不是那样的呢！"

监狱，藏着人世间最跌宕起伏的故事，最登峰造极的爱恨。在这样的环境中成长，大概让晏殊早早地拥有了同龄人所没有的老练成熟。

在很小的时候，晏殊就显示出了不凡的才华。鉴于骆宾王七岁写出了《咏鹅》，杜甫七岁就能"开口咏凤凰"，小神童晏殊不甘落后，也是在七岁就开启了他璀璨的文学生涯，妙笔生出百花。

十四岁，神童的才华终于惊动了朝廷，被地方大员作为"高端土特产"带到京城，当着宋真宗的面，和一千多成年考生一起参加当年的科举考试。

初试进行得相当顺利，旁边的大哥哥们还在抓耳挠腮，晏殊已经"援笔立成"。真宗很高兴，要赐他同进士出身。十四岁就取得这样的成就，那可比现在十四岁就考上北大、清华还要牛。

没想到，著名宰相寇准站了出来，架起一管地图炮，对准十四岁的晏殊："皇上三思，这小家伙可是江外人啊！"

是的，每个时代都免不了会有地域歧视，当时人们对江外，也就是长江以南地区的人，心存偏见。晏殊的命运本来会因为寇准的一句话而发生面目全非的变化，但幸好真宗坚持了自己的意见，对寇准进行了坚决的回怼："江外人怎么了？唐朝名相张九龄还是江外人呢！"

在两天后举行的复试上，晏殊又遇到了一点小麻烦。

复试的其中一个环节是创作一篇命题作文，可当考卷发下来时，晏殊呆住了。这个题目恰好他以前模拟考的时候写过了，如果直接把成品照搬到答卷上，对那些本来就已经难上加难的大哥哥们，是不是太不公平了？

于是晏殊高高地举起手来，向真宗汇报了情况：“有没有可能，给我换一个题目呢？”

真宗当然很惊奇，而更让他惊奇的事还在后面。换过题目之后，晏殊很快交上了答卷，关键是，质量还很高。十四岁就写出这样优秀的文章，不能不令人刮目相看。

在如此这般惊艳出场后，晏殊正式成为了朝廷命官。他的诚实耿直，给真宗留下了深刻的印象，以至于当太子（后来的宋仁宗）府中需要一批小伙伴来辅弼时，真宗立即想到了晏殊。

经过一番打听之后真宗更高兴了：宋代官员崇尚及时行乐，一下班就跑去秦楼楚馆声色犬马、挥金如土，是普遍风气。而晏殊的业余生活居然是关起门来和弟弟讲习诗文，太子身边有这样的好榜样，岂不是国家之福！

这真是天上掉下来的一张大饼。众所周知，只要太子能够屹立不倒，太子府中旧人就相当于手握大把原始股，太子敲钟践位之日，就是他们一步登天之时。

晏殊幸运地接住了这张大饼，原因竟然还是因为他的耿直。面对真宗的嘉许，晏殊再次说出了大实话：“陛下，不是我不想出去消费，实在是没钱啊！等我有钱了，我也要和大家一样的……”

晏殊以为这张大饼就该收回去了，没想到真宗圣心大悦：“诚实守信是比勤俭节约更好的美德呀，爱卿不要推辞，太子那边就有劳啦！”

人类行为会受到环境的激励。在真宗的一再激励下，晏殊本该强化自己的耿直属性，但朝局的错综复杂，却给神童的人生平添许多变数。

当一个人在常走的那条路上开始不断遇到种种凶险，旁边那些歪歪扭扭的小路，就难免对他产生致命的诱惑。

三

真宗去世时，仁宗尚年幼，就由刘太后垂帘听政。

女子掌权，在传统士大夫的政治理念中，是需要特别警惕的事。从国家利益出发，晏殊不止一次跳出来和刘太后对着干。

刘太后想让宠臣张耆出任枢密使掌管天下兵务，晏殊素来看不上张耆，就给刘太后打报告："国家军权怎能交给这样的人，我反对！"

结果是张耆当上了枢密使，而晏殊遭贬官。

刘太后准备驾临太庙，和列祖列宗唠唠嗑。立即就有马屁精开始作妖，说太后替小皇帝操劳社稷居功至伟，应该按照皇帝的规格，穿上隆重的衮冕。

刘太后乐开了花，可晏殊却正色指出："阁下这就是让太后牝鸡司晨了，教科书上可不是这么规定的，我反对！"于是晏殊再遭贬官。

连续的打击让晏殊对自己过往的政治选择，逐渐产生了痛切的反思。

也许，换个方式活着，日子会好过一点儿？

很多人研究晏殊，常常会陷入迷惑。怎么这个书上说他"赋性刚俊""立朝有大节"，那个书上又说他"居官油滑""圆滑处世"？评价历史人物，都不用统一口径的吗？

其实，赋性刚俊和居官油滑非但不矛盾，前者还是后者悲哀的注脚。

人生处世，没有一种性格是如如不动、永恒不变的。曾经我们嗤之以鼻的很多东西，总有一天会被生活一把塞到我们怀里，而我们却难以拒绝，甚或甘之如饴。

我们身上的软肋会日益减少，而铠甲不断加厚，心里一张算盘日夜喧响，助我们趋利避害，直到和出发时的自己判若两人。

晏殊的得意门生欧阳修，在晏殊去世后曾写下一首《晏元献公挽辞》，其中有这么两句："富贵悠游五十年，始终明哲保身全。""明哲保身"的确是晏殊人生下半场的关键词，但"始终"二字显然有失偏颇，只能怪欧阳修出场太晚，错过了恩师年少耿介的戏份。

晏殊拜相后曾推荐欧阳修做谏官，主要职责是舆论监督。作为一个自带意大利炮的男人，欧阳修上书怼起各路权贵来毫不留情，这些虽然都是百姓拍手称快的义举，却屡次被晏殊严厉斥责。后来欧阳修终于遭到打击迫害而贬官，晏殊却袖手旁观，坐视不理。

一言以蔽之，任何有可能危及他权位的事，他都保持高度警惕。

这样一个只顾自己富贵风流，毫不挂念苍生福祉的人，怎么能宰执天下？

尽管晏殊死后，欧阳修不仅有诗悼念，还亲笔撰写了晏殊的神道碑铭（类似于墓志铭），但二人之间的龃龉是毋庸讳言的。

一些宋人笔记甚至有鼻子有眼地演绎出了种种生动的细节，说晏殊当众评价欧阳修："吾重修文章，不重他为人。"

而欧阳修也毫不客气："晏公小词最佳，诗次之，文又次于诗，其为人又次于文也。"

在一个复杂局势里，明哲保身和尸位素餐，甚至同流合污，常常只有一步之遥。晏殊人生下半场的为官之道，不仅让学生欧阳修腹诽心谤，就连晏殊的女婿，一代名臣富弼也看不下去，有一次他竟然在朝堂之上，当着宋仁宗的面直接开怼："殊奸邪，党夷简以欺陛下！"（晏殊的良心大大的坏，他就是个奸邪小人，和吕夷简勾结起来欺骗陛下您啊！）

平心而论，由于欧阳修和范仲淹等人的衬托，晏殊的人格形象的确显得有几分黯淡。在个人安危名位与公理正义之间究竟如何选择，自古以来就有着截然不同的答案。

种豆得豆，种瓜得瓜，做出怎样的选择，就要承担相应的现实境遇与历史评价。

不过有一件事我们不要忘了：欧阳修、范仲淹、富弼、韩琦、孔道辅……这些"一时之贤"可都是在晏殊助力下蜚声政坛。虽然在晏殊看来这些人都挺爱给他添乱，但物以类聚，人以群分，这么多名臣、贤臣在晏殊门下济济一堂，你能说纯粹是偶然？

此外，虽然一生享尽富贵，晏殊的俭约自奉也是出了名的。平时就不用说了，最著名的一件事发生在他过世之后。

在晏殊去世后，一伙儿盗墓贼盯上了这位宰相的陵墓。他们冒着巨大风险，费了老鼻子劲，挖开晏殊坟墓，满以为要满载而归，结果全傻眼了：坟墓里头全是各种瓦器，根本就没几样值钱的东西。

这些人气坏了，抄起刀斧就把晏殊的遗骸给敲了个稀巴烂。

欧阳修

是时候见识一下，我填词有多野了

一

公元 1057 年，一个来自四川的才子心情不错。

在刚刚结束的全国高考最关键的一关（一共三关）——礼部考试当中，他一举……摘银，荣获……亚军。

他叫苏轼。

几家欢乐几家愁，本次考试的主考官，却惹上了一点儿麻烦。

上千落榜考生气势汹汹地拦住他的车驾，当面给差评，打一星。来自五湖四海的脏话、丑话、黑话，劈头盖脸，沸反盈天。

这还不算，主考官家里甚至收到了一份匿名快递，拆开来，是一篇情（画）真（圈）意（诅）切（咒）的雄文：《沉痛悼念欧阳修先生》。

是的，录取苏轼的主考官，正是《醉翁亭记》的作者，一代文豪欧阳修。

到底他做了什么？竟变成众矢之的，被骂到差点退网？

答案是：他在考试当中，临时改变了录取规则。

宋代高考取法唐代，写作文是最重要的得分项。标准的高考作文，被称为“太学体”。

“太学体”有两大特征：

第一，体裁上使用骈文，讲究格律对仗，遣词造句那叫一个华丽缠绕。

举个例子，如果一个人老来得子，可以这么写：孕月老蚌，实产明珠；迟暮秋蝉，是生桂子。

漂亮吧？精致吧？可是表达的效率是真低。形式主义，急死个人！

第二，写作手法追求高格调，不能随随便便就让人看懂了。

不信你看这一句：宵寐匪祯，札闼（tà）洪休。是不是高端大气上档次？知道它在说啥吗？

把每个字翻译成对应的常见字之后就是：夜梦不祥，题门大吉。

再看这一句：震霆无暇掩聪。同样翻译出来，是一句人人都懂的话：迅雷不及掩耳……

心累吗？

欧阳修非常反感这种低效、装×的文风，于是他大手一挥：“太学体”滚粗！都给我好好说话！

录取规则一变，选拔上来的人才自然是大异其趣。

这次高考作文改革成效显著，影响深远。几年之间，风气为之一转。

那一届录取的考生，也被称为中国高考史上最豪华的一届，光是入选了男子天团“唐宋八大家”的就有三位：苏轼、苏辙、曾巩，还有理学大师程颢和张载（著名的横渠四句：“为天地立心，为生民立命，为往圣继绝学，为万世开太平”），一代名臣曾布、章惇、吕惠卿。

听起来皆大欢喜，对吧？

但，只要是改革，就会有牺牲品。莘莘学子十载寒窗，吃透了“太学体”，满以为就要一举成名，勇攀人生高峰。结果到考试时被通知：高考作文改革了……

你说他们想不想打人？

更要命的是，当时的高考，四年才有一次。

难怪他们恨不得画个圈圈咒死欧阳修了。

二

高考改革事件，并不是欧阳修一生被黑得最惨的一次。他仿佛自带招黑体质，被黑成炭只是个起步价。

《醉翁亭记》，是中国学生人人会背的一篇文章。这篇文章问世之后，火到什么程度呢？

用洛阳纸贵来形容，都太保守了。

《醉翁亭记》的拓（tà）本，被不法商贩随身携带，每经过一处关卡，本来需要花钱交税，商贩把税官叫到僻静处送他一本，对方欣喜若狂地就给放行了！

一篇文学作品，居然可以用来偷税漏税，作者本人也只能无奈耸肩了。

在讲《醉翁亭记》的创作背景时，语文老师一定会告诉你：欧阳修因为性情耿直，三天两头针砭时弊，还加盟过范仲淹的“庆历新政”，得罪了很多权贵，于是遭馋被贬，在滁州写下这篇千古名作。

可是问题来了：政治斗争的套路虽然历来都是借题发挥，但处分干部总要有个具体罪名吧？

比如，苏轼贬黄州是有诗文讥讽时政，韩愈贬潮州是谏迎佛骨，话说得太难听，柳宗元、刘禹锡是因为永贞革新失败，大哥倒台。

欧阳修贬滁州的罪名是什么？

答案可能让你意想不到：乱伦。欧阳修被指控，和自己的外甥女张氏存在不正当男女关系。

三

张氏是欧阳修妹妹前夫的女儿（所以严格来讲没有血缘关系），幼年时寄养在欧阳修家里。

因为貌美，所以多情。出嫁后，张氏与仆人通奸，被丈夫扭送到官府。

原本是个不起眼的小案子，可当开封府尹偶然发现，出轨的渣女竟是欧阳修的外甥女，还在欧阳修家住过几年，他的眼睛里就射出了蓝幽幽的光。

以两位当朝宰相为首，不爽欧阳修的人像闻到血腥的鲨鱼，迅速集结在这个案子周围。他们一顿操作猛如虎，以减轻处罚为诱饵，胁迫张氏把一盆污水，泼向了欧阳修。

你不是一身正气吗？你不是嫉恶如仇吗？来，脱掉裤子，让大家看看你屁股有多脏！

名人的桃色新闻本来就吸睛，何况还是和自己外甥女！一时间，舆论鼎沸，朝野哗然。

热搜榜几度瘫痪。

可是，从头到尾就只有张氏一面之词，还属于陈年往事。如何取信于人？

万万没想到，多年前欧阳修随手写下的一首小词，成了最给力的证据。

江南柳，叶小未成阴。

人为丝轻那忍折，莺嫌枝嫩不胜吟。留著待春深。

十四五，闲抱琵琶寻。

阶上簸钱阶下走，恁时相见早留心。何况到如今。（《望江南》）

不得不承认，这首词的确是有点儿猥琐。

让人眼前出现这样一幕场景：一个油腻老男人，色眯眯地摸着小姑娘的手："美女，我注意你很久了！"

他们之间要没发生点儿什么，还真说不过去。

所幸，这种事在古代取证太难，到头来也定不了罪，欧阳修的政治生涯没遭到毁灭性打击。

带着一身脏水，草草贬出京城了事。

以上，才是《醉翁亭记》完整的创作背景。

四

一个人修身洁行，却被指控乱伦，这说明他的敌人真的很无耻。

可如果一个人修身洁行，却两次被指乱伦，这又说明了什么？

年已花甲并且官居副宰相的欧阳修，怎么也想不到，一盆更大的污水，正在一个不起眼的角落酝酿、聚集。

事情仍然由一个亲戚引起（你看，从古到今，亲戚都是很多人一生之敌）。欧阳修夫人的堂弟薛良孺，在担任水部郎中时向朝廷举荐了一位京官。

没承想，这家伙贪赃枉法东窗事发，害得薛良孺也要负连带责任，乌纱帽岌岌可危。

一开始，薛良孺有恃无恐："老子堂姐夫是副宰相，这点儿小事能把我怎么着！"

欧阳修却拎得很清："越是领导干部，就越要起模范表率作用，亲戚，这件事咱就照程序办吧。"

获罪丢官后的薛良孺，气不打一处来："装什么国民表率道德标兵，我还不知道你！"

到处跟人说："欧阳修呀，就是个大淫虫！连自己儿媳妇都不放过！"

如果说张氏只是欧阳修法理意义上的外甥女，儿媳吴氏可就是他亲生的儿媳了！（咦，好像有哪里不对劲……）

国之柱石 + 顶级名人 + 乱伦 ×2。你换算换算，这新闻要放在今天，会是多大的阵仗。

舆论既然已经大范围发酵，相关部门也就趁势跟进。欧阳修遭遇了从政以来最恐怖的危机。

无论最后调查结果如何，都已经身败名裂，斯文扫地。

五

为什么欧阳修的生活作风问题，总是被人拿来说事?

苍蝇不叮无缝的蛋。是时候认识一下，欧阳修填词有多野了。

《宋词三百首》选了欧阳修十一首词，仅比苏轼少一首。

是文坛领袖，也是词界大腕。

《蝶恋花》

庭院深深深几许，杨柳堆烟，帘幕无重数。
玉勒雕鞍游冶处，楼高不见章台路。

雨横风狂三月暮，门掩黄昏，无计留春住。
泪眼问花花不语，乱红飞过秋千去。

这首词写一位暮春时节的女子，丈夫抛下她浪游花街柳巷，就连乱红飞花也无视她心中怅恨。徒留她一个人，在薄情的世界，深情地活着。

眼中泪，意中人，心里苦。

李清照素来以狂傲闻名，曾批评欧阳修、苏轼的词不过就是长短不齐的诗。

可就是她，也不得不在这首词面前献出膝盖：欧阳公作《蝶恋花》，有“深深深几许”之句，予酷爱之。

于是模仿、致敬欧阳修，以“庭院深深深几许”开头，一连写了好几首词。

《浪淘沙》

把酒祝东风，且共从容。
垂杨紫陌洛城东，总是当时携手处，游遍芳丛。

聚散苦匆匆，此恨无穷。
今年花胜去年红，可惜明年花更好，知与谁同。

年年岁岁花相似，岁岁年年人不同。

是伤春，也是伤别。

是惜花，也是惜人。

明明是已经被写烂了的主题，欧阳修一出手，却照旧深情如水，摇荡人心。

再看这一首：

《生查（zhā）子》

去年元夜时，花市灯如昼。
月上柳梢头，人约黄昏后。
今年元夜时，月与灯依旧。
不见去年人，泪湿春衫袖。

平白如话，却韵味无穷。虽然不知为何《宋词三百首》没有选，但，“月上柳梢头，人约黄昏后”，这两句清丽可人，浪漫入骨，说尽世间爱情的单纯美好。

此外，还有“平芜尽处是春山，行人更在春山外”，以及“人生自是有情痴，此恨不关风与月”这样的千古名句。

等等，你不是说要展示展示欧阳修填词有多野吗？！

别急，深情背后，就是狂野。

到处留情，终成调情。

在欧阳修词集里，有一类词常常让后世的研究者脸红耳热，心如鹿撞。

有人甚至气急败坏地撕书、掀桌子：不可能！这怎么会是欧阳文忠公的手笔！是有坏人为毁他形象伪造的吧！咱把这些来路不明的东西都删掉行吗！

其实，宋代文人享受生活、纵情声色是普遍风气，没必要给伟人护短。

再伟岸的人格，也有其流俗的一面。

而词在当时，主要用于歌筵酒席间佐欢助兴，本就爱写“绮罗香泽之态，绸缪宛转之姿”。

从男女深情缠绵写到色情、猥亵，把格调和节操揉碎了撒落一地，也就不难理解。

那么，欧阳修写这类词到底有多野？

来看看下面这首《南乡子》：

好个人人，深点唇儿淡抹腮。

花下相逢、忙走怕人猜。遗下弓弓小绣鞋。

刬（chǎn）袜重来，半亸（duǒ 下垂）乌云金凤钗。

行笑行行连抱得，相挨。一向娇痴不下怀。

好美的人儿，烈焰红唇淡抹腮。

邂逅相逢，怕人说闲话，只留给我一只弯弯小绣鞋。

正失望，她只穿着袜子又跑了回来，秀发如云，头戴金钗。

我们欢笑着紧抱在一起，她粘在我怀里，再也离不开。

怎么样，和你平时读到的宋词是不是很不一样？

你以为写男女之情，都是“衣带渐宽终不悔，为伊消得人憔悴”这么坚贞纯情？

你以为描写情人约会，都是“夜月一帘幽梦，春风十里柔情”这么含蓄唯美？

也可以肉麻羞羞，儿童不宜的。

不信，再来看看下面这首《忆秦娥》：

十五六，脱罗裳，长恁（nèn 这么）黛眉蹙。

红玉暖，入人怀，春困熟。

展香裀（yīn 夹衣），帐前明画烛。

眼波长，斜浸鬟云绿。看不足。

苦残宵、更漏促。

画面感强吗？动作戏多吗？

天亮得太早，一晚上爱不够。

这意思，白居易也写过：春宵苦短日高起，从此君王不早朝。

可比较起来，欧阳修的写法真是好野、好野……

包括前面引用过的那首《望江南》，中心思想我就读出了一句话：这个作者可没安什么好心！

身为副宰相，却老写这种小黄诗，是种什么体验？

好比你脱下某个大人物的衬衫和西服，发现里面居然还穿着一件肚兜，肚兜上面的图案居然还是……花花公子版美少女战士。

难怪总有人盯着欧阳修不放，动不动就拿男女关系问题盘他了——

俗话说文如其人，你写词写成这样，做人还不得浪到海里去！

更爽的是，这事不比贪污腐败、买官卖官，我虽然逮不住你，可我能恶心死你呀！

我虽然拿不出你乱伦的铁证，但，你也拿不出你没乱伦的铁证吧？

你咬我啊！

六

在薛良孺诬蔑欧阳修与儿媳乱伦的案件中，没有赢家。

经过一番调查，当朝皇帝宋神宗认定此事属于子虚乌有，把推波助澜的官员贬出京城。

但，欧阳修及其家人受到的羞辱和网络暴力，却已经不可逆转。

心灰意冷的欧阳修，决意远离是非纷扰。

他主动辞去人人趋之若鹜的副宰相之职，去寂寞的外省做官。

宋代法定的退休年龄是七十岁。可欧阳修烦死了这个尔虞我诈、明枪暗箭的官场，六十五岁那年就办了提前退休。

当时人都不理解。

毕竟，像他这样做到二品大员的，最害怕就是人走茶凉。

提前放弃高官厚禄，“近古百年所未尝有”。

只有欧阳修门下第一弟子苏轼对老师表示了祝贺。

只有他知道，这个看起来相当矍铄的老人，已经在污水里泡了太久，是时候从明枪暗箭中甩头走开了。

是时候回到最初的起点，清清爽爽地活了。

七

很多人觉得奇怪，为什么欧阳修这么招黑，而且幺蛾子还总出在男女关系上。

你是不知道，欧阳修的性格有多直，多擅长得罪人。

随便举两个例子你感受一下。

写“无可奈何花落去，似曾相识燕归来”的大词人晏殊，是欧阳修的恩师。欧阳修事业刚刚起步时，晏殊已经是全国最高军事长官了。晏殊请欧阳修到他的豪宅赏雪。良辰美景，赏心乐事，自然少不了写首诗助助兴，把欢乐的气氛推向高潮。

只见欧阳修大笔一挥，一首七言长诗呱呱坠地，最后两句是这样写的：

> 须怜铁甲冷彻骨，四十余万屯边兵。

老师，你赏雪的时候，千千万万的将士可是在边疆挨冻哪！

咔嚓，咔嚓，咔嚓嚓……

朋友，换了你是晏殊，你想不想掐断欧阳修的脖子，送到“绝味”卤制起来，为人间留一道美妙的风味？

再比如，范仲淹是欧阳修最坚定的政治盟友，范仲淹去世，其子范纯仁邀请欧阳修撰写悼念文章。

本来，这玩意儿你就当营销文案来写，甲方说什么就是什么，各种夸到天上去就得了。

欧阳修不。

他和范纯仁因为一个细节，撕破了脸。

想当年，范仲淹斗吕夷简，是朝堂上一出有你没我的大戏。可随着西夏战事吃紧，两人后来实际上达成了和解。

毕竟，国家利益高于一切，政治家不能没这点儿胸怀。

欧阳修如实记录这些，对吕夷简仍心存怨恨的范纯仁却不干了。他一口咬定范仲淹至死没原谅吕夷简，要求欧阳修把这部分推倒重写。遭到拒绝后，范纯仁大怒，居然……自己动手修改，也不给欧阳修看一眼就……定稿发表了！

老实讲，这么自食其力的甲方，我都想来一打了。欧阳修却掀了桌子、摔了电脑：本人严正声明，我没写过这篇文章！不代表本人观点！

无独有偶。在给另一位挚友尹洙撰写墓志铭时，同样因为一句评价，欧阳修和尹洙的后人也闹得很僵……

是欧阳修情商不在线吗？是欧阳修没学过“说话之道”吗？

一个人能爬到副宰相的高位，不可能是个没有眼力见的二货。

那就只有一个解释：这所有的矛盾和不愉快，都源自欧阳修心中那一份原则和坚持。

不容亵渎，不打折扣。

对好友尚且如此，对敌人，对人世间丑恶、不合理的一切，就更可想而知了。

那些被欧阳修弹劾过、得罪过的人，做梦都想倒打一耙，从欧阳修身上也找出贪赃枉法的证据来。

只可惜，他们的努力全都白费，一个个像斗败的公鸡垂头丧气。

最后，有人一拍脑门："大家快看这家伙写的词！"

那些闪着绿光的小眼睛里，终于露出了陡峭的笑意。

八

李白杜甫、韩愈柳宗元、元稹白居易、苏轼欧阳修。

伟大的灵魂大概有其独特的气味，才能够这样互相吸引，彼此成就。

如果没有欧阳修，很多人的人生都要大幅改写。

首当其冲就是他门下第一弟子苏轼。在那个广为人知的故事里，欧阳修欠苏轼一个状元，却还了他一个成语：出人头地。欧阳修还大胆预言：三十年后就是这小伙子的天下，没人会记得我！

为了炒作苏轼，欧阳修真是谦虚得有点太假了。

公元1056年，欧阳修在京城设宴，送一位好友去扬州做官。欧阳修年轻时也曾在扬州工作，还亲手在平山堂前种下一棵柳树。

如今日月流逝，醉翁已老，只有堂前垂柳依旧神采飞扬，春风吹又生。

文人相送，通常以诗赠别，诗比词更正式。欧阳修却为好友写下这首著名的《朝中措》：

> 平山阑槛（jiàn，栏杆）倚晴空，山色有无中。
>
> 手种堂前垂柳，别来几度春风。

文章太守，挥毫万字，一饮千钟。

行乐直须年少，尊前看取衰翁。

二十三年后，苏轼路过扬州，在平山堂见到了这首词的手迹，每一笔都带着恩师的体温。

此时，苏轼已不再是那个初出茅庐、天不怕地不怕的毛头小子，四十三岁的脸上开始染上沧桑的印迹。

朝中，王安石变法正如火如荼地进行。作为变法的反对者，苏轼在人生的中途倍感惶惑。

而且他怎么也不会想到：仅仅在几个月后，他将迎来震动朝野的“乌台诗案”。这场来势汹汹的“文字狱”，将把他从地方大员变为阶下囚徒，从躺着吸粉的偶像，变为人人厌弃的罪臣。

如果恩师健在，一定能帮他拨云睹日，击退小人的围攻。

只可惜，“如果”，是世间最廉价的安慰。

在命运的岔路口，在恩师的手迹前，苏轼没有辜负自己的才华，他用一首同样不朽的《西江月》，向着已经消失在岁月风尘深处的欧阳修，行了一个亮晶晶的注目礼：

三过平山堂下，半生弹指声中。

十年不见老仙翁，壁上龙蛇飞动。

欲吊文章太守，仍歌杨柳春风。

休言万事转头空，未转头时皆梦。

苏轼

嫁给苏轼，是种什么体验？

一、王弗

那一年，我十六，他十九。

在学堂的朗朗书声中，我曾见过他妙年洁白的身形。他，是我父亲的得意门生。

而如今，我该唤他一声“郎君”。

他喜欢在朝云初起时眺望天际，喜欢在昏昏灯烛中抚卷沉吟。家中书房虽然窄小，我总赖在他旁边，光是看他时而摇头晃脑时而眉目耸动，就有无穷的趣味。

有时他背书卡住了，我便轻轻提醒，倒惹得他大为惊诧。他在书架前上蹿下跳，试图把我考住，终究未能得逞。

从此，他看向我的眼神，似乎比从前更多了几分光泽。

人们都说，丈夫志四海，可我觉得，外面的世界，他并不适合。

是的，他红了，有个叫欧阳修的先生说，要放他“出人头地”。就连当朝皇帝，都把他和子由，当做宰相来培养。

可是，他又哪里知道人性幽微、官场混沌呢？

每次开门纳客，他总是满心欢喜，觉得又交到了一位知己。可我躲在屏风后听到的，根本不是这样。

我和他说：“今天来了个‘阿谀奉承怪’，你怎么说话他都顺着你，还来了个‘称兄道弟怪’，一日千里地自来熟，两个人都不是你真正的朋友。”

起初他不以为然，他以为自己掏心掏肺，别人自然输肝剖胆。但后来发生的事，让他不得不挠着头腆着脸，来向我认输。真是傻得可爱。

书读多了的人，脑子里常惦记些有的没的。一年冬天，大雪满山，四望皎然，庭院中有一小块地与众不同，不但不积雪，天晴后还微微隆起。他大喜过望：“此地必是古人埋藏丹药处！”

我摁住了他手中的铁锹：“若是婆婆尚在，必不许你如此迷惑颠倒！”他便乖乖收手。

人生到处知何似，应似飞鸿踏雪泥。

泥上偶然留指爪，鸿飞那复计东西。（《和子由渑池怀旧》）

十一年时光，像受伤的飞鸿，缓慢，但终于飞远。

二十七岁那年，我卧床不起。他的双手在我的手上几乎攥出血来，却被病魔一指一指掰开。

他把我葬在明月夜，短松冈，八步开外，就是早已在此等候多时的婆婆。

逶迤的山岭间，挤满了他亲手种下的三万株松树。

我是喜欢松树，但三万株，未免太多。

可惜这一次，我无力劝阻。

二、王闰之

他曾是我的堂姐夫。

我从没想过有一天，他会称我为“妻子”。

堂姐留下一个儿子，我又为他生了两个。在所有人眼里，我不如堂姐蕙心纨质，一生最大的成就，或许便是让这个家更有家的感觉、家的温度吧。

在少女时代的绮丽幻梦中，他曾是最为闪光的存在。他的清词丽句，他的趣闻轶事，甚至他那些深奥的家国天下，都被我抓着闺蜜聊到她想逃。

有句话说得好，千万不要嫁给自己的偶像，更何况，我赶上的，是他一生中最为动荡的岁月。

京城里搞变法，闹哄哄，似乎他不怎样赞同。吃饭带娃时，他也曾向我抱怨过的，可我又哪里搞得懂？

他便把那些牢骚，都写到了诗文里，而这，几乎要了他的命。

最早在杭州，就有个叫沈括的家伙（都说他写过一本十分厉害的书，叫什么《梦溪笔谈》），来和他谈诗论文。谈完带走一册新诗，称要好好拜读。

一转头，这本新诗集，做了详细的笺注，被当成诽谤朝廷、攻击新法的罪证，呈送至神宗皇帝御前。

那一回，他涉险过关了。但地狱之门，已悄然开启。

在湖州的山光水色中还没坐热屁股，他便被抓到了京城的大牢里，因为同样的指控。

众目睽睽之下，顷刻之间，捉一太守，如驱犬鸡。而他居然回过头来嬉皮笑脸："走啦走啦，这种时候，你就不能写首诗，送送我？"

后来我才知道，他的轻松是装出来的。若不是吏卒看守严紧，他已在扬子江边投水自尽了。

梦绕云山，魂飞汤火，御史台大狱暗无天日，他熬满了一百三十天。而我，带着全家二十几口人，远涉江湖，灰头土脸，去投奔子由。

半路上，大批官兵围住我们小小的船，凶神恶煞，翻箱倒柜。我不禁悲从中来："好好的过日子，非要写诗！我这是受的什么罪呀！"

一气之下，他残留的诗文手稿被我付之一炬。那天夜里，我仿佛看见他沉默着来到我梦中，龇牙咧嘴，一脸肉痛。

囹圄深深，霜气袭人，诟辱通宵，"咬"文"嚼"字。所幸，硕大的漩涡虽不怜悯蝼蚁，岸上总还是有几人伸出希望的枯枝。

他在狱中不止一次想要自我了断，甚至写了两首绝命诗，但终于大难不死，远谪蛮荒，一家人重又在黄州团聚。

突然的苦难，让他迅速长成一个精神的巨人。就连子由都"酸溜溜"地说，从前他们兄弟二人，诗文原本不相上下，自从黄州之贬，他便一骑绝尘了。

让我尤其欣喜的，是他终于学会了收拢掉毛的翅膀，从云端降落到地面。从前的他，俸入所得，随手花光光。说他两句，他便搬出李太白的诗句——"千金散尽还复来"，明日自有明日财。

这下好了，他竟摇身一变，成为节约的能手。经过精密的演算，他认为一天的花费须得控制在一百五十钱以内。每个月初便提前取出四千五百钱，分为三十份，挂在头顶的房梁上。每日清晨他用叉子叉下一份，然后，将叉子小心藏起来。

我知道，世人眼中的他，乐观旷达，永远以强韧的身姿、倔强的面容，站在人生困境的对面。闾巷争传“一蓑烟雨任平生”，学童书册写满“也无风雨也无晴”。

这样的他，的确浑身发光，让许多人从中汲取了坚持的可能、前行的力量。但也正因如此，人们常常忘了，他不过也是血肉之躯，当被命运绊倒在地时，也会难过得像个孩子。

黄州四年，人们津津乐道的，是他为猪肉作颂，在命运的深渊里，依然是个无可救药的吃货。殊不知，他也自闭过，颓唐过，羞于白日出门，甚至不敢和朋友联络。

从“嗟余潦倒无归日”到“畏人默坐成痴钝”，从“拣尽寒枝不肯栖，寂寞沙洲冷”到“也拟哭途穷，死灰吹不起”，他笔下的酸楚并不比旷达少，人们却常常只记住了后者。

而更让他忧心如焚的，是四海鼎沸，民生日蹙。变法让朝廷府库日益充盈，百姓的面容却一天天干瘪下去。

也许我该庆幸，在漫长的泥泞过后，终究有一段坦途在黎明等待着。说起来似乎不厚道，但神宗的英年早逝，的确让他得以东山再起。

短短一年，他扶摇直上，玉堂金马，荣宠一时。在倥偬的案牍与潮水的宾客中，他的笑容温暖，嘹亮。

他素来喜欢命俦啸侣，但以今时今日的地位，家中难免奔走竞进之徒。每次来了这样的俗客，他便大张旗鼓摆出歌儿舞女，在衣香鬓影与急管繁弦中，竟和来人终席不交一谈。

我知道，他还是从前那个少年，只不过披上了华丽的衣冠。

变法暂时坠入了低谷，但朝堂之上不无隐忧。司马光矫枉过正，要把所有新法一概废除。

在他看来，就事论事，有些新法还是值得拥有。可当他挺身而出提出反对意见，大家都感到不能理解。他不是被变法派迫害最惨的那个吗？尽情享受大仇得报的感觉不好吗？

他和司马光大吵一架，还帮对方改了个名字，叫“司马牛”。“司马牛”没来得及向他露出獠牙，就撒手人寰了。但他不肯圆融藏锋，终究不是长生久视之道。

我不知道隐秘的风暴会在哪个角落聚集，在他人生最灿烂的时刻，我终于病倒，离他而去。

我曾陪他走夜路，蹈泥涂，戴皇冠，听欢呼。尽管，“冰姿玉骨”不是我，“不思量自难忘”也不是我，但，冢中枯骨两相依是我，“东西植松柏，左右种梧桐。枝枝相覆盖，叶叶相交通”，是我。

也许我没能握住他的灵魂，但，能在沧桑的九年等待后，终于和他并肩躺在漆黑坟墓里，也不失为一种枯燥的浪漫吧。

三、王朝云

不知为什么，他爱的人，都姓王。

我不过是他的如夫人，却凭着一句“不合时宜”的吐槽，被人们深深记住。

初入苏府时，我懵懂无知，飘零日久。新生活里的全部色彩，都来自他的馈赠。

他大我二十六岁，但我仿佛从他出生，便已和他朝夕相处。他的世界充满明枪暗箭，而我尽力让层层叠叠的伤口，开出明媚小花。

天长地远魂飞苦，人生乐在相知心。

他什么都好，就是不该含情脉脉，叫我“老云”（王闰之：

我插一句，他也总叫我“老妻”！）。

我有时觉得，他待人接物极为成功，即便身在困厄，仍能凝聚许多性情中人。他们千里万里，也要赶来投奔。

有时又觉得，不知他在搞什么，连他倾心教导的学生，居然都会恨他入骨，嘴里时常恶狠狠念着他的名字。而这个后来把他贬得七荤八素的学生，就是神宗的儿子——哲宗。

在一般人眼里，歌姬侍婢不过是富贵生涯的点缀。在他飞黄腾达的岁月，他有过好几个和我一般的侍婢。

等到他花光好运一落千丈，便只剩我一人，愿意陪他远历遐荒，苦度年华。

我们有过一个珍贵的孩儿，他还写下一首流播千古的诗：

> 人皆养子望聪明，我被聪明误一生。
>
> 惟愿孩儿愚且鲁，无灾无难到公卿。（《洗儿诗》）

只可恨，我们的孩儿只活了不到一年，便被病魔摄去。从那之后，我的身体每况愈下。

> 枝上柳绵吹又少，天涯何处无芳草。

在惠州的仓皇天空下，他让我唱一唱这首《蝶恋花·春景》。而我被这两句卡住了喉咙，催湿了眼睛。

> 墙里秋千墙外道，墙外行人，墙里佳人笑。
>
> 笑渐不闻声渐悄，多情却被无情恼。

命运不正像那个隔墙语笑的佳人吗？多少人用尽一生逾墙折杞，终究不过枉自多情。

经卷药炉新活计，舞衫歌扇旧因缘。（《朝云诗》）

在佛经与药炉中间，我以肉眼可见的速度急剧衰朽，死的时候只有三十四岁。

而他，终生不再听那首《蝶恋花·春景》。

伤心一念偿前债，弹指三生断后缘。（《悼朝云》）

他葬我于栖禅寺大圣塔下，害我的魂魄夜夜辛劳，衣衫尽湿地渡湖回家。后来，他便在湖上建构长堤，遍植腊梅。从松树到腊梅，他讨好女孩子的手段，如此单一。

也许大兴土木，能够缓解他心中伤痛吧。临终前，我反复念诵《金刚经》中的偈子：

一切有为法，如梦幻泡影。
如露亦如电，应作如是观。

他便为我筑起一座“六如亭”。这做法或许浮夸，但我喜欢他亲笔书写的对联：

不合时宜，惟有朝云能识我；
独弹古调，每逢暮雨倍思卿。

庭户无声，明月窥人的夜晚，也曾起来携素手。

春风春雨，彩蝶双栖的时节，也曾起舞在人间。

纵然这一世烟柳断肠，落红无数，毕竟曾有人和我冷暖相依。

浮云流水，他生缘会，就让我们翘足期待，下一个轮回的相遇。

苏轼

一个吃货的自我修养

一

苏轼是中国人最熟悉的大文豪，也是一个接地气的吃货。这都不是后人加封，他自己就写过一篇文章——《老饕（tāo）赋》，“饕”者，饕餮（tāo tiè）也，传说中贪吃的神兽。

东坡肉、东坡鱼、东坡酒……据统计，民间菜肴中冠以东坡之名的，多达上百种，其中自然是以东坡肉闻名遐迩，老少皆宜。说起东坡肉的产生，不得不提苏轼人生中一段挫折。

宋神宗元丰二年（公元 1079 年），四十四岁的苏轼身陷“乌台诗案”。

因反对王安石变法，苏轼早就遭到变法派的敲敲打打，不得不自请外放，黯然离京。但，他的德望和政声，让变法派难以自安，种种明枪暗箭并不因此偃旗息鼓。苏轼为人正直，为官清廉，没有把柄可抓，但他放纵情性，爱发牢骚，他的一些诗文作品因此成为政敌的突破口。

早在熙宁六年（公元 1073 年），沈括（著有《梦溪笔谈》）到杭州拜访苏轼，就以切磋琢磨的名义索要近作一册，苏轼自然不疑有他。结果沈括将这些诗作为苏轼攻击新法、讥讪朝廷的罪证，呈至神宗御前。为了阐明苏轼的“险恶用心”，沈括十分敬业地给每首诗附上了详细的笺注。

但，彼时的神宗出于种种考虑，并没有动苏轼。到了元丰二年（公元 1079 年），变法派“三小鬼”——李定、舒亶（dǎn）、何正臣重拾沈括故智，再次向苏轼发难。而这一次，苏轼终于在劫难逃，从湖州知州任上轰然“落马”，几乎被杀，这就是著名的“乌台诗案”。

只要朝廷下定决心收拾异见者，总能找到一个合法的理由。所幸，北宋素来没有屠杀士大夫的习俗，加之营救者甚众，苏轼最终逃得一命，贬为黄州团练副使，成为罪臣一个。

二

苏轼才子风习，工资向来都是月光，贬谪黄州之后，不再享有正常薪俸，生活顿时陷入困窘。为了痛自节俭，苏轼把全家二十几口人一天的花费限制在一百五十钱以内。每个月初他提前取出四千五百钱，分为三十份，挂在头顶的房梁上。每日清晨用叉子叉下来一份，然后把叉子藏起来。

即便如此也不能坐吃山空，在朋友的帮助下，他在黄州东门外的小山坡上，申请到了五十多亩废弃营地，开始了躬耕生涯，并自号“东坡居士”。

从地方大员变成“农民伯伯”，苏轼的伙食自然没法再和从前相比，消费被迫降级。在中国古代，牛羊肉的地位长期高于猪肉，官宦人家对猪肉向来是不怎么感冒的。今时不同往日，苏轼开启了吃货的自我修养，精心培育自己对猪肉的爱好。

苏轼曾写过这么几句诗：

> 可使食无肉，不可使居无竹。
> 无肉令人瘦，无竹令人俗。

嘴上说着“可使食无肉”，其实苏轼无肉不欢，身体诚实得很。后来苏轼贬惠州时，羊肉“高不可攀”，他费尽心机也要吃上一点儿原属狗食的羊脊骨。而对于“平易近人”的猪肉，他不但大吃特吃，甚至还用诙谐笔墨为猪肉作颂：

> 净洗锅，少著水，柴头罨（yǎn）烟焰不起。
> 待他自熟莫催他，火候足时他自美。
> 黄州好猪肉，价贱如泥土。
> 贵人不肯吃，贫人不解煮。
> 早晨起来打两碗，饱得自家君莫管。（《猪肉颂》）

通常来讲，“颂”是给那些庄严崇高的事物准备的，《黄河颂》《长江颂》《泰山颂》才是标配，猪肉竟然也能作颂，这就可见在苏轼那里，高贵和低贱之间本就没有什么不可逾越的鸿沟，微物之中蕴含的光泽，也能照亮整个天空。

猪肉“价贱如泥土”，对官宦人家的身份是种亵渎，所以“贵人不肯吃”，而苏轼不但吃得津津有味，大清早就要饱餐两碗，甚至对于猪肉的烹饪，也是亲力亲为，驾轻就熟。

世人热爱东坡，一个重要原因便是孺慕他的人生态度。大多数人在命运的暴击面前都难免愁云惨雾，而苏轼却每每随遇而安，自得其乐，在深渊里还能发出爽朗的大笑，在尘垢泥涂之中自有挺拔的身姿。大多数人在命运的泥沼里都不免颓废沮丧，对任何事物都提不起半点儿兴致，而苏轼贬黄州，人生一落千丈，居然对下厨房兴致勃勃，造诣颇深。

很多人认为，《猪肉颂》所描述的情景，便是名菜“东坡肉”的烹饪之法。不过麻烦的是，正如很多名人故居会遭到多地争抢，“东坡肉”到底诞生于何处，也是众说纷纭。其中，黄州、杭州、眉州、徐州，都是强有力的竞争者。

这其中，黄州自然是“根正苗红”，不仅“东坡”就在黄州城外，还有《猪肉颂》的加持佐证。而杭州的故事则似乎更加“完美”。

三

据说，元祐四年（公元1089年）苏轼主政杭州，深受百姓爱戴。一日，一百多名父老乡亲齐聚州府衙门，请求苏轼出面，带领大家治理西湖。

西湖对杭州的重要性不言而喻，苏轼曾把西湖比作杭州的眉目，杭州的眼角眉梢有没有饱含风情，就看西湖的水光山色是否明媚如初。不仅如此，杭州地区的农田灌溉、居民饮水等，也都仰仗西湖。

而由于种种原因，当时西湖“堙塞几半，水面日减，茭葑（茭白等水草）日滋”，很多人担心，再过二十年，西湖就要从杭州地图上彻底消失了。

事不宜迟，一场浩大的工程在苏轼的主持下拉开帷幕。期间，苏轼劳心劳力，就差没把办公室和卧室搬到湖上，没少和民工兄弟拼桌吃饭。许多百姓感念不已，抬猪担酒，不许苏轼不收。恰好苏轼也想让大家改善改善伙食，就把自己当初在黄州烹制猪肉的方法推而广之，让人把猪肉切成方块，煮熟了，扛到工地上分发下去。好巧不巧，苏轼在给家人交代这项工作时说了一句话——“连酒一起送”，被家人不小心理解成了“连酒一起烧”，结果酒肉合体之后味道更加鲜美了，“东坡肉”的制作方法从此不胫而走。

这个故事产生、完善于什么年代，已经很难考证了，但有一点需要指出：“东坡肉”这个学名，并不见于任何宋代文献，而是迟至明代才问世。明沈德符撰《万历野获编》曰：“肉之大胾（zì，切成大块的肉）不割者，名东坡肉。”

四

一言以蔽之：东坡肉是苏轼人生态度、吃货修养与烹饪才能交相融合的产物，其中还蕴含了不同时代的老百姓的智慧。人们对东坡肉的钟爱，一方面是为了大快朵颐，另一方面，则是一种文化追星行为，一种穿越时空的价值认同。

一个文人给后人留下的遗产，从来不止于他苦心孤诣创作出的锦绣华章。他的人生态度、处世风格、审美情趣，都会对华夏大地和炎黄子孙产生方方面面的影响。我们游山玩水时看到的名园胜景，觥筹交错时难忘的美味菜肴，思考问题时调动的精神资源，其中可能都有某个文人留下的印迹。

对一个文人的审美接受，也存在着多重方式。如果你已经读了太多的“也无风雨也无晴”和“但愿人长久，千里共婵娟”，早晨起来、中午休息、晚上睡前，试试打两碗东坡肉吧。

苏轼

不必再吃自律的苦，我们都是快乐家族

一

自律苦吗？

大多数人恐怕都要答一声：废话！

而那一刻，多少成语典故、名人故事，一齐涌上你的脑海。

孙敬悬梁（羡慕这个发量），苏秦刺股（还好没得破伤风），董仲舒三年目不窥园，白居易长期熬夜苦读把自己熬成少白头……范仲淹划粥断齑、孔夫子韦编三绝、桑维翰磨穿铁砚……

所有这些故事都在告诉我们：痛苦是一种能量，吃尽了自律之苦，才能尝到成功之蜜。

自律，被表达成了苦哈哈的形象；自律，毫无疑问是一件需要咬牙坚持的事情。

有的时候，光靠自己还坚持不下去，还需要外部力量的干预。

所以苏轼小时候贪玩不好好读书，苏洵便制定了近乎严苛的

日程表，到了检查功课前，若不能完成预定的阅读任务，都不待苏洵发难，苏轼自己先就如芒在背起来。

父亲的严格，给苏轼幼小的心灵留下了难以磨灭的“阴影”。直到五十年后，当初的小淘气已然是一位名满天下的老爷爷，竟然还梦见了年少时完不成读书任务的情景，还记得那是一种怎样的滋味——“怛（dá）然悸悟心不舒，起坐有如挂钩鱼。”

是的，不是一番寒彻骨，怎得梅花扑鼻香。

中国人典型的自律观，便是“欲扬先抑”，欲翱翔九天，必先在荆棘蓬蒿间振翅万端。

与烈日酷暑为伴，与寒风冷雨周旋。

二

可是，这样的自律，纵然浑身发光，却难免让很多人裹足不前，敬而远之。

毕竟，现代社会的压力已经够多，人们也早已养成了怀疑的习惯。

为一个虚无缥缈的信念伫立在风雨中，姿势固然壮烈，但焉知不是被 PUA 了呢？

只有当一件事情过程本身就很快乐，一路的风景本就令人流连，而不必铆足了劲儿只为追求一个终极成就时，才能让更多人敞开怀抱，乐此不疲。

就以读书为例，有多少人不爱读书，其实是因为不喜欢考试？

什么时候读闲书带给一个人的快乐和成长，也能得到中国人的广泛认可？

从古到今，教科书都是一个知识结构和世界观高度封闭的系统，塑造的是被设定好的人生。

这一知识系统不可谓不广博，这种人生也不可谓不完美，但总有人想要追求自己的个性，总有人好奇，是不是还有不同的视角，来重新审视我们的世界和人生。

初中时，我常常带着种种闲书到学校读，结果从《射雕英雄传》到《西游记》，事发后都被班主任没收充公。是的，那个时候《西游记》都还是闲书，没有被列入种种学生必读书目。

我因此羡慕李白的成长环境，他“五岁诵六甲，十岁观百家”，从神仙道教到诸子百家，李白小时候手不释卷的，竟然是一堆对提分和升学没啥帮助的闲书。

他一辈子没参加过科举考试，读书全凭兴趣。浪漫洒脱的天性因此得以保全，在整个中国文化史上都显得那么戛戛独造。

我因此羡慕，当所有人都沉迷于勾心斗角的官场仕进游戏，陶渊明却敢于说出那一句“吾岂能为五斗米，折腰向乡里小儿”？

他读书的方式也那么与众不同：好读书，不求甚解，每有会意，辄欣然忘食。

当书本的彼岸，只是一张金光闪闪的文凭，只是一块铿锵有力的敲门砖，我们不过在用此刻的自律，来交换未来的满足。

只有当我们捧起书本的那一刻，全身心地沉浸在单纯的快乐之中，而不必考虑这本书能带来什么，读书便无须坚持，反而是一种内在的需要。

三

在一般人的印象里，苏轼天纵奇才，是那种不用怎么学，就能轻松考第一的学霸。

其实不是的。

千里不辞行路远，时光早晚到天涯。看似毫不费力、多才多艺的背后，苏轼下过很深的功夫。也许你要说这是天才的自律，但我更倾向于认为这叫自律出天才。

上学那些年，我们最怕的就是在一篇课文最后看到“背诵全文”四个字。对苏轼来说，这都不是事儿。

苏轼没看过电影《悬崖之上》，但他家里有一个奇怪的密码本，上面密密麻麻写着一些奇怪的字符。来访的客人好奇这都是啥？苏轼微微一笑：“来，你随便指一个字，我给你背书。”

客人东指西指，苏轼脱口就背出一段段文字。原来，那些“密码”是苏轼给《汉书》里的段落自拟的小标题，每个小标题对应一大段文字，苏轼早已背得滚瓜烂熟。

恐怖的是，《汉书》共有一百卷，七十多万字。

少年时的自律，给苏轼带来的是一生的自由。

苏轼曾和当时一个才子前后脚担任知制诰一职，负责给朝廷起草重大公文。那人一向自视甚高，写出刷屏的公文后，便得意洋洋地问旁边的小吏：“我的文章和苏轼比，谁的更好？”

小吏当然要给领导面子：“不分伯仲！”

可是又忍不住接了一句：“但是大人，您写一篇文章真心很努力，各种查资料，而苏轼写了几百篇文章，他可是从来不百度哦……他都在脑子里记着呢。”

无论诗词文还是书法绘画，苏轼都登上了一个时代的顶峰。

他在自己的高考作文中杜撰虚假例证，竟然骗过了阅卷的文坛泰斗欧阳修，后者不知上当受骗，反而要来向他虚心求教。

他随手写几行回信，都让人如获至宝，不惜挖空小心思去骗取。

他明明去了一个假的赤壁，却用两篇文章（《前赤壁赋》《后赤壁赋》）、一首词（《念奴娇·赤壁怀古》），生造出一个直追本尊的热门景点。

因为政见的龃龉（jǔ yǔ），宋神宗不得不一再地打压苏轼，可是身体从不欺骗人，宫中妃嫔若看见神宗吃着吃着饭突然间放下筷子，聚精会神地看手机，那一定是苏轼的公众号刚刚更新了。

苏轼一生历经磨难，却总有贵人相助，不是他多么善于与人结交，一身才华自带的魅力就是他唯一的“肉装”。

这些技能看似神奇，其实都不过是用自律的泉水浇灌出来的。

无论人生正在青云直上，还是屡遭贬谪，对于砥砺才华、管理情绪、磨炼心性，苏轼从没有过片刻的懈怠。

我们经常说，人的一切痛苦，本质上都是对自己无能的愤怒。成年人的世界有太多牢笼，理想的突围、人生境界的升华，总是动辄碰壁，可是殊不知，复杂的境遇常有简单的答案。

在许多凶神恶煞的难题面前，自律便是最好的解法。

自律给了我们永不放弃的自由，也让我们拥抱一个更大的世界。

也许这个过程并不迅速，但我们有的是耐心。

胡适早就说了：“怕什么真理无穷，进一寸有一寸的欢喜。”

宇宙第一才女李清照

我就是我，不一样的烟火

一

公元1132年，一个阳光绵柔的秋日，大宋临安府官衙里来了一位气度雍容的中年妇人。

经过漫长的取号、排队后，她终于见到了懒洋洋的办事人员。

看得出来，妇人生活优渥，衣着光鲜。办事员的态度因此生出几分郑重。他抻了抻桌子上的宣纸，开始做记录。

“来此所为何事？”

“我要离婚。”

“为何离婚？”

“他骗我感情，夺我财产，还家暴。”

办事员诧异地看了中年妇人一眼，原来清淡的妆容下，果真留有几许淤青的痕迹。

“可有夫家的休书？”

“没有。”

“我朝律令，妇人不可单方面要求离婚，除非夫家同意并开具休书。你回去把休书带过来再说吧。下一个。”

办事员正在等待妇人起身离开，妇人嘴里却铿然有声地蹦出来一句话：“那我不离婚了。我要告发他虚报考试次数，骗取朝廷公职。我可以提供详细的证据。”

办事员的脸色阴沉起来：“夫人，你可知，我朝律令，妇人状告自家丈夫，倘若对方罪名成立，你自己也将判处两年徒刑？这可不是闹着玩的！”

中年妇人的表情却无丝毫变化，反倒是声音大了起来：“我朝律令，读书人考科举，考到一定次数，获得相应资格，即可授予官职，我举报：右奉承郎监诸军审计司张汝舟，虚报考试次数，以欺诈得官，请有司明察，以正视听！”

整个府衙的目光，都被这边吸引了过来。

人群中，忽有一个声音阴阳怪气：“这不是大名鼎鼎的易安居士李清照吗！听说她寡居三年，几个月前刚刚再嫁，这么快就来告发亲夫了？好一个没有节操的恶毒妇人！”

二

中国古代是极致的男权社会，不仅把女性封印在家庭里面，还给她们的思想也裹起小脚——女子无才便是德，女性的生命力和创造力因此饱受禁锢。

纵观中国古代文学史，基本就一部中国男性文学史。即便有几个所谓的才女，也只能作为花边小料点缀其间。一说到她们的八卦故事，大家都津津乐道，可认真问问这些才女都有什么上可传世、下能刷屏的作品，答案就有点儿对不起观众了。

卓文君、蔡文姬、朱淑真、鱼玄机、薛涛、上官婉儿，莫不如此。（卓文君的名作《白头吟》，基本被学界认定为伪作，因为西汉中期不太可能产生那么成熟的五言诗，而朱淑真的名作《生查子·元夕》，至今还在和欧阳修打版权官司，评审团大多站欧阳修。）

只有李清照一个人，给女同胞们狠狠地争了一口气。

不徒俯视巾帼，直欲压倒须眉。

不仅成为当之无愧的千（宇）古（宙）第一才女，就算是放在一众男性作家当中，同样不遑多让。

李清照的才华和她的家学渊源分不开，无论拼爹还是拼妈，她都甩一般人好几条街。她父亲李格非，是当时的大才子，深受苏轼赏识，名列“苏门后四学士”，母亲王氏，则是宰相之女，历史记载“亦能文”。

最关键的是，李家的家教相当的不严厉，给了她放飞自我、张扬个性的机会。

杜甫的《新婚别》有这么两句：“父母养我时，日夜令我藏。”古代的闺阁女子是不能像今天这样满大街乱跑的，之所以发明了裹小脚，其中一个目的就是让女子跑不了太远。

可是李清照的少女时代，似乎不受这种限制。她不光满世界地浪，还和男人一样喝大酒。

常记溪亭日暮，沉醉不知归路。

兴尽晚回舟，误入藕花深处。

争渡争渡，惊起一滩鸥鹭。（《如梦令》）

请注意开头这个“常”字，很显然，像这样喝大酒，然后水上“醉驾”打扰小动物睡眠，不是一回两回，而是家常便饭（也有学者认为“常”应为“尝”，意思是“曾经”）。

张爱玲说：出名要趁早。

在济南明水度过少女时代的李清照，十六岁左右来到京城汴梁。

那时，名满天下的东坡居士正远谪海南，婉约派一代词宗秦观刚刚在广西离世，晏殊、柳永、范仲淹、欧阳修这些前辈大咖更是早已作古。一向热闹非凡的“京城文坛高端交流群”，顿时显出几分萧索。偶尔有人扔进去几首近作，大家看后也都默不作声，根本提不起兴致回复。

谁也没想到，竟然是一个外地来的小丫头片子，填补了大腕们风流云散后留下的真空。

昨夜雨疏风骤，浓睡不消残酒。
试问卷帘人，却道海棠依旧。
知否知否，应是绿肥红瘦。（《如梦令》）

今天大多数人都是从这首“绿肥红瘦”的《如梦令》开始认识李清照的。也正是这首三十来字的小令，让李清照在汴京一炮而红，圈粉无数，而且粉丝质量还很高，各种文坛大咖，各种公卿士大夫。

一个还在太学读书的年轻人，默默地把李清照的微博加了特别关注。

不同于别的粉丝总在踊跃地抢沙发、求回复，这个年轻人甚至从没给李清照点过一个赞，留过一个言。但是每次只要听到那“叮”的一声提醒，他就会以迅雷不及掩耳盗铃之势抓起手机，看看李清照最近又写了什么新作品，做了什么新发型。

终于有一天，年轻人鼓起勇气转发了李清照的一首新作，并且@了自己的父亲。在这条微博里，年轻人煞有介事地说，他做了一个白日梦，梦中读了一本书，醒来后只记得三句：言与司合，安上已脱，芝芙草拔。他说他想破了脑袋，也搞不明白这三句话是啥意思。

年轻人的父亲名叫赵挺之，此时官居吏部侍郎，是一位副部级干部。他一眼就破解了儿子编出来的这个蹩脚的谜语："言与司合"是"词"，"安上已脱"是"女"，"芝芙草拔"是"之夫"，合起来就是"词女之夫"。

看来，儿子已经到了想念春天的年纪，做父亲的不能袖手旁观了。

赵挺之一打听，词女李清照的父亲是礼部员外郎李格非，两家也算登对。

事情就这样成了。

没多久，李清照就成了年轻人的新婚妻子。

这一年，她十八，他二十一。

他的名字，叫赵明诚。

三

李清照和赵明诚的鹣鲽（jiān dié）情深、琴瑟和调，是那个时代最美（气）丽（人）的爱情传说。可以轻松虐死一箩筐又一箩筐的单身狗。

空口无凭，直接上实锤。

卖花担上，买得一枝春欲放。
泪染轻匀，犹带彤霞晓露痕。

怕郎猜道，奴面不如花面好。
云鬓斜簪，徒要教郎比并看。（《减字木兰花》）

不就是花十块钱买了一枝花吗？不就是把花插头上，特别臭美地回家见相公了吗？给自己加这么多戏，到底考没考虑过广大单身狗的心理健康问题？（什么？从没考虑过？好的，你们继续。）

两人志趣相投，喜欢诗词歌赋，也喜欢金石文物。

除了动不动就联袂在朋友圈发狗粮，也经常一起跑去古玩文物市场上，丧心病狂地败家剁手。遇上银行卡余额不足，就当场脱下名牌衣服，到当铺换钱。

像这样的骚操作，可以说是相当坑爹了。

要知道，刚结婚时，他俩一个是穷学生，一个是家庭主妇，都不赚钱的好吗！典当完衣服之后，绝对会跑到赵挺之和李格非那里，做出一副可怜兮兮的样子："爸爸爸爸，我没有衣服穿了……"

在小两口家里，书是绝对的主角。他们经常玩一个只有学霸才能玩的游戏：先沏上一壶好茶，然后两人开始比赛，猜某个典故在哪本书、哪一卷、哪一页、哪一行，猜对了才能喝茶。

作为这个比赛的常胜将军，李清照却总是喝不到茶。因为她赢了之后就开始嘚瑟，一不留神就把茶杯都打翻了。

几百年后，这个其乐融融的场景被一位词人写到了一首旷世名作当中："被酒莫惊春睡重，赌书消得泼茶香，当时只道是寻常。"

这位词人，叫纳兰性德。

如此羡煞旁人的婚姻生活，李清照当然幸福得不要不要的。可是对于赵明诚来说，却还有些美中不足。

他隔三差五就被写到各种鸡汤文里，标题通常都是这样的：《有个才华逆天的老婆，是种什么体验？》《我最大的幸福，就是当你的背景板》《你用才华碾压我，我用爱情囚禁你》。

每次出来一篇这样的爆款文章，赵明诚的微博就会深度沦陷。

就算他发一张辣眼睛的自拍，网友的留言也都是：好甜哦！我们女神就交给你了！敢欺负她就断你 Wi-Fi 哦～

想不到，当“词女之夫”，是一件这么苦恼又无奈的事。

作为大领导家的小少爷，赵明诚又怎会轻易服输！

他决定逆天改命，逆风翻盘！

哼，大家都说你新写的这首《醉花阴》妙绝古今，那好，你给我等着！

他把自己关在屋里，三天三夜不眠不休，终于写出五十首《醉花阴》，和妻子那首混在一起，隐去姓名，请朋友品鉴。

朋友看了半天：“哇，这三句不错！”

赵明诚一看，正是李清照的“莫道不消魂，帘卷西风，人比黄花瘦”。

从此，他再也不在文墨上与她争锋，而是一心扑到了金石文物上。我们今天对赵明诚这个名字不太熟悉，但其实，他就相当于宋代的马未都，在文物收藏与研究上和欧阳修一样，大名鼎鼎。

早年啃老，手头拘谨，所以藏品有限。后来，赵明诚官越做越大，家里便满坑满谷的都是了。

只是他怎么也没想到，多年以后，他苦心收集来的这些金石文物，会给妻子带来一场无妄之灾。

而那时，她已是他的遗孀。

四

在文学史上，李清照被当做婉约词派的代表人物。

无论是“寻寻觅觅，冷冷清清，凄凄惨惨戚戚”，还是“只恐双溪舴艋（zé měng）舟，载不动许多愁”，无论是“此情无计可消除，才下眉头，却上心头”，还是“春归秣陵树，人老建康城”，李清照给我们的总体印象，的确是一个水一样的女子，憔悴又旖旎。

但其实，婉约并不是她的全部。

> 生当作人杰，死亦为鬼雄。
>
> 至今思项羽，不肯过江东。（《夏日绝句》）

> 天接云涛连晓雾，星河欲转千帆舞。
>
> 仿佛梦魂归帝所。闻天语，殷勤问我归何处。
>
> 我报路长嗟日暮，学诗谩有惊人句。
>
> 九万里风鹏正举。风休住，蓬舟吹取三山去！（《渔家傲》）

只要看看这两首诗词，就明白为什么前人评价李清照的时候，会说她“倜傥有丈夫气”了。

她从没想过要做一个贤良淑德的闺阁女子，相反，她时常喝大酒，酷爱“打马”（据说是麻将的前身）赌博，更喜欢像个大喇叭一样口出狂言。

旧时女子在男人面前，从来都须低眉顺眼，绝不敢冲撞造次。这样的规矩对李清照来说，压根儿就不存在。

她二十一岁那年，父亲李格非遭遇党争被贬，公公赵挺之身居高位却只图自保，不肯出手援救。她愤而写诗，丝毫不给公公留情面——你这个人呀，真是“炙手可热心可寒”。你把我当外人，你就不考虑考虑你儿子此时的感受吗——“何况人间父子情”！

后来，靖康变起，北宋灭亡，南宋小朝廷偏安一隅。作为弱质女流，她却敢发出毫不客气的批判：“南渡衣冠少王导，北来消息欠刘琨。”南宋的局面和东晋何其相似，可东晋南有王导撑天拄地，北有刘琨雄踞太原，顽强抗敌。反观南宋王朝，上上下下只知逃命求饶，骨气何在！

她评点前辈词家，不虚美、不客套，句句夹枪带棒，犀利无匹。

苏轼、晏殊、欧阳修、柳永、晏几道、贺铸、秦观、黄庭坚、王安石、曾巩，这都是我们高山仰止的词坛大咖，可在李清照眼里，他们的词作究竟如何呢？

不好意思，苏轼、晏殊、欧阳修这几位呀，他们哪里是在作词？他们写的不过是句子不整齐的诗罢了，完全不合音律好吗！柳永的词倒是符合音律，可是语言能不能不要这么低俗？晏几道不会铺叙，贺铸不够庄重，秦观不会用典，黄庭坚毛病太多，至于王安石和曾巩，文章是不错，可写起词来，简直让人笑掉大牙，根本没法读！

你没有看错，上面这段话，出自李清照二十五六岁时所作的《词论》，可能是历史上最毒舌的词评，一点儿也不意外地给她招来了大批的黑粉。

这些人跑到她微博上，轻轻松松就把她骂上了热搜。打开评论区往下翻，满屏都在喊“无所羞畏”！“蚍蜉撼树”！后面跟一串恶心呕吐的表情。等到李清照发出来一首思想感情不那么温柔敦厚的新作，作妖的黑粉更是一拥而上：“自古缙绅之家能文妇女，未见如此无顾忌也！”

骂人就骂人呗，还带排名。真是够够的。

五

人生不如意，十常八九。前行路上，总有风雨迎候。

更何况，作为一个闺阁女子，命运从来都不掌握在自己手里。一辈子的酸甜，常常取决于三个男人：少女时代是父亲，结婚后是丈夫，老了靠儿子。

李清照的少女时代是幸福的，老境却难免凄凉。她和赵明诚膝下无子，丧夫后只能依靠自己的弟弟生活。说什么菽水承欢、天伦之乐，也只能从邻家的笑语喧喧中去偷偷体会了。

至于丈夫赵明诚，在他们教科书式的爱情背后，又有多少一般人看不到的疮疮孔孔。

一度炙手可热、权势熏天的赵挺之，在和奸臣蔡京的缠斗中被罢去宰相之职，病逝家中。没了父亲荫庇的赵明诚兄弟，被蔡京以种种罪名投入大牢，严加讯问。虽然后来查无实据，却都丢掉官职，不得不回到青州老家，与田夫野老为伍。

在赵明诚人生的低谷，李清照不离不弃，长伴左右。他们读书品茶、整理金石文物，用十年时光向世人示范什么叫作神仙眷侣。

在李清照三十一岁的生日画像上，赵明诚满怀深情地写下这么几句话：“清丽其词，端庄其品，归去来兮，真堪偕隐。”

然而，一旦他事业起飞，这其乐融融的局面便轰然坍塌。

爱情大概是世界上最排他的事物，可古代的女子，却不得不与他人分享自己的挚爱。

宋代政府高薪养廉，官员们大多纵情声色。他们流连娱乐场所，家中也是伎乐成风。宋词的繁荣鼎盛，与此大有关联。

赵明诚当然未能免俗，他也不过是个寻常男子。

他浪游秦楼楚馆，也学人蓄伎纳妾。甚至在外出做官时，只带着娇滴滴的妾室，却把日渐憔悴凋零的妻子扔在家里，像处置一样不再趁手的旧物件。

香冷金猊（ní），被翻红浪，起来慵自梳头。
任宝奁（lián）尘满，日上帘钩。
生怕离怀别苦，多少事，欲说还休。
新来瘦，非干病酒，不是悲秋。

休休，这回去也，千万遍阳关，也则难留。
念武陵人远，烟锁秦楼。
惟有楼前流水，应念我、终日凝眸。
凝眸处，从今又添，一段新愁。（《凤凰台上忆吹箫》）

终于，李清照不能忍受“终日凝眸”之苦，风尘仆仆去寻夫。一路上，她“泪湿罗衣脂粉满”，“惜别伤离方寸乱”（《蝶恋花·晚止昌乐馆寄姊妹》），到达后却发现自己并不受欢迎。

在远离家乡的陌生土地，平生所见，皆不在目前，心中挚爱，也早已归入别人的怀抱。

她就像一个在激战中败下阵来的将军，身边再没一个得力的扈从，往日功勋俱都风流云散，徒留一身伤痕，暴露给枪林弹雨。

家事国事天下事，事事煎心。

赵明诚的官越做越大，国家却每况愈下。几乎是眨眼之间，神州陆沉，四海鼎沸，半壁江山陷于金人之手，大批衣冠显贵仓皇南渡。

赵明诚做了江宁知府，李清照也跟着丈夫来到这个六朝古都。

每逢大雪天，她就披蓑戴笠，沿着城墙寻找写诗填词的灵感。写完还要拉着赵明诚让他也来搞一首，弄得赵明诚苦不堪言——如今他已登上这么要害的一个岗位，哪还有闲情逸致陪老妻吟风弄月？

> 庭院深深深几许，云窗雾阁常扃（jiōng）。
> 柳梢梅萼渐分明，春归秣陵树，人老建康城。
>
> 感月吟风多少事，如今老去无成。
> 谁怜憔悴更凋零，试灯无意思，踏雪没心情。（《临江仙》）

元宵佳节，满城张灯结彩，灿烂喧哗。可作为江宁城第一夫人，李清照却似乎丝毫没被节日的气氛感染，反倒是沉浸在感月吟风、憔悴凋零的情绪之中无法自拔。

此时，她不知道，还有更可悲的事情在等着她。

曾经写诗批判“南渡衣冠少王导，北来消息欠刘琨”的李清照，怎么也没想到，躺在自己身边的这个一城之主，有一天会变成她诗里指斥过的那类人。

在赵明诚即将卸任江宁知府之际，城内一伙儿不逞之徒打算趁乱造反。得到消息后，赵明诚做出的决策竟然是：家都没回，招呼都没打，连夜从城墙上垂下几条绳子，和另外两个大领导一起逃之夭夭！

若不是后来叛乱被平定于萌芽之中，无法想象被赵明诚独自留在城中的李清照，将会遭遇多么可怕的事情。

对于丈夫的这次独自潜逃，李清照是什么感想？

翻遍了她的诗文集，找不到对应的答案。

或许她也曾摔杯怒吼，也曾浑身发抖，却都随无数不堪回首的往事，一起咽在了肚里。

毕竟，那是她在这世上唯一能够倚靠终身的男人。

六

公元1129年，赵明诚在江宁患上疟疾。

当时，李清照身在池阳。得到消息后，她快马加鞭，急如星火。

她深知赵明诚性情急躁，治病也会选择激进的方案。当疟疾发作浑身发热时，他必会选择大量服用寒性药物，却不知这样一来，热毒虽受了压制，却容易触发痢疾。寒热交加，只会让病情更加复杂难办。

必须赶过去阻止他！

当她终于赶到，发现事情果然如她所料，可一切却已回天乏术。

赵明诚去世时，李清照四十六岁。

从此，她有了一个新的身份——寡妇。

寻寻觅觅，冷冷清清，凄凄惨惨戚戚。

乍暖还寒时候，最难将息。

三杯两盏淡酒，怎敌他、晚来风急？
雁过也，正伤心，却是旧时相识。

满地黄花堆积。憔悴损，如今有谁堪摘？
守着窗儿，独自怎生得黑？
梧桐更兼细雨，到黄昏、点点滴滴。
这次第，怎一个愁字了得！（《声声慢》）

赵明诚在世时，也曾带给李清照诸多苦恼，但毕竟是个灵魂倚靠。在人生的诸多节点，总归能从对方那里得到一份慰藉。

可如今，本就残破的生命又被硬生生挖去了一块。

从此以往，秋窗梧桐，黄昏细雨，便只能独自品尝。

作为宰相少爷，自己又曾官至江宁知府，赵明诚的家底可以说相当厚实，光是金石文物，就称得上价值连城。

只可惜，这样一笔浩大的财物，对于乱世中一个弱小女子，却很难说是祸是福。

在举家南迁的过程中，赵家曾经整理出了十五车的珍贵文物。尽管李清照费尽心力，却仍挡不住它们以种种方式不断流失。

先是在青州遭遇兵变，被焚毁一批。这让李清照深感自己力量弱小，必须为它们找到更强大的靠山。于是她将一大批文物运到洪州（今南昌），托付给赵明诚的妹夫，一位兵部侍郎。可她哪里想到，没多久洪州就被金兵攻陷，兵部侍郎也束手无策，这一批文物又灰飞烟灭。

紧接着，坊间出现了一个奇葩的流言，说赵明诚生前通敌卖国，和金人有勾结，还托人给金国献上了一个价值连城的玉壶。

百口莫辩的李清照，只好做了个壮士断腕的决定：把家中又一大批文物直接上缴朝廷，以表忠心。她没想到的是，这个决定竟然让她尝尽了奔波之苦。原因很“南宋”：当时中央政权为了躲避金兵追赶，四处逃窜，哪都待不长。每次李清照听说皇帝驻跸某处，风尘仆仆地赶过去，却发现那里早已人去楼空。

在越州（今绍兴），李清照租房居住。醒来发现墙上多出一个大洞，又是几箱文物不知所终。

李清照感到了深深的绝望。

在这个男人主导的社会，一个孤单的弱女子真的就这么寸步难行吗？

这时，一个叫做张汝舟的男人，不失时机地出现在她眼帘。

此人看上去文质彬彬，对李清照又颇为上心。

虽然无论才华，还是事业，都与赵明诚不可同日而语，但也许，他能给自己一个安稳的晚年呢？

三年来尝遍了孤眠滋味的李清照，就这样走了入了她的第二段婚姻。用当时人的眼光来看，她的这一举动无疑是彩凤随鸦，屈尊下嫁。

更可怕的是，没多久，李清照就发现自己上当了：张汝舟娶她，根本就是冲着她那些仅存的文物而来。而当他发现，这批文物早已残剩无几，远没有他想象的那么丰盛，他便露出了无情的獠牙。

七

李清照的离婚官司，是高宗朝轰动朝野的大事件。承包了好几个月的微博热搜榜，催生出几百篇爆款文章。

无数吃瓜群众大呼过瘾，一小撮文艺青年表示再也不敢相信爱情——人们对李清照的印象明明还停留在他和赵明诚的琴瑟和调，这突然冒出来的张汝舟是什么情况？

最后，就连高宗皇帝也被惊动，亲自做了批示。

大多数离婚官司，结果都两败俱伤。

张汝舟因“妄增举数入官”，被朝廷扫地出门，流放广西。李清照虽然因此得以如愿离婚，却以蒲柳之质身陷囹圄，尝到了镣铐的滋味。

按照大宋律法，她本应在缧绁（léi xiè）之中苦熬两年，所幸有许多公卿大夫伸出援手，九天后就把她捞出大牢。

只是，一世令名，却破碎一地。

放在今天，不合适就离婚，原也正常，何况男方还涉嫌骗婚，还家暴。

可在那个时代，女子改嫁已须承担一定压力。再婚百日，就闹出这么多狗血戏码，悠悠之口，又岂会轻饶。

“无检操”“不终晚节”“传者无不笑之”……

那个曾经以词名耸动天下的才女，如今，终于变成他人茶余饭后的谈资与笑话。

不过，那些居高临下指指戳戳的男人大概不会想到，他们的嗤笑在李清照眼中，无非就是几口蚊叮虫咬。

自小率性而为的她，就像一朵颜色不一样的烟火，从没活成一个会被他人意志掌控的女子。

她的爱，就如皓月行天，从不因浮云遮挡而却步。

她的恨，也如鸱鸮（chī xiāo）在空，绝不为鸡虫叫嚣而收束。

八

有关李清照的最后一个故事，记载在大诗人陆游的一篇文章里。

一位孙姓妇人去世，陆游为她撰写墓志铭。文章照例要列举死者生前种种嘉言懿行，其中提到这么一件事：孙夫人年轻时蕙心纨质，冰雪聪明。前辈才女李清照便想收她做入室弟子，将平生所学的诗文秘钥倾囊相授。

这要放在今天，多少文艺女青年要打破头去争这个名额啊！哪知孙夫人却深明大义，一口回绝，理由是："才藻非女子之事也！"

女人有女人的本分，整天吟诗作赋，成什么体统！

对孙夫人的明智选择，陆游表示了高度的赞赏。

中国古代为何才女稀少，看看这个例子就全明白了。

一切喧哗与骚动，终有尘埃落定时。

引爆全网的离婚官司过后，李清照逐渐淡出了人们视野，在临安度过平淡的晚年。

她仍在收集打理金石文物，偶尔还关注国家大事。

只是妆容日趋懈怠，珠帘整日不卷，膝下孤单岑寂。

世上功名，老来风味，大抵如此。

偶尔想起前尘影事，便就着眼泪写几首小词。

风住尘香花已尽，日晚倦梳头。
物是人非事事休，欲语泪先流。

闻说双溪春尚好，也拟泛轻舟。
只恐双溪舴艋舟，载不动、许多愁。（《武陵春·春晚》）

世事多错迕，无人共白头。回首来时路，烟波一钓舟。

他们说，人生不过一场戏，各人有各人命定的角色与台本，可我偏要高掌远蹠（zhí），我行我素，不听调度。

这满怀的倔强，满腹的荒唐，如若当世无人能解，那，便向千秋万世去寻觅知音吧。

只要词语的骨头仍在我体内嶙峋作响，总有什么会排空而来，在时光里和我相遇。

陆游

哪有什么山河无恙，一生都在面对疾风

一

公元1153年，南宋临安城。

榜单放出那一刻，一个剑眉星目的小伙子在心中暗暗喊了声“Yes！”

全国第一的好成绩，足够母亲大人在闺蜜群里炫耀两个月了吧？

同来看榜的友人却将他拉到僻静处，一脸凝重。

小伙子耸了耸肩：“看到你名次没我高了，但也不用这样吧？这只是省试，后面还有殿试呢！”

对方却摇了摇头，眼睛里结满寒霜：“陆游兄弟，你闯大祸了！”

在友人的提醒下，陆游终于看清了紧随在自己后面的那个名字——秦埙（xūn）。

当朝宰相秦桧的孙子。早就凭着门荫制度官居敷文阁待制，却仍纡尊降贵，来考场和这些普通青年一争高下。

陆游头顶的天空瞬间暗了下来。

这次考试的主考官，是怎么混的官场？他是真的没有眼力见儿，还是存心坑我呢？我再也不要当第一了……

果不其然，友人的担心并不多余。第二年，陆游以省试第一的成绩冲击殿试，结果竟然名落孙山。

其中谁在上下其手，不言而喻，而那位秉公阅卷把陆游评为第一的主考官，也被秦桧摁在地上，穿了一屁股的小鞋。

若不是恰巧赶上宰相大人大限来临，一命呜呼，两人就不知还将面对怎样的“修理”了。

二

其实，和秦桧那个孙子构成了竞争关系，当然不是陆游被黑掉的唯一原因，更让秦丞相不能忍受的，是他喜论“恢复”。

当时南宋朝廷对北方金国的基本国策，是能忍则忍，花钱消灾。主战派的下场，岳飞就是前车之鉴。政治风向如此，作为考生的陆游竟然逆风而行，满嘴决一死战、收复中原，结果可想而知。

科举的阳关道走不通，只能辛苦下基层。可能是在恩师曾几（就是写“梅子黄时日日晴”那位）的举荐下，已经三十四岁的陆游出任福州宁德县主簿，一个九品芝麻官。空有雄才大略，却只能屈身文书杂务之间，没有进士文凭的人生，就是这么黯淡。

不过，位卑未敢忘忧国，沉抑下僚的陆游，时时刻刻都在以自己的方式关注着国家的前途命运。

公元 1161 年，金主完颜亮亲率六十万虎狼之师倾巢来袭，南宋仓皇应战，一开始左支右绌，最后却在传奇书生虞允文的带领下取得采石大捷。而北方故土的人民也没有闲着，一支民兵队伍在均州知州武钜等人的带领下，竟然收复了曾经的西京——洛阳。

白发将军亦壮哉，西京昨夜捷书来。

胡儿敢作千年计，天意宁知一日回。

列圣仁恩深雨露，中兴赦令疾风雷。

悬知寒食朝陵使，驿路梨花处处开。（《闻武均州报已复西京》）

将近四百年前，唐军收复河南河北，持续八年的“安史之乱”宣告结束。诗人杜甫激动地写下千古名作《闻官军收河南河北》，并在诗的末尾展望未来：即从巴峡穿巫峡，便下襄阳向洛阳。天哪，终于可以回家了！洛阳，我来了！

陆游从未涉足过的西京洛阳，是大宋皇室的龙冢所在，北宋历代皇帝均安葬于此。陆游的想法比杜甫更开阔：已经数十年无人祭扫的皇陵，终于要在梨花盛开的寒食节，迎来久违的朝陵使了！那些蒙羞已久的亡灵，眼前的云雾终于消散开来，露出骄阳万里的天空了！

然而，“早岁那知世事艰，中原北望气如山。”（《书愤》）

作为陆游早期的代表作，《闻武均州报已复西京》的确是乐观过头了。短暂光复的洛阳城很快又被金兵收了回去，采石大捷也并没有改变金强宋弱的根本格局。

而让陆游更加想象不到的是，倘若宋朝真的派出朝陵使者，当他们怀着激动心情到达列祖列宗陵寝，他们将看到，那里断壁颓垣，一片狼藉。因为早在十几年前，这些汉人看得比命还重要的皇室祖坟，就已经被金兵挖了个底朝天。

三

北宋大文豪欧阳修有个犀利又扎心的说法，叫“穷而后工”。意思是：文人在世俗世界越是混不好，写诗作文往往越是大放异彩。已经三十好几，但人生还没看到什么光彩的陆游，把满腔心血都投注到了笔墨的世界。那时的他绝对想不到，这样一项嘲风咏月、不接地气的技能，竟然会给他的人生带来那么大的转机。

在陆游写《闻武均州报已复西京》的第二年，宋高宗的继任者，南宋孝宗皇帝和一位臣子周必大闲聊。喜欢读书的孝宗最近一直沉浸在李白诗集带来的飘逸亢奋当中，在他心中产生了一个好奇的想法：我堂堂大宋王朝（虽然只剩半边），眼下有没有能和李白并驾齐驱的大诗人呢？

周必大的回答让孝宗很开心：“有的，这个人叫陆游，人称‘小李白’。”

孝宗并不知道周必大的另一个身份：陆游的好朋友。他记住了这个名字。

没多久，两名高官联名推荐优秀人才的奏折，恰好被递到了孝宗面前，翻开奏折后孝宗乐了：“怎么又是这个陆游！”经过一次隆重的召见后，孝宗对陆游颇为满意，于是他送了陆游一份大礼：一张进士文凭（赐进士出身）。

不要小看这份礼物，每年通过考试升级为进士的读书人以百千计，可皇帝亲自发文凭赐进士出身，两宋总共也没有几个。可以说是荣宠非常了。

看起来，三十八岁的陆游终于迎来了人生的春天，往后的剧情就该是鲜花着锦，云程万里。可实际上，不到一年，陆游就灰溜溜地被孝宗赶出了京城，得到的御制临别赠言竟然是：“陆游，就是一个反复小人，他早就该滚蛋了！”

这件事，要怪，也只能怪陆游那“该死”的正义感了。

龙大渊和曾觌（dí）是孝宗御座前两大红人，恃宠而骄，没少干坏事。这样的人留在中枢朝廷，当然是祸害。于是陆游向一位重臣张焘进言：“先下手为强，早点让这哥俩哪儿凉快哪儿待着去吧！”

张焘就向孝宗进言请求驱逐龙、曾二人，却引起了孝宗的警惕：“爱卿，你平时可不爱掺和这种事啊，说，是谁撺掇你的？”于是孝宗又一次听到了陆游的名字，只是这一次，这个名字激起的却不再是爱才之心，而是熊熊怒火。

陆游的大好前程就这样葬送了。他光顾着为苍生社稷着想，却忘了为自己考虑：龙大渊和曾觌跟随孝宗多年，在孝宗登基之前就深得圣心，颇受爱重。正所谓疏不间亲，皇帝用人，听话尽忠常常排在人品才干前面。所以历朝历代，皇帝身边从不缺奸臣佞臣，而且往往要把陆游这样的正人君子斗得落花流水，扫地出门。

四

失了圣眷后，陆游的职业生涯只能在低位徘徊，而且时常失业在家。

一提起陆游，我们常常想到他和唐琬虐心的爱情故事，想到他感时思报国，一生志在恢复。这样一些直觉反应很容易让我们忽略了另一件事：其实陆游一生，和许多大诗人一样，也是在穷困潦倒中度过的。

公元1172年，四十八岁的陆游上书丞相虞允文（就是十一年前率领宋军取得采石大捷的那位传奇书生），试图得到对方的提携。在这封自荐信里，陆游没有夸耀自己如何文武双全、才高于世，而把主要的笔墨放在了一件常人难以启齿的事情上——哭穷。具体情形如下：

在辗转就业的过程中，陆游常常没有回家的路费，家里虽不至于揭不开锅，但也常常连续数月喝粥度日。因为穷，子女难以婚配，老父亲操碎了心。

概而言之——“某（指陆游自己）而不为穷，则是天下无穷人”。所以，就请您发发善心，给我个官职干干吧。“不赖其才，不藉其功，直以其穷可哀而已”。

此时的陆游，已经做过三任通判。怎么就穷到这个地步呢？

一方面，古代的州（相当于今天的市），无论人口、土地、经济规模都和现在不能比，更重要的原因可能还在于，陆游一生为官清廉，不擅长捞钱。而光靠工资养家，对任何时代的官员来说，都不是件容易事。

不管怎么说，在虞允文的关照下，陆游总算迎来了人生一个新阶段：他如愿以偿得到了一个新职位，去四川宣抚使王炎的幕府工作，地点是在他心心念念的抗金前线——南郑。在南郑的八个月，虽然经常风餐露宿，戎马倥偬（kǒng zǒng），甚至要和死神擦肩而过，却是陆游一生中最畅快的时光。直到沧桑的数十年后，这段往事仍然历历在目，不断被他形诸笔端。

投笔书生古来有，从军乐事世间无。（《独酌有怀南郑》）

一个人做自己真正喜欢的事，条件再艰苦，内心也无比快乐。

明明年近半百，晚年的陆游却用这样的诗句形容当时的自己：

念昔少年日，从戎何壮哉！（《岁暮风雨》）

忆昔西征日，飞腾尚少年！（《忆昔》）

四十八岁的“少年”，大概也只有在抗金前线才可以见到了。其实，在陆游年方三十，报国无门之时，他就感慨自己“老态转眼足”（《和陈鲁山十诗》），如今十几年过去，他反倒变成了少年，只能说一个人是年轻还是衰老，实在是和脸上皱纹深浅无关，和头上发际线高低无关了（默默摸摸自己的发际线……）。

从军南郑，也是陆游一生诗词创作的重大分水岭。劲健雄奇的巴山蜀水和铁马冰河的军旅生活，让陆游深深反省了自己青年时代藻绘雕琢的创作风格，一股闳中肆外的风云之气，开始在他笔端飞腾舒卷。

黄金错刀白玉装，夜穿窗扉出光芒。

丈夫五十功未立，提刀独立顾八荒。

京华结交尽奇士，意气相期共生死。

千年史册耻无名，一片丹心报天子。

尔来从军天汉滨，南山晓雪玉嶙峋。

呜呼！楚虽三户能亡秦，岂有堂堂中国空无人！（《金错刀行》）

作为一把锋芒辽阔的金错刀，陆游已经在黑匣子里蒙尘太久，如今，终于到了霜刃大开的时候了！如果说从前，陆游对前线的金戈铁马只有苍白的想象，如今，那些杀敌的壮心、破阵的雄心、报国的丹心，便都安放在了楼船夜雪和铁马秋风之间。

而幕主王炎的雄才大略，他煞费苦心构筑起来的千里雄兵，也让陆游对未来充满了信心。书生报国，似乎不再是一个遥不可及的梦想。

可这一切，却随着来自临安的一纸诏令轰然坍塌。

五

如前所述，南宋主战派向来受到主和派的压制，不能尽情挥洒雄心。王炎在四川经营四年，一直试图主动出击，却屡遭朝廷掣肘。四年过去，主和派风头更盛，主战派的领袖虞允文被罢去相位，王炎也被一纸诏令召回京城，投闲置散。

南郑不能待了，陆游获得了一个新职位，地点是人稠物穰的锦官城——成都。

从偏远荒寒的前线调到灿烂繁华的大城市，一般人高兴还来不及，陆游却失魂落魄。在去成都的路上，陆游经过了一夫当关、万夫莫开的剑门关，一场小雨淅淅沥沥地扰动着他的心神。

> 衣上征尘杂酒痕，远游无处不消魂。
>
> 此身合是诗人未？细雨骑驴入剑门。（《剑门道中遇微雨》）

李白觉得自己应该是帝王师，杜甫希望自己能够“致君尧舜”，李贺想要“收取关山五十州”，可最终，他们都不过是个吟风弄月的诗人。

离开前线的陆游，觉得自己这辈子大概也只是个诗人了。新的职位也很鸡肋——“冷官无一事，日日得闲游”（《登塔》）。他沉迷于酒精带来的虚幻安慰，频频出现在秦楼楚馆，在醇酒妇人、绵绵风月中消磨时光和壮志。

诗人范成大的到来，曾经给陆游在成都的苦闷生活带来了一丝活力。作为四川制置使，范成大给予陆游多方照顾，他和陆游的关系，有点像当年的严武和杜甫。不过在旁人看来，范成大平交陆游是惺惺相惜，爱才若渴，陆游作为一个七品小官却和领导没大没小，未免太失礼法了。

官场上关于陆游的负面评价开始发酵，本来陆游提拔在望，即将从嘉州（今四川乐山）代理知州转正，一个“燕饮颓放”的罪名，却让这次提拔胎死腹中。

所谓“燕饮颓放”，意思是，整天吃吃喝喝，思想消极，行为放纵。从陆游的实际生活来看，这个罪名或许并不冤枉，陆游还赌气地自号“放翁”，来回击这项指控，可弹劾陆游的人大概故意忘记了陆游的本职工作干得怎么样。关于这一点，《乐山县志》用了八个字来形容：“流风善政，至今颂之。”

“燕饮颓放”，并不是陆游一生受到的唯一指控。公元1189年，六十三岁的孝宗皇帝在禅位退休前，突击提拔了一批干部，其中的最末一班车正是陆游。圣心就是如此反复无常，说不带你玩就不带你玩，说宠你就宠你。

陆游从清闲无事的军器少监被提拔为正六品礼部郎中，事业上原本看到了一点希望。但还没到年关，孝宗的继任者光宗就又来一道诏书，罢了陆游的官。这次的理由仍然冠冕堂皇：“嘲咏风月……前后屡遭白简，所至有污秽之迹。”意思是：陆游整天嘲风咏月，为官多次被弹劾，所到之处都有丑行。

概括起来就是：生活作风大大的坏！至于贪污腐败、欺压良民、草菅人命，等等，一样没有。

说白了，陆游在生活作风上受到的指控，和欧阳修两次被诬告乱伦，是一个道理。

众所周知，要想搞倒一个官员，最有杀伤力的罪名通常都是“贪腐”。可陆游偏偏一生清廉，压根儿没给别人这个机会，那没办法，只好从生活作风上下手了。

六

为什么总有人想要搞倒陆游呢？醉翁之意不在酒，原因可能有两个。

首先，主战派和主和派在朝中的斗争，向来很激烈。陆游是个坚定且十分高调的主战派，他那一大堆高喊杀敌抗金的诗，在主和派看来无疑相当碍眼。关于这一点，大学者朱熹一语中的："恐只是不合做此好诗，罚令不得做好官也。"

其次，和朝中的人事变动也有关联。陆游的好朋友周必大，曾经官至丞相，但在公元 1189 年遭弹劾贬官，拔出萝卜带出泥，和周必大交好的官员便也牵连受害。

这次罢官几乎是给陆游的职业生涯宣判死刑，毕竟他此时已六十五岁高龄。此后二十年间，他退居老家山阴（今浙江绍兴）农村，日常无事，专力作诗。

> 美睡宜人胜按摩，江南十月气犹和。
>
> 重帘不卷留香久，古砚微凹聚墨多。（《书室明暖终日婆娑其间倦则扶杖至小园戏作长句》）

表面看，这样的生活悠然自得，是许多文人寤寐以求的田园牧歌。可你若掀开诗人内心的重帘，窥向房栊深处，便可知这宁谧之中波澜涌动，闲情背后义愤交加。

三万里河东入海，五千仞岳上摩天。

遗民泪尽胡尘里，南望王师又一年。（《秋夜将晓出篱门迎凉有感》）

英雄迟暮，壮志未酬，至少还能享受平静的晚年。而北方沦陷区的人民，在倒悬之中望穿秋水，却何曾看到过半点希望！

靖康之耻后，写诗是野蛮的。如果陆游手中的如椽之笔，只陷溺在自己的小确幸里，我们今天的历史，大概也没有他一席之地了。

风卷江湖雨暗村，四山声作海涛翻。
溪柴火软蛮毡暖，我与狸奴不出门。

僵卧孤村不自哀，尚思为国戍轮台。
夜阑卧听风吹雨，铁马冰河入梦来。

一般人很少知道，我们耳熟能详的《十一月四日风雨大作》其实有两首，第二首呈现给我们的陆游形象固然高大完美，但若加上第一首，却更通人情，也更显性情。

风雨如晦，僵卧孤村，本是一番凄凉景象，但溪柴火软，狸奴（狸奴就是猫）在抱，诗人的生活其实是很安逸的，窗外翻卷的不过是别人的天风海雨罢了。可就在这独善其身的逸乐之中，诗人却偏偏思念着轮台兵火，梦见了铁马冰河，这常人安之若素的生活，其实诗人从不曾贪恋过！

陆游存诗九千四百多首，如果不把乾隆这一类只会写流水账的家伙们算作诗人（乾隆：我做错了什么……），陆游就是历史上存诗最多的，比李白、杜甫、王维、白居易、李商隐加起来还要多。

在考场上，太过优秀的答卷常常会让我们心生疑窦。陆游存诗如此之多，是否意味着他对自己要求过宽，随手之作也不舍得删减呢？

答案是一个大写的否定。陆游甄选自己诗作时，简直就是大刀阔斧，俨然一台没有感情的删诗机器！在他四十二岁之前，一共写了一万八千八百首诗，可是晚年整理诗集的时候，他只留下了九百四十首！你以为这就完了？后来他又多瞅了一眼，又向这九百四十首举起了屠刀……最后，只有九十四首诗劫后余生，（瑟瑟发抖地）留在了他的诗集里。

如前所说，年轻时的陆游曾被称为“小李白”，随着岁月流逝阅历纷繁，他却把杜甫诗歌的沉郁顿挫，逐渐融在了原先的飘逸奔放之中。李杜合体，风骚百态，是陆游诗歌的一大特色。

对很多学诗者来说，杜甫高超的技艺每每令人精进良多。在这方面，陆游也不遑多让。他最为人称道的，便是出神入化的对仗技巧。关于这一点，比陆游小六十多岁的诗人刘克庄有一句评价很精彩：“古人好对偶被放翁用尽。”这简直不只是在“羡慕嫉妒恨”，而是在“控诉”了：“大哥，你把好对偶 / 对仗用完了我们怎么办……”

前面提到过的“重帘不卷留香久，古砚微凹聚墨多”就是陆游对仗艺术的典范，虽然这两句在《红楼梦》中被林妹妹视为反面教材，但其体物之细致与情韵之清雅，实在登峰造极。其他大受好评的对仗句还有：“全家稳下黄牛峡，半醉来寻白鹭洲”；“一身报国有万死，双鬓向人无再青”；“万卷古今消永日，一窗昏晓送流年”。“万卷”一联形容读书之乐，深得我心。

在题材内容层面，每个诗人往往都有他看家的本领。比如，王维的山水田园诗，王昌龄的边塞诗，白居易的讽喻诗，李商隐的爱情诗。陆游诗集中最令人瞩目的，无疑要属抗敌复国这一主题（其中许多篇目可以归入边塞诗的范畴）。“上马击狂胡，下马草军书”（《观大散关图有感》），就是对此类主题的极致表达。

早岁那知世事艰，中原北望气如山。
楼船夜雪瓜洲渡，铁马秋风大散关。
塞上长城空自许，镜中衰鬓已先斑。
出师一表真名世，千载谁堪伯仲间。（《书愤》）

作为陆游的代表作之一，这首《书愤》跌宕起伏，神完气足，有凌云壮心，也有慷慨悲鸣，即便是杜甫的七律来了，也足够分庭抗礼一下了。

和戎诏下十五年，将军不战空临边。
朱门沉沉按歌舞，厩马肥死弓断弦。
戍楼刁斗催落月，三十从军今白发。
笛里谁知壮士心，沙头空照征人骨。
中原干戈古亦闻，岂有逆胡传子孙？
遗民忍死望恢复，几处今宵垂泪痕！（《关山月》）

边塞诗若只是一味的雄壮豪迈，用固定姿势一往无前冲冲冲，看多了也容易疲惫。政治批判主题的加入，让边塞诗拥有了别样的筋骨和嚼劲。《关山月》所呈现出来的种种图景，令我们脑海中不由自主浮现出这些诗句：

战士军前半死生，美人帐下犹歌舞。（高适《燕歌行》）

但使龙城飞将在，不教胡马度阴山。（王昌龄《出塞》）

一方面，我们赞叹唐宋两代诗人在精神上跨越时空的交互碰撞，另一方面，也让我们禁不住感慨：太阳底下无新事，政治腐化和军队堕落，无论如何改朝换代，依旧如此触目惊心。

七

说到陆游诗词，不得不提《钗头凤》。

很多人倾尽一生只为找到真爱，而陆游是幸运的，二十岁那年他便娶了表妹唐琬，在最美的年华看见了爱情的模样。和新婚燕尔的李清照、赵明诚一样，说不尽的琴瑟和调，浪漫满屋。

一道晴天霹雳却不期而至。陆游的母亲对唐琬心生厌恶，硬逼着陆游休妻。陆游左右为难，竟然想出一个两全之策：在外觅得一处别馆，暂时将唐琬安置于此，和明媒正娶的妻子玩起了幽会的游戏。

可惜纸里包不住火，精明的老太太还是闻风而来，痛打鸳鸯。最终，陆游只能含泪休妻，另娶了老太太钟意的王氏。而唐琬也改嫁赵士程，一对有情人就这样镜破钗分。

陆母究竟为何不喜欢唐琬，至今也没有确切的答案。最常见的说法是唐琬无子，在无后为大的封建社会，这实在是一个再正当不过的休妻理由。但这一说法有个硬伤：陆游娶唐琬时二十岁，陆游休掉唐琬和王氏再婚大概是二十二三岁，也就是说，陆游和唐琬的婚姻只维持了两三年。

再猴急的老母亲，也不太可能因为儿媳妇在这么短的时间内无瓜无果，就要红牌罚下，另换新人吧？

另一个说法似乎更合情理：婚后的温柔乡让陆游耽于现状，荒废学业，不思进取，这才让望子成龙的陆母忍无可忍，对美丽的儿媳妇痛下毒手。

《后汉书·列女传》记载了一个非常著名的故事：有个叫乐羊子的人在外求学，一年后忽然回家，妻子惊问其故，乐羊子很没出息地回答："没别的，就是想你了。"妻子当时正在织布，抄起一把刀就要把辛苦织好的布给咔嚓掉，然后义正辞严、循循善诱地告诫乐羊子："你的学业若半途而废，就和这布匹一刀两断一样啊，从前的苦心就都白费了！"乐羊子听后，满面羞惭地离家继续学业，七年后才学成归来。

很显然，唐琬不是这样贤德的妻子。她大概只会拉着陆游天天游玩，吟风弄月，很快就让陆游把孔夫子是哪国人都忘掉。

总而言之，夫妻二人就这样重新组建了各自的家庭。而在沧桑的若干年后，双方在沈园偶遇了。当时被迫剪断的情丝，又产生了浓烈的化学反应。

已经三十一岁（一说二十七岁）的陆游挥毫在墙上题下一首词，就是大名鼎鼎的《钗头凤》：

红酥手，黄縢酒，满城春色宫墙柳。
东风恶，欢情薄，一怀愁绪，几年离索。错、错、错。

春如旧，人空瘦，泪痕红浥鲛绡透。
桃花落，闲池阁，山盟虽在，锦书难托。莫、莫、莫。

作为蕙心纨质的才女，唐琬也回了一首《钗头凤》：

世情薄，人情恶，雨送黄昏花易落。
晓风干，泪痕残。欲笺心事，独语斜阑。难、难、难。

人成各，今非昨，病魂常似秋千索。
角声寒，夜阑珊。怕人寻问，咽泪装欢。瞒、瞒、瞒！

没多久，唐琬便郁郁而终了。

陆游和唐琬凄美的爱情故事，当然经过了后人的诸多演绎。若认真考究起来，唐琬是不是陆游的表妹都是存疑的。至于唐琬所作《钗头凤》，宋人的记载只有“世情薄人情恶”这六个字的残句，“惜不得其全阕”，到了明代才突然出现的完整版，很可能是后人捉刀。毕竟在这类事情上，明人称得上“惯犯”。

让一个一生失意的诗人拥有一个哀感顽艳的爱情故事，也算是这个世界对诗人最大的温柔了。而且陆游也值得这份温柔。他和唐琬的故事虽然在青年时代便结束了，内心深处的惦念和不舍却横亘一生。此后陆游多次写诗缅怀唐琬，其中最著名的要属七十五岁时重游沈园之作：

城上斜阳画角哀，沈园非复旧池台。

伤心桥下春波绿，曾是惊鸿照影来。

梦断香消四十年，沈园柳老不吹绵。

此身行作稽山土，犹吊遗踪一泫然。（《沈园》）

也许在夫妻二人镜破钗分时，陆游便已死了一次。在唐琬香消玉殒后，陆游又死了一次。他一死再死，曾经的美好也活不过来。

和唐琬离婚后，陆游的确如陆母所愿，在学业上大有长进。虽然最终未达高位，但他见过的世面、攀过的险峰，在小小山阴都属于凤毛麟角。

可陆游却用那么多凄入肝脾的诗词，向我们提出了一个两难的问题：如果前途的机会成本是爱情，这一世的功业是否还值得？

八

在我们的历史课本和语文教材里，陆游是一个心心念念抗敌复国，毫无私心杂念的爱国主义诗人。

很多事情一旦沾上“爱国”，就容易杵在神坛上下不来。

其实没必要，不把诗人推上神坛，恰恰是触摸一个诗人最好的方式。

读到这你可能很好奇：铺垫这么多，陆游究竟干啥了？

陆游的好朋友大学者朱熹对他曾有一个评价：“其能太高，迹太近，恐为有力者所牵挽，不得全其晚节。”没想到一语成谶，晚年的陆游果然被著名奸臣韩侂胄“败坏了名节”，见讥于清议。

喜欢金庸小说的朋友，还记得《射雕英雄传》一开头的牛家村血案吗？勾结完颜洪烈，派人去追杀郭啸天和杨铁心的，正是南宋宰相韩侂（tuō）胄。此人大搞“庆元党禁”，残酷打压朱熹等“道学之人”，又好大喜功地发动开禧北伐，给国家带来深重灾难，最终自己也落得个身死名败。妥妥的奸臣一枚。

然而就是这么一个奸臣，陆游晚年却给他写祝寿诗，写营销软文《南园记》《阅古泉记》。

虽然很多学者百般回护辩解，但后世悠悠之口还是让陆游承受了不小的骂名。毕竟，用“天为明时生帝傅”和“身际风云手扶日，异姓真王功第一”（《韩太傅生日》）这样的措辞来形容韩侂胄，韩侂胄的形象确实太过光辉伟岸了，而陆游的形象则显得十分谄媚。

给陆游形象带来更沉重打击的，是《宋史·杨万里传》中的一段记载：“（韩侂胄）尝筑南园，属万里为之记，许以掖垣。万里曰：官可弃，记不可作也。”

也就是说，韩侂胄一开始是想请杨万里来写《南园记》的，但杨万里爱惜羽毛，无视韩侂胄封官许愿，严词拒绝。作为替补，这差使才落到了和杨万里齐名的陆游头上。

为什么陆游要接受这样一个必遭骂名的稿约呢？

最容易想到的理由是求官。陆游晚年长期赋闲在家，生活不独不富裕，还时常陷入断炊的窘境。若能重获官职，家中温饱也便可期。事实上，陆游也的确在写《南园记》后第三年（公元1202年），以七十八岁高龄重新出山到京城担任史官。这一非同寻常的任命，当然容易惹人遐想。其中有没有韩侂胄的臂援？很难考证。

第二个理由很“慈爱”——是为了子孙后代。陆游一辈子算不上世俗意义的成功者，作为父亲，对儿子（陆游共有七子）事业上的支持十分有限。（想想他去世时给儿子们留了什么遗产吧——一首《示儿》……）如若他能攀上韩侂胄这样的高枝，那么孩子们未来的发展无疑要顺利得多。具体来说，当时的陆游是想为小儿子子聿（yù）讨个恩荫，谋得一官半职。关于这一点，有的野史甚至绘声绘色地演绎出这样鲜活的场景：接到韩侂胄的稿约后，陆游一开始是拒绝的，但他的小妾抱着子聿跑过来可怜兮兮地说：“你就不为孩子考虑考虑？”于是陆游就妥协了。没办法，谁让陆游那么钟爱子聿呢，他还给他写过一首非常著名的诗——

古人学问无遗力，少壮工夫老始成。

纸上得来终觉浅，绝知此事要躬行。（《冬夜读书示子聿》）

第三个理由就比较简单了：大领导交派的任务，不敢拒绝，怕引火烧身。这和魏晋时司马昭让阮籍写劝进文，阮籍明知会留下骂名，但也只能乖乖从命，是一个道理。一言以蔽之，就是怂了，向恶势力低头了。

很多历史问题永远不会有答案，历史当中的黑白与人性，也远比我们想象的要复杂。

陆游和奸臣韩侂胄之间那些事儿，算不算他人生的污点？如果算，是多大的污点呢？很难回答。包括一向声名狼藉的韩侂胄到底算不算奸臣，现在学界也产生了很多不同的观点。

虽然如此，有一点是肯定的：我们掌握的方方面面的信息越多，思考问题的角度和判断问题的标准越丰富，我们就能获得更开放全面的视角，来重新审视人生。

九

> 死去元知万事空，但悲不见九州同。
>
> 王师北定中原日，家祭无忘告乃翁。

公元1210年，在留下这首荡气回肠的《示儿》之后，老迈不堪的陆游与世长辞，享年八十五岁。

他的一生，是英雄气盛的一生，在文字的世界里金戈铁马，铿然有声。

他的一生，也是苦闷不达的一生，在现实面前灰头土脸，望洋兴叹。

并不是所有人都喜欢他，也并非没有嗤笑与杂音。但最终，他还是活成了一个民族的脊梁，一种精神的象征。

陆游风云舒卷的人生，对我们大多数人浑浑噩噩的生活，是一个有力的提醒：原来，为了一个伟大的信念而活，是一件那么幸福又炸裂的事情！

小确幸诚然十分美好，一日三餐也不可不操心，但不要忘了，在我们头顶毕竟还有无边的天空。

最后，让我们用晚清大名人梁启超读陆游诗集时所作的一首诗，来作为结束吧：

> 诗界千年靡靡风，兵魂销尽国魂空。
>
> 集中十九从军乐，亘古男儿一放翁！（梁启超《读陆放翁集》）

蒲松龄

把喜欢的事做到极致，就一定会成功……吗？

一

从古到今，考试，都是屌丝逆袭的终极杀招。

公元 1687 年，四十八岁的山东考生蒲松龄在考场上奋笔疾书。

试卷上龙蛇飞动，好久，没有这么淋漓畅快过了。

终于，蒲松龄从试卷上抬起头来长舒一口气，不出所料，他又是第一个完成的。

蒲松龄轻松惬意的心情没有维持太久，他的脸色突然间变得煞白。

他发现，由于刚才运笔如风，写得太忘我，试卷上竟然出现了一个无比愚蠢的错误——他越幅（类似于跳页）了！本该一幅连着一幅的八股文，中间出现了一幅空白！

按照规定，这张卷子就算作废了，而考生也将被张榜除名，想要卷土重来，只能等到三年后。

走出考场的蒲松龄，只觉得“千瓢冷汗沾衣，一缕魂飞出舍”，他实在不明白，命运到底在和他开什么玩笑。

记不清是第几次落榜时，他曾写下这样一副对联自勉：

有志者，事竟成，破釜沉舟，百二秦关终属楚；

苦心人，天不负，卧薪尝胆，三千越甲可吞吴。

这副对联在励志鸡汤金句排行榜上长年霸榜，只是那时的蒲松龄怎么也不会想到，他这个苦心人却一辈子都没能通过考试改变命运之轮的方向。小小的淄川老家，将见证他挥之不去的苟且和彷徨。

二

对蒲松龄一生最简练的描述，是他考乡试考到两鬓斑白，也没有任何结果。在别人家做教书先生，一做就是五十年。他在世时，旷世奇作《聊斋志异》仅以手抄本形式小范围流传，从未公开刊行，更别说卖版权改编影视剧了。

很多人觉得奇怪，以蒲松龄写《聊斋》的文笔，要应付应付八股文那还不是随随便便的事？其实不然。让莫言去写高考作文，也未必能得多高的分。虽然都是要笔杆子，方向和标准毕竟完全不同。

那么，作为一名复读数十年的考生，蒲松龄的问题到底出在哪？

这就不得不扯到原生家庭这个老话题上了。

蒲松龄他爸叫蒲槃，一辈子遇到最大两个难题，一是年轻时百般发奋，仍考不上秀才；另一个就是四十好几了，还生不出儿子。

好在蒲爸爸脑子挺灵光，发现自己不是块读书的料，立即改弦易辙，弃文从商。虽说按当时观念有辱门风，兜里却渐渐地有了几个钱。第一个难题就算顺利解决了。

难就难在生不出儿子这件事。

蒲爸爸四十多岁时，家中已有一妻两妾，夫妻生活其乐融融，却偏就无瓜无果。

今天谁家遇上这种情况，当然是往医院跑。可古人的脑回路，从没让我们失望过。在蒲爸爸看来，要想打破僵局，就必须狂做慈善，以期感动上天。

在这个大政方针的指导下，蒲爸爸变卖了田产和房产，到处积德行善，千金散尽不复还。

神奇的事情还真就发生了，随着蒲爸爸银行卡余额的急剧衰减，他三个老婆的肚子争先恐后地大了起来。最终，一棵藤上四个瓜，利国利民又利家。

四个儿子四张嘴，几乎把蒲爸爸吃垮了。等到孩子们长大成人该要接受教育时，蒲爸爸实在拿不出钱请老师，他灵机一动：要不，我亲自出马？

尽管科举中第本身就难，但我始终忍不住会脑补：蒲松龄这一辈子重复落榜，其中有没有蒲爸爸的功劳？他一个二十几岁还考不上秀才的人，又能教出多好的学生呢？

“再苦不能苦孩子，再穷不能穷教育”，可惜蒲爸爸没看过这条标语。

三

再多各自牛 × 的时光，也比不上一起傻 × 的岁月。

人在年少轻狂时，谁没有几个智力相当、口味相近的死党呢？大家喝酒撸串，指点江山，约好了“苟富贵无相忘”。没承想时候一到，分道扬镳，从此便江湖相忘，隔水隔山了。

从青年时代开始，在考试、复习之余，蒲松龄便展现出对妖鬼狐媚的独特兴趣。当他开始零零碎碎地创作《聊斋志异》时，周围朋友的态度空前一致：“《志异》书成共笑之。”（蒲松龄《次韵答王司寇阮亭先生见赠》）

你一个读高三读了N年的人，还有工夫写网络小说？！

最让蒲松龄伤心的，是他最好的朋友张笃庆，也加入了这个“恨铁不成钢”的阵营：“君自闲人堪说鬼，季龙鸥鸟日相依。”（张笃庆《题蒲柳泉〈聊斋志异〉书后》）

写小说这事，闲暇时候娱乐娱乐是可以，当成事业来付出，是不是有点误入歧途了呢？若还执迷不悟的话，当心“咫尺聊斋人不见，蹉跎老大负平生”（张笃庆《岁暮怀人诗》）哦！

一开始，蒲松龄的内心毫无波澜，甚至有点想笑。大家都没考上，你批评我不务正业是几个意思？你这务正业的，也没比我强多少呀！

等到张笃庆以山东省第一名拔贡的身份，保送到北京国子监，蒲松龄的心态就有点绷不住了。因为功名在望而意气风发的张笃庆给老朋友寄回来这么两句诗：“此后还期俱努力，《聊斋》且莫竞谈空。”（张笃庆《寄留仙、希梅诸人》）

那个，从前我说你几句你还不高兴，现在你看看选择有多重要，你还敢不敢浪费生命去搞什么《聊斋》啦？

难以想象，面对昔日好友苦口婆心而又居高临下的批评，蒲松龄会是什么体验。

他不可能不眼红，也不可能不沮丧懊恼。但最终，他还是把余生都给了心爱的《聊斋》。

谁让生命中有些东西爱了就收不回，再痛也割舍不掉呢。

四

做自己真正喜欢的事，往往要受穷。

由于和妻子太过恩爱，一不小心生下四子一女，蒲松龄的家里就越发捉襟见肘。

翻开古人诗文集，寒士哭穷，是常见题材。在这当中，杜甫把物质上的短缺写到了极致，李贺把精神上的郁闷推向了巅峰。而蒲松龄虽然晚生了几百年，他哭穷的某些思路，那叫一个可爱……

早岁不知世事艰，尽管过的已经是“家无四壁妇愁贫”的日子，对于未来的期待却仍是：

何日得钱十万贯，烟波深处买芳邻。（《拨闷》）

将来有钱了，老子要买别墅！

等到被生活长按在地上摩擦摩擦再摩擦，终于不再做绮丽的梦了：

几时能储十石粟，与尔共读蓬窗前。（《子笏》）

儿子，其实我也不想整天出差的，我也想在家多陪陪你啊！唉，咱家要是能有点存粮就好了……

可现实就是这么残酷，开“饭”时，家里的场景通常是这样的：

午饭无米煮麦粥，沸汤灼人汗簌簌……

大男挥勺鸣鼎铛（chēng，一种平底锅），狼藉流饮声枨枨（chéng chéng，象声词）。

中男尚无力，携盘觅箸相叫争。

小男始学步，翻盆倒盏如饿鹰。

弱女踟躇望颜色，老夫感此心茕茕。（《日中饭》）

这哪是其乐融融的家庭聚餐啊，这就跟闹饥荒时争抢救济粮的难民，没什么两样嘛！

和现在很多穷学生一样，蒲松龄不得不靠码字和做家教来养家糊口。

今天我们提起蒲松龄，主要是个小说家，也写了不少诗。但其实，他的写作范围宽到没边儿！为了赚稿费，你都无法想象他还写过哪些神奇的东西。

比如，《婚嫁全书》。

想知道结婚如何挑选黄道吉日吗？想知道初次结婚都要注意哪些东西吗？想知道婚姻生活如何维持幸福美满吗？

拥有一本《婚嫁全书》，妈妈再也不用担心你嫁不出去，娶不到人。

比如，《观象玩占》。

书名看起来有点玄乎，内容却相当接地气。读了这本书，保管你上知天文下知地理，种地再也不为天气发愁。

再比如，《家政外编》《家政内编》。

外编告诉男人怎样务农养家，内编则指导女人如何搞缝纫、养蚕桑、学做菜。

两本书在手，和谐家庭生活应有尽有。

写《聊斋志异》的人，竟然还能写这种书，惊不惊喜，意不意外？

当然了，真正给蒲松龄带来稳定收入的，还是寄人篱下，做家教。

从青年时代开始，到七十岁退休，蒲松龄做了五十年的家庭教师，光是在大客户西铺村毕家，就待了三十年。从这个描述你也发现了，当初那个不想出差只想专心在家带娃的梦想，并没有实现。

> 君子受艰难，斯文不值钱。
> 有人成书馆，便是救命仙。（《闹馆》）

一钱难死英雄汉，顾客来了是上帝！

由于他小有文名，客户常常待以殊礼，渐渐地也结识了一些达官名流。不过这些上了点级别的官员，都够奇葩的。比如山东按察使喻成龙，一位正三品的地方大员，竟然想花一笔钱收买蒲松龄的《聊斋》书稿，然后冠上自己的名字发表！

而当时的一位文坛宗主，蒲松龄和他交往的过程，堪称史上最反转的抱大腿事件了。

五

王士祯（zhēn）这个名字，今天只有古典文学研究者偶尔会用到，大众知名度基本为零。

可在蒲松龄生活的时代，那就是莫言式的文坛宗主，而且官还做得很大，是刑部尚书。

如此一等一的人生赢家，本不会和蒲松龄这样的屌丝有任何瓜葛，但是别忘了，有个东西叫“六度空间理论”。最多通过五个中间人，你就能认识世界上任何一个陌生人。

王士祯和西铺村毕家是世代姻亲，时常走动。

这一年，王大人又来到毕家高谈品茗，一个怯生生的身影出现在房间角落里。

“你就是毕老爷经常提到的小蒲吧？我读过你的小说，写得挺有意思！”

蒲松龄没想到这么大的人物这么和蔼可亲，于是他大着胆子上前聊了几句。

尽管在扫码加微信的环节，王大人露出了几分迟疑，整个气氛算是极为融洽的。

分别时，还是王大人主动说出了那句“保持联系哦”。

考虑到王大人日理万机，蒲松龄虽然很快给他写了一大段话，却拖了好久才终于在微信上点击了发送。

在收到寥寥数语的回复后，蒲松龄激动得把王大人最近半年的朋友圈挨个点赞了一遍。

从此，在和文朋诗友聊天时，蒲松龄有意无意提到王大人的次数明显增多。当大家对王大人的某个八卦或动向众说纷纭时，他会打开手机做出一副漫不经心的样子，去王大人的朋友圈寻找蛛丝马迹。然后以“以我对士祯的了解”开头，谈自己的看法。

在蒲松龄看来，王大人简直是无与伦比的存在。

“名浮天地窄，才横渤澥（xiè）小。”才华杠杠的。

“眼中辽海阔，胸次点尘无。”气度没的说。

“虽固隔尘情，梦中常独往。”知道你忙，我到梦里去找你好了。

“遥忆黑头已珥（ěr）貂，相逢快语彻清宵。”相处的点点滴滴，就算过了十几二十年，还历历在目。

老实讲，我给我最好的朋友，也不敢写这么肉麻的句子。

而蒲松龄和王大人，其实一辈子也就见过一次而已。

邀请大咖云站台撑场子，是很多小咖梦寐以求。随着《聊斋》的写作持续推进，在蒲松龄心中，这个愿望变得越来越强烈。

终于有一天，王大人的手机收到了这样一条信息：“那个，我的新书就要写完啦，还缺一篇大手笔的序言，不知王大人有没有时间呢？”

王大人没有立刻回复，而是隔了两天才装作突然想起来，抛出这么一段话：“《聊斋》写得的确不错！不过找我写序的人有点多，我其实早就封笔了。我也许会为你破例一次吧，不过以后的事情，谁能说得准呢，看情况呗。”

什么叫老江湖？再大的皮球也能轻松停稳了，然后给你一脚踹回去。

蒲松龄一生僻居乡野，人微言轻，交游有限。可王大人不是这样。王大人位高名重，陪他吃饭洗脚的，全是各行各业的风流人物。

偶然的一次邂逅，让蒲松龄一生回味那交汇时互放的光亮。可在王大人心里，不过是一个极为寻常的日子，一个无足轻重的人罢了。

王大人一生给很多书写过序，把作者夸到天上去，但不包含那本默默无闻的《聊斋》。

在王大人自编的文集里，可以看到他和很多朋友之间的书来信往，这些也是另一种形式的创作。但，尽管王大人也给蒲松龄写过几封回信，这些信件却没有被收进文集里。

蒲松龄很努力地去抱了王大人的大腿，却从王大人光滑的皮肤上无声地滑落。

身居要职的文坛领袖和无名文青的故事，也只能如此收场吧。

可虚空中仿佛有个倔强的声音在反复呢喃：身居要职的文坛领袖和无名文青的故事，真的只能如此收场吗？

我不同意！

让王大人和蒲松龄都没有想到的是，几百年过去了，“王士祯”这个在蒲松龄眼中“大地尽瞻仰”“光芒亘万丈”的名字，逐渐被遗忘在历史的烟尘里。反倒是当初那个一生潦倒的无名文青，成了中国人家喻户晓的文学大师。

中国小孩最难以忘怀的童年噩梦，大多是从满屏的《聊斋》系影视剧开始的。

顺便说一句，其实王士祯也没有被完全遗忘啦，他有一首随手写成的读后感，他自己虽不甚看重，在后世却经常被引用：

> 姑妄言之姑听之，豆棚瓜架雨如丝。
>
> 料应厌作人间语，爱听秋坟鬼唱时。

是的，这首诗的题目，叫《戏书蒲生〈聊斋志异〉卷后》。研究者们谈到《聊斋》在创作之初受到的评价时，都要把这首诗拉出来站台，久而久之，竟成了王大人的代表作。

出镜率之高，让王大人其他诗作羡慕嫉妒恨，口水流一地。

六

命运有时很吊诡。

曾经以“省状元”身份进入北京国子监的张笃庆，铆足了劲儿准备在接下来的乡试、会试中大干一场。万万没想到，他一辈子的成就竟然就止步于此。

满以为唾手可得的功名，仿佛悬挂在驴子面前的那根胡萝卜，跑残了腿也只是一轮虚影。

曾经，他意气风发地批评好朋友蒲松龄“聊斋且莫竞谈空”，几十年过去，蒲松龄仍在原地徘徊，而他也不过去云端跟团游了一趟而已。

> 忆昔狂歌共夕晨，相期矫首跃龙津。
>
> 谁知一事无成就，共作白头会上人。（蒲松龄《张历友（笃庆）、李希梅为乡饮宾介，仆以老生忝与末座，归作口号》）

正因为人生际遇半斤八两，张笃庆和蒲松龄得以相怜相惜，维持了一辈子的友谊。

而蒲松龄的另一个好朋友孙蕙，就不是这样了。

和张笃庆一样，孙蕙也不赞成蒲松龄写《聊斋》：“兄台绝顶聪明，稍一敛才攻苦，自是第一流人物……”

你看你这么聪明一人，你只要稍微把心思放到正道上来，前途不得一片光明啊！

看到蒲松龄死性不改，孙蕙就只好用实际行动去打他的脸。

三十岁那年，孙蕙一举考中进士，名震山东。当蒲松龄搞创作搞得家里揭不开锅时，孙蕙已经做上了知县老爷。

“苟富贵，无相忘”，是很多人心中对于友情的最高理想。

至少在一开始，孙蕙做到了这一点。他邀请蒲松龄去做自己的入幕之宾，帮助处理繁杂的事务。

从此，蒲松龄有了一份体面的职业和可观的收入，也借此看到了有钱人的生活长什么样子，那本是和他隔着无数个次元壁的“完美世界”。

不过，最好的朋友成了自己的顶头上司，这感觉其实并不好。无论对方怎么强调“千万别当我是领导”，仰着的脖子终究会有些酸涩。

没干多久，蒲松龄便辞职回淄川，决心在科举这条路上向好朋友看齐。

孙蕙没有挽留，而是在离别的筵席上默默塞给蒲松龄一封推荐信。信的内容可想而知：“各位大人，这位是我孙某的好兄弟，你们关照关照他！”

只可惜，一个小小的知县又能有多大面子？蒲松龄漫长的失学落榜之路，才刚刚进行到第一小节而已。

当蒲松龄在他破败的书桌前，写出一篇篇《促织》《画皮》《聂小倩》《婴宁》，孙蕙也在仕途上越走越远，远到蒲松龄用力地踮起脚尖，才能勉强望见。

一开始，蒲松龄欢呼雀跃，为好朋友感到高兴：

> 闻君策高足，忽如获至宝。

可随着时间的推移，蒲松龄的心里却生出了许多别样的滋味。

当孙蕙被所有人簇拥着指点江山，却顾不上和他好好打声招呼时，当孙蕙的回信越来越简短，甚至不再是本人亲笔时，当孙家人走在大街上日甚一日趾高气扬时，蒲松龄默默地停下了要给孙蕙点赞的大拇指。

我们总说“苟富贵，无相忘”，但其实，好朋友之间若不能砥砺前行、齐头并进，谁又会记得谁，谁又能帮到谁呢？

和陈胜约好“无相忘”的那位朋友，最后还不是被已成楚王的陈胜一刀砍了。

> 年年落魄，有负故人，自觉面目酸涩，不可以登君子之堂。（蒲松龄《上孙给谏书》）

在京城要害部门当上要职的孙蕙，终于和蒲松龄走到了命运的岔路口。

而此时，他们谁都没有想到，两人之间的最后一次交流，会是那么激烈的形式。

风和日丽的一天，孙大人处理完满桌的公务，斜倚在贵妃榻上悠然品茗。

门口珠帘翻卷，一封来自家乡的书信打破了黄昏时的宁静。

信读到一半，孙大人的双手就开始剧烈颤抖。最后，他把这纸书信摔在地上，朝下人怒吼：“来人，给我传信回去！”

这封让孙蕙恼怒失态的书信，就是著名的《上孙给谏书》。

光看题目，你就知道它有多义正辞严、大义凛然了。

在信中，蒲松龄痛斥孙蕙发迹之后，孙家上上下下在地方上仗势欺人、鱼肉乡里的行径。那火力，用来爆破整条街的摩天大楼，都绰绰有余。

恶虽出于众作，怨实丛于一人。

他尖锐地指出：干坏事的是你家人，但作恶的根源可是在你这里哦。至于淄川父老愤怒到了什么程度，你自己微服私访一趟试试看吧——

但祈先生微行里井而私访焉，倘有一人闻孙宅之名而不咋舌咬指者，弟即任狂妄之罪而不敢辞！

孙家人飞扬跋扈、横行乡里，孙蕙是否知情呢？也许知道，也许不知。

蒲松龄见义勇为，也在情理之中。

只是在孙蕙看来，以他二人的关系，平心静气地提一嘴不好吗，何必这么郑重其事，大张旗鼓？这就好比你给昔日好友提意见，你不悄悄发个私信，却在朋友圈昭告天下。石破天惊的效果是有了，朋友却也没得做了。

《上孙给谏书》传颂一时，蒲松龄不畏强御、为民出头的精神在当地圈粉无数。

据说，孙家人从此收敛了不少，可见孙蕙也不是那么不讲理的人。

只是，当年那对青春同游、把臂同盟的好友，就再没有任何可以留恋的情分了。

孙蕙没有回复这封仗义执言的书信，而蒲松龄，也没去参加两年后在淄川举行的，孙蕙的葬礼。

七

大师在世俗的世界到处碰壁、格格不入，已经是个被说烂了的话题。而中国古代小说家的惨淡境遇，又和当时特殊的社会结构与价值取向紧密相关。

自古华山一条道。读圣贤书、走仕途，几乎是知识分子的唯一出路。写小说不入流，又缺少成型的市场需求。投身其间的写作者，再怎么才华盖世，也只能沦为悲壮的献祭者，活得低人一等。

艺人、画家、科学家，情貌虽不同，风味乃相似。

蒲松龄若生在我们这个时代（或者他要是……能一直活到我们这个时代），日子该有多红火！光是卖影视版权，就要赚到手软了。

可惜他早生了几百年，命运的纹路便呈现出截然不同的走向。

公元1713年，蒲松龄七十四岁，妻子刘氏因病去世。在一生的厮守中，这个女人为他吃尽了生活的苦。她很少吃肉，看不起病，作为佛教徒，死后没请和尚作法，懂事得让人心疼。丈夫长年不在家，“丧偶式带娃”她一带就是五个。而在风华正茂的少女时代，在望着新婚丈夫伏案苦读的背影时，她对未来也曾有过多么热烈美好的期待啊！

在刘氏病故的当年，蒲松龄也自觉不久于人世，遂请来画师留下来一张“形象画”。画面中，他手拈胡须，双眸炯炯。和所有饱经生活磨难的人一样，若有所思，若有所悟。

画像上的题词，则透露出蒲松龄对自己一生倍感遗憾与不满，甚至到了羞于面对子孙后人的地步。

是啊，王士祯们理解不了蒲松龄的伟大，孙蕙、张笃庆们理解不了蒲松龄的伟大，就连蒲松龄自己，也理解不了自己的伟大。

在所有人眼里，这个气息奄奄的老人，度过了一事无成的一生。

只有聂小倩、宁采臣知道，只有混迹于人群中的花妖狐媚知道，只有每天晚上站在人们床边默默流泪的鬼魂知道，这刹那间存在过的一切，在未来将会经历怎样翻天覆地的“洗牌”。很多曾被人趋之若鹜的东西，逐渐褪去了本不属于他们的芜杂光芒，而那些在角落里自生自灭的微弱根茎，却将无声地伸展，直到获得遮天蔽日的蓬勃傲岸。

公元1715年，山东淄川蒲家庄。一位老人最后望了一眼窗外的天空，合上了越来越沉重的双眼。

那一刻，蜂飞蝶舞，鸡犬相闻。

世界云淡风轻，没人感到刺痛。

参考资料

全书主要参考资料：

袁行霈主编《中国文学史》，高等教育出版社 1999 年版。

范晔《后汉书》，中华书局 2000 年版。

陈寿《三国志》，中华书局 2000 年版。

房玄龄《晋书》，中华书局 2000 年版。

刘昫《旧唐书》，中华书局 2000 年版。

欧阳修、宋祁《新唐书》，中华书局 2000 年版。

脱脱《宋史》，中华书局 2000 年版。

各章节参考资料：

△孔融：一只屁股上开着花的萤火虫

宋景昌《论孔融》，《阜阳师院学报》（社会科学版），1982 年 4 月。

孟祥才《论孔融的悲剧》，《山东大学学报》（哲学社会科学版），2001 年 8 月。

白水河《孔融之死与汉末政治》，《西北民族大学学报》

（哲学社会科学版），2006 年 4 月。

△建安七子：中国文学史上响当当的男子天团

高云波、石小英《建安二十二年疫灾与建安文风的转变》，《绍兴文理学院学报》，2018 年 11 月。

△阮籍：不要跟我谈理想，我的理想就是不上班

高晨阳《阮籍评传》，南京大学出版社 1994 年版。

△嵇康：私生饭到底有多可怕?

王晓毅《嵇康评传》，广西教育出版社 1994 年版。

△学渣陶渊明：像我这样优秀的人，本该灿烂过一生

钱志熙《陶渊明传》，中华书局 2012 年版。

曹明纲《陶渊明、谢灵运、鲍照诗文选评》，上海古籍出版社 2011 年版。

△张翰：人都埋土里了，还怕什么差评

胡小优《再论张翰的回归》，《西昌学院学报》（社会科学版），2012 年 12 月。

△孟浩然：给我三个好友，我能撬动地球

王从仁《王维和孟浩然》，上海古籍出版社 1983 年版。

刘宁《王维孟浩然诗选评》，上海古籍出版社，2011 年版。

△佛系诗人王维：天哪，我再也不敢“涉黄”了

卢渝《王维传》，山西人民出版社 1989 年版。

△李白：在人间已是癫，我偏要上青天

周勋初《李白评传》，南京大学出版社 2005 年版。

康震《康震讲诗仙李白》，中华书局 2018 年版。

安旗《李白太别传》，人民文学出版社 2004 年版。

赵昌平《李白诗选评》，上海古籍出版社 2011 年版。

钱志熙、刘青海《李白诗选》，商务印书馆 2016 年版。

△“李白”：没被生活百般毒打之前，谁还不是个傲娇的宝宝

莫砺锋《杜甫传》，长江文艺出版社 2019 年版。

莫砺锋《杜甫评传》，南京大学出版社 2011 年版。

康震《康震讲诗圣杜甫》，中华书局 2018 年版。

葛晓音《杜甫诗选评》，上海古籍出版社 2011 年版。

莫砺锋、童强《杜甫诗选》，商务印书馆 2018 年版。

△杨玉环：绝代佳人的致命水果

许道勋、赵克尧《唐玄宗传》，人民出版社 2015 年版。

△韩愈：就让我在作死的边缘来回试探

康震《康震讲韩愈》，中华书局 2018 年版。

李长之《韩愈传》，新世界出版社 2017 年版。

△刘禹锡：活成自己喜欢的样子，有多难？

卞孝萱、卞敏《刘禹锡评传》，南京大学出版社 1996 年版。

孙琴安《刘禹锡传》，上海社会科学院出版社 2017 年版。

△白居易：一个人有多不正经，就有多深情

郦波《唐诗简史》，学林出版社 2018 年版。
蹇长春《白居易评传》，南京大学出版社 2002 年版。
张军《长恨歌哭为湘灵》，《南昌大学学报》（人社版），2002 年 6 月。
陈杰杰《长歌当哭为湘灵》，《绵阳师范学院学报》，2012 年 3 月。

△柳宗元：有一种痛，叫太早登上人生巅峰

孙昌武《柳宗元评传》，南京大学出版社 1998 年版。
康震《康震讲柳宗元》，中华书局 2018 年版。

△杜牧：心有猛虎，细嗅蔷薇

缪钺《杜牧传》，百花文艺出版社 1999 年版。

△小李杜：这世上总有你嗑不到的 CP

董乃斌《锦瑟哀弦·李商隐传》，作家出版社 2015 年版。
刘学锴《李商隐诗选》，人民文学出版社 1986 年版。
董乃斌《李商隐与杜牧之比较》，《上海大学学报》（社会科学版），2005 年 1 月。

△李煜：可怜薄命作君王

赵晓岚《赵晓岚说李煜》，人民文学出版社 2009 年版。
田居俭《李煜传》，中华书局 2014 年版。

张玖青《李煜全集》，崇文书局2015年版。

△范仲淹：先生之风，山高水长

诸葛忆兵《范仲淹传》，中华书局2012年版。

△晏殊：老实人变“坏”，需要几个步骤？

邵明珍《晏殊“明哲保身”辨正》，《文艺理论研究》，2019年3月。

高峰《晏殊、欧阳修关系的交恶与词风转捩》，《南京师范大学文学院学报》，2017年12月。

△欧阳修：是时候见识一下，我填词有多野了

黄进德《欧阳修评传》，南京大学出版社1998年版。

康震《康震讲欧阳修、曾巩》，中华书局2018年版。

黄进德《欧阳修诗词文选评》，上海古籍出版社2011年版。

△苏轼：嫁给苏轼，是种什么体验？

王水照、崔铭《苏轼传》，天津人民出版社2013年版。

郦波《宋词简史》，学林出版社2019年版。

康震《康震讲苏东坡》，中华书局2018年版。

林语堂《苏东坡传》，湖南文艺出版社2018年版。

蒋凡《苏轼的三位妻侍及身世述论》，《天水师范学院学报》，2021年7月。

王鹤《苏东坡与他的她们》，《书屋》，2021年7月。

△苏轼：一个吃货的自我修养

王水照、崔铭《苏轼传》，天津人民出版社 2013 年版。

饶学刚《“东坡肉”本事的历史考察》，《黄冈职业技术学院学报》，2021 年 8 月。

江玉祥《从东坡肉到东坡肘子》，《文史杂志》，2019 年 5 月。

△苏轼：不必再吃自律的苦，我们都是快乐家族

王水照、崔铭《苏轼传》，天津人民出版社 2013 年版。

△宇宙第一才女李清照：我就是我，不一样的烟火

陈祖美《李清照评传》，南京大学出版社 1995 年版。

康震《康震讲李清照》，中华书局 2018 年版。

陈祖美《李清照诗词文选评》，上海古籍出版社 2011 年版。

唐圭璋编著《李清照词鉴赏》，齐鲁书社 1986 年版。

△陆游：哪有什么山河无恙，一生都在面对疾风

邱鸣皋《陆游评传》，南京大学出版社 2011 年版。

朱东润《陆游传》，新世界出版社 2016 年版。

蒋凡、白振奎《陆游集》，凤凰出版社 2014 年版。

△蒲松龄：把喜欢的事做到极致，就一定会成功……吗？

袁世硕、徐仲伟《蒲松龄评传》，南京大学出版社 2000 年版。

马瑞芳《蒲松龄评传》，人民文学出版社 1986 年版。